理想人生

马亿 著

时代出版传媒股份有限公司
安徽文艺出版社

图书在版编目（CIP）数据

理想人生 / 马亿著. -- 合肥：安徽文艺出版社，2023.2
（鲸群书系）
ISBN 978-7-5396-7490-2

Ⅰ.①理… Ⅱ.①马… Ⅲ.①中篇小说—小说集—中国—当代 Ⅳ.① I247.5

中国版本图书馆 CIP 数据核字 (2022) 第 118757 号

出版人：姚 巍　　　　　　　策 划：李昌鹏
责任编辑：胡 莉　宋潇婧　　特约编辑：罗路晗
封面设计：鸿儒文轩·末末美书

出版发行：安徽文艺出版社　　　www.awpub.com
地　　址：合肥市翡翠路 1118 号　邮政编码：230071
营 销 部：（0551）63533889
印　　制：阳谷毕升印务有限公司　（0635）6173567

开本：880×1230　1/32　印张：7.75　字数：174 千字
版次：2023 年 2 月第 1 版
印次：2023 年 2 月第 1 次印刷
定价：48.00 元

（如发现印装质量问题，影响阅读，请与出版社联系调换）
版权所有，侵权必究

总　序

我将中国当代文坛创作体量巨大、深具创作动能的作家群体命名为"鲸群"。入选这套"鲸群书系"的作家在2021年度中短篇小说的发表量皆有15万字以上，入选小说皆为2021年发表的作品。

"鲸群书系"以最快的速度集结丰富多元的创作成果，以年度发表体量为标准来甄别中短篇小说创作的"鲸群"，展示作家创作生涯中的高光年份——当一个作家抵达极佳的状态才能进入"鲸群"。如果我们喜欢一位作家，一定会着迷于他高光年代的作品。

我想，"鲸群书系"问世后，一定会有更多的人关注被我称为"鲸群"的作家群体，因为这个群体标示了中国当代小说创作的年度峰值——它带着一种令人心醉的澎湃活力。

如果"鲸群书系"在2022年后不再启动，多年后它可能会成为中国当代小说研究者珍视的一套典藏；如果"鲸群书系"此后每年出版一套，它或许会为中短篇小说集的出版带来新格局。

　　这套书的作者中或许有一部分是读者尚不熟悉的小说家，我诚恳地告诉您，他就是您忽视了的一头巨鲸。正因为如此，"鲸群书系"的问世，显得别具价值。

2022 年 10 月 30 日

目录

理想人生	001
遗　嘱	017
飞　地	041
道　歉	065
游荡者	079
白莲浦	177

理想人生

我在黑暗中闭着眼睛，手机在床头边的写字桌上持续振动着。我不想起身，身体本能地侧向写字桌的另一边。不知道是谁这么不自知，电话打了两遍还继续打。我的大脑转了好几圈，在这个时候，能有谁找我有什么重要事情？况且，为什么不早点儿打来，在我还被困在湖北返粤人员的集中隔离点那个时候打来？那十四天，我没有跟任何一个人联系过，虽然手机和电脑一直摆在我的手边。

　　我为自己的想法感到羞耻。平时，我讨厌所有主动联系我的人，无论是电话还是微信，我都不想去看，更不要说回复了。但是在那个特殊的时候，我又如此急切地想要去与他们这些根本就不是真正关心我的人产生联系。有时候我甚至吃不下饭，就因为自己的这些想法。但是这个电话这样穷追不舍，反复三遍，让我逃无可逃。从心底里，我甚至有一丝感动，难道他真的是找我有什么事，甚至是很急的事，像是电话那头失了一场诡异的火，非得我立刻就跟他说上几句话才会灭掉？

　　电话打第一遍的时候我猜测是搞推销的，这几天我已经接到了三通电话，分别是推销租房买房的、推销保险的、推销健身卡的。我当然是下意识地拒绝，"不好意思，不需要"，但是转念一想，搞电话推销的都上班了，说明城市正在慢慢恢复，走向一种积极的常态化，于是我跟他们多说了几句。大概他们也跟我有相同的感觉。我当时就意识到这是我自己心理上一个很大的转变，在以前，这些搞推销的人，在本质上，我与他们的关系就是这样冷冰冰的：他们推销，我拒绝；他们说出推销的那一套语言，我拒绝了他们。到后来，这个推销健身卡的青年，甚至主动提出让我免费健身三个月的提议，当然，这要等他们健身房正式恢复营业之后。我还是拒绝了他，如果我准备去健身，我就会主动去办卡，而不需要试用三个月之久，这对他们是不公平的。

手机终于停住了。我睁开眼睛，房间里还是漆黑的，不知道现在是几点，可能是凌晨一两点，也可能是下午三四点。在集中隔离点的时候，我的房间里只有一小扇窗户，又被对面的高楼遮挡，即使是白天，靠自然光照明都是很困难的。所以几天以后我就彻底拉上了窗帘。刚开始的时候，我还是会大致在以前那些清醒的时间段醒过来，依靠着体内这么多年自然形成的生物钟。到后来就完全乱套了，我醒来的时候可能是下午一两点、凌晨三四点，也有可能恰好就是早上六七点。所以那段时间，我很少从取餐口拿到热饭。刚开始的时候工作人员会敲门叫醒我，后来次数多了，那个年轻的女孩大概也就习惯了，随我去。估计她还是按照早餐、午餐、晚餐的饭点儿按时送饭给我，但是因为我没看到，所以也不能确定。

我坐起来，伸手把手机摸到手里攥着，惊了一下，上面显示电话来自湖北黄冈，我的老家。虽然是个陌生号码，但是很可能不是另外一个搞推销的，黄冈的推销电话不可能打到我的广州号码上来。我看了一眼手机上面的时间，是 23 点 45 分，马上就是新的一天了。在这个时间点儿，老家所在的黄冈市下面的那个小县城，早就完全沉睡了。我有点儿担心，我今年 28 岁了，我的身边随时都有可能发生意外。我从床上下来，坐到了床边我唯一的一张椅子上。电话已经打通了，但是那边没有人接听。这短暂的空白让我更加紧张，我感觉我的手腕在抖动，手掌没有知觉。这个空白也许只有一秒钟。

我是陈雪。电话那头说，她用的是普通话。

嗯？陈雪？我也用上了普通话。

忘了？她好像是笑起来了，带着一丝小女孩的那种调皮。

没有没有，只是没想到你会打电话给我。我呼出一口气，心里松了一下。

你现在在哪儿呢？

广州啊，还是在广州。

我晓得你在广州，我问你现在在哪儿，此时此刻。她换成了方言。

越秀区水荫路这边，挨着5号线动物园地铁站。我也改用方言。

我在出租车上，现在在荔湾区这边，我可以过来找你吗？

现在？

是的，就现在。

那……那你来吧。我把定位发到你微信上。

打开微信，陈雪的名字就在顶上。我点开对话框，从22点07分开始，她就给我发了第一条文字消息，问我睡了没。接着是另外几条文字消息，我当然都没回复，那个时候我睡着了。然后间隔了二十分钟，是她给我打的五个微信语音电话。我看着手机，感觉有些不好意思，好像耽误了陈雪的什么大事。我把动物园地铁站C出口的位置发了过去。她回复"好的"。

我按开台灯。从荔湾区坐出租车过来，也要二三十分钟，我觉得我应该去刷个牙，最好是洗个澡刮个胡子。一个女同学来找我，准确地说是一个十年没见面的女同学来找我，我应该做出一个什么样子？反正不是现在这个样子。

我一边洗澡一边想，陈雪这么突然来找我似乎是没什么道理的。我俩有十年没见是事实，但是这么多年，我们都没怎么联系。唯一的一次联系就是上次添加微信，还是她主动在群里加的我，是在2015年，大学毕业的第一年。高中的班长要在那年过年的时候结婚，准备在县城的一个酒店办酒席，所以临时拉了一个班级微信群，说是正好趁机会大家聚一聚。全班四十多人都在里面。但是后来我没有参加，因为那一年我因种种原因没有回家过年。这个"种种原因"，我还是在班长的穷追不舍下告诉了他。其实也不是什么说不出口的事情，当时我谈了一个女朋友，准备一起去沈阳过年，看真正的北方的大雪。然而，最终在出发的前一天才以分手终结了这个计划好的行程。记得班长的婚礼是在正月初五，那天广州照常是一个响晴的天气，奇怪的是，湖北老家的小县城却下了一场多年未见的大雪。同学三四十人吃完班长的喜酒一起去KTV，班级微信群里各种图片和视频从早响到晚上，群里还有好几个人艾特我，让我发几张东北的雪到群里看看，我一概没理。陈雪就是那个时候添加我为微信好友的。除了她之外，还有另外几个同学加了我，都是随意地问候了几句。只有陈雪，通过好友之后我俩一个字也没聊过，连句简单的"你好"都没有。但是她的头像吸引了我的注意力。那个时候，在前女友的带动下，我彻底喜欢上了各种各样的猫，不管是品种猫还是家养的小野猫，凡是看到跟猫相关的文字、图片、视频，我都会忍不住多看几眼。后来我查过，这可能叫"分离性焦虑症"，因为分手的时候，我和女友一起从小养大养肥的那只橘猫被女友带走了，跟她众多的服装设计相关的工具、面料和书一起。作为一个男人，在跟女人分手的时候，好像不应该在这些细节上斤斤计较。但是那只橘猫，我跟它待在一起的时间远多于跟女友在一起的时间。我甚至想提出用一万块钱买下那只猫，但是看着她抱着橘猫爱抚的样子，最终还是眼睁睁看着她把猫抱走。我发疯似的回看数码相机和手机里拍下的关于猫的照片，我暗暗发誓，再也不会养一只不属于我的猫。

陈雪的头像正好就是一只橘猫，看得出来，是自己拍摄的，不是那种在网上找来的修得稀奇古怪的图片。我克制住了跟陈雪打个招呼的冲动，从某种程度上来说，我连通过她的微信好友都不应该，她应该算是我的"仇人"。毕竟，在高三那次班会上，这个人曾经让我在全班同学面前丢过一次脸。

洗完澡后我打开"大众点评"搜索了一下附近还在营业的可以吃饭的地方，没有太多的选择，一家江西菜，一家湘菜，还有一个是我之前常去的一个小酒馆。我甚至替陈雪想了一下，如果在这三个地方招待十年没见的老同学，作为一名公务员，虽然只是我们十八线小县城的公务员，她会怎么样看我。况且她老公还是当地一个房地产公司的副总。我有些担心，她会不会还像十年前一样，再次让我难堪。

陈雪从出租车里下来的时候，我还是一眼就认出她来了。她的脸型没怎么变，但是好像更加圆润了，比我印象中的那个她显得更加和蔼而易于接近。她穿一件黑白格子的长裙，走过来叫我的名字。我假装很淡定，就像跟一个熟悉的老朋友在街角重逢。不知道我是怎么想的，那一瞬间，我伸出了手。她轻轻握了一下，淡淡地露出一丝微笑。她的手冷冰冰的，一下子让我做梦一样醒过来，有些不好意思。我问她怎么这个时候来广州。她说过来出差，参加一个业务学习的会，然后又补充了一句，今年这个样子，你知道，没几个人想外出，我就主动来了。经过她的提醒，我意识到她连口罩都没戴，我刚才出门也压根没想到这事儿。我问她老家怎么样了。其实就是没话找话说，我也刚从那里来广州不到一个月，那里什么样儿我还不知道吗?

她问我这个时候有哪里可以吃东西吗,她说她饿了一天。我赶紧抛出了那三个仅有的选择。出乎我意料的是,她选择了小酒馆。

这个小酒馆是我跟前女友经常光顾的地方,跟她在一起之前,我对酒这个东西没什么感觉,是她带我入门,给我介绍各种酒的口味和历史,酸度、苦度和酒背后的各种小故事。要是粗略地归类,前女友至少在女人堆里算是酒鬼,据我个人的有限观察,我还没遇到过第二个像她那么热衷喝酒的女人。

酒馆就在地铁站C出口直走的那条大街上,因为地下通道已经关闭了,我们需要绕一段路从马路上直接穿过去。陈雪跟在我身后,走路一点儿声音也没有。好几次我都怀疑她是跟着我,还是只有我一个人诡异地在路上走着。我放慢脚步用眼角余光终于抓住了她,才又继续往前走。

酒馆的老板蹲在门前的台阶上抽烟,他穿着白色的厨师服,把口罩拉到了下巴上,像是一个准备上手术台的医生,趁着短暂的空隙放松一下。他看到了我,赶紧站起来把口罩戴好,把我往酒馆里面领。我站在门口,像是进入一个超现实主义的场景里面。酒馆里面的空间被一些像是太空舱一样的立方塑料分隔成了一个一个的小区间,有两桌的里面有人,他们就在"太空舱"里喝着酒。

按防疫要求,就餐区要间隔开。老板说。陈雪也愣在我身后,一下子笑了出来。

我找了一个小空间钻进去,陈雪也跟着我进来。老板站在小空间外面,把菜单从入口的地方递进来。不好意思,特殊时期,希望理解哈。老板笑着说。我说没事儿。我看菜单的时候,陈雪提议给我讲一个笑话。我放下菜单看着陈雪,这其实是一张陌生的脸,虽然脸型还有些熟悉。不知道她是怎么看我的,我心想,以前我在微信朋友圈转过那么多发表自己小说的微信链接,很多条里面都有我的照片和个人简介,她还经常给我点赞。

一个人遇到刚刚复工的建筑工人,看到建筑工人坐在工地上吃盒饭,于是问他为什么不戴口罩。知道建筑工人怎么回答的吗?

我摇摇头。

他说我正在吃饭啊。

我一下子放声大笑出来,那声音甚至吓了我自己一跳。我收住自己的笑声,感觉心情好像轻松了很多,自从今年开局诸事不顺以来,这好像是我第一次这样笑出来。

好笑吗?陈雪问我,她的脸上也有一丝收不住的笑。

好笑。我又控制不住地笑起来。

我挑了一杯麦多黑啤和一杯银针白啤,用笔划下去的时候才发现,这两种是前女友最爱喝的。又点了炸鱼、薯条、酸黄瓜和烤土豆皮儿。这里的菜品并不多,没什么选择的余地。来这里的人大概对吃什么也不太在乎,他们都是冲着这里的酒来的。

服务员用托盘将两杯酒从入口处移上来,我拿了常喝的那杯黑啤,把白啤放在陈雪面前。陈雪的一只手抓在杯壁上,像是在感受这杯酒的温度。

这就是银针白啤?她看着我。

是的,银针白啤。

我还没喝过白啤呢。她把那杯酒端起来,我不知道该怎么接话。我举起酒杯,说,欢迎你来。

说得好像你一直在等我。她说。

我俩碰了一下杯子。杯子碰上了,但那碰撞的声音又太小,显得小心翼翼,加上这样的一个算是半封闭的小空间,令人产生了一种异样的感觉。我该说点儿什么?

上次班长结婚你去了是吧?我问。

说完我端起酒杯喝了一大口,我厌恶自己。

嗯,去了,大部分同学都去了,可惜你没去。

没什么可惜的。

对了,听说当时你在东北。

啊……是的,是在东北。

真的就只是为了去看一场大雪吗?她的两只手捧起酒杯,定定地看着我,她的眼光好像是在提出一种要求,要求我在她的注视之下立刻回答她的问题。

是的,就是去看一场大雪。我有些心虚,不敢看她的眼睛,这么多年来,我还是没有学会在女人面前撒谎。

刚好小菜都端上来了。她吃了一口土豆皮儿,看着我的眼睛说,你还是跟之前那样。

我笑笑。我之前哪样儿?

就那样的。马亿,你还记得高三的那次班会吗?

我的笑立刻就凝住了,而且心跳加速,一种紧张的情绪紧紧抓住了我,让我固定在凳子上动弹不得。不……不太记得了。我说。

但是我记得很清楚,陈雪说。她端起酒杯一口喝完了。你说你要走遍世界,成为一个无家可归的人。

我笑笑,那看来我已经成功了一半,走遍世界没有达成,无家可归算是差不多了。

陈雪说，这里有鸡尾酒吗？

我招招手，服务员又把菜单拿了过来。我说，你有想喝的酒吗？

长岛冰茶有吗？陈雪说。

好。

服务员拿着菜单走开了。

你是不是快忘了我？她突然开口问。

我说，没有没有。

这是真话，我和陈雪有十年没有见面，但是她应该算是我目前最熟悉的人。当然，在这之前我没有跟她接触过，我通过她的微信朋友圈熟悉她的生活：她哪天去了县城的那个风景区野餐，她哪天去吃了县城的寿司，她哪天买了一束什么花儿……她很喜欢记录自己的生活轨迹，而我恰好喜欢看。但是看归看，我从来不评论，也不点赞，像是一个隐形人驻扎在朋友圈里。

你知道为什么我说你没有变吗？陈雪问。

不知道。

我喜欢观察一个人的眼睛，你的眼神跟上学的时候一模一样。

不会吧，我女友说我的眼睛像一个老人。哦，是前女友。

那个一起去东北的女友？

不是，是另外一个。

哦。你还记得那时候中午全班都趴在课桌上午睡吗？

那哪儿忘得了啊？不过我不喜欢午睡，天热的时候教室里黏糊糊的，头上的吊扇扇出来的风也都是热的，我睡不着。

是的,你喜欢趴在课桌上,看天。

嗯?

你不记得了?

记得。我的意思是你怎么知道我喜欢看天?

那个时候我经常观察你。

不会吧,你观察我干什么?

我刚才说过你的眼睛不一样。

有什么不一样?

可能会惹你生气。

没事的,都过去这么久了。

因为我讨厌你,每次看到你趴在课桌上望着天空的时候,你的眼睛里面亮晶晶的,好像你的心里藏着很多很大的梦想,我觉得你很假,很虚伪。所以那个时候我很讨厌你。

这个我真的没想到,原来我这么招人恨。

不是恨,只是讨厌。

我把手里的酒也喝完了。

陈雪的长岛冰茶上来了,我又给自己点了一杯威士忌。

对不起。陈雪喝了一口长岛冰茶。

没事的,这么久了。

好几年前我就想找个机会跟你道歉。

真的不用。

不是这个,是那次班会的事情,我当时做得太过分了。

我想再好好喝一口酒,最好是威士忌,但是我的杯子已经空了。

我应该跟当时在场的每一个人道歉。她一抬手,杯里的长岛冰茶也空了。你们可能已经忘记了,但是我还记得,我骂了你们,说你们的梦想都是很扯的事情,还把自己觉得唯一正确的人生梦想和人生规划都说了一遍,而且是带着一种盛气凌人的情绪。

我的威士忌终于来了,我喝了一大口。

你记得我当时说了什么吗?

记不清了,我说。说完我就很后悔,更加深了我对自己的厌恶,我为什么这么虚伪?我明明记得她说的每一个字,甚至我一闭上眼睛,当时空气里的味道我都能闻到。

我说我的目标是考上一所本地的大学,学一个找得到工作的专业,最好考个公务员,26岁之前嫁人,30岁前孩子上幼儿园,平淡过一生就可以了。陈雪看着自己空荡荡的酒杯,眼神落寞。

这些你不都得到了吗?我说。在五年前那次她主动添加我的微信之后,我多次跟班长打听陈雪的近况,她确实考上了省城武汉的一所师范大学,学了文秘专业,毕业后考上了我们县的公务员,并且26岁嫁人,嫁给了县城一个中型房地产公司的副总,第二年孩子就出生了,是一个男孩儿,算起来男孩儿今年三岁,要上幼儿园了。唯一不一样的是,陈雪今年29岁,她的"理想人生"比计划中提前了一年。

是的,都得到了,但是我很羡慕你,你知道吗?

我笑笑,我有什么好羡慕的?我趁机喝了一口威士忌。

你有自己真正想做的事情,说得大一点儿,你有自己的理想,而我没有。

我的脸微微发烫。

其实我没写出什么。

但那是真正属于你的东西,你一个人的东西。

我不想跟她说我这几年的真实生活,写作中遇到的问题,漂泊生活的艰难，我不认为她能真正理解。我沉默着。

我不知道接下来的人生该怎么样过，我该做的事情好像都做完了，我之前过得太现实了。我喜欢长岛冰茶，知道为什么吗？

不知道。我说。

有一天我在网上看到一个故事，说杨千嬅有天晚上去找黄伟文喝酒，一晚上连喝了八杯长岛冰茶，两个人一句话都没说，然后杨千嬅就自己打车走了。之后黄伟文就写了那首《可惜我是水瓶座》。

还有这个故事？

反正是在网上看到的，也不知道真假。那天晚上你知道我做了什么吗？我们县城你也知道，根本就没有可以喝到长岛冰茶的地方，那个时候已经是晚上十一点多，我在 APP 里找了一家武汉的酒吧，一个人开车就去了那里。

我看着陈雪，她的眼睛跟之前有些不一样了，不知道是她喝多了还是我喝多了。

你喝了吗？

喝了，我叫了八杯，但是好像没喝完。我醉在了酒吧。

我吐出一口气，好像是在为她感到担心。

你知道吗？这是我出生以来做过的最出格的一件事。我很小的时候就有这种必须让自己处在规划中的意识，从幼儿园开始，我妈就会拿一张做算术题的白纸贴在我床头的那个小衣柜上，上面写着我每天需要做的事情，从起床先穿上衣再穿裤子开始，一直到晚上睡觉，我的全部都写在那张纸上。那纸张跟了我二十多年，我再也没有摆脱过它。哪怕是我妈前年突发脑溢血去世了，它还是贴在我的脑子里。

陈雪的手肘贴在桌子上，两只手掌捧着自己的脸，像是在强撑着。我们几乎一进来就开始喝酒，没怎么吃东西，空肚子喝酒是最容易醉的，这也是前女友告诉我的。

马亿……你肯定不知道，我一直在关注着你，说难听点儿，就是监视，上学的时候我讨厌你，后来我是嫉妒你。我是家里的独生女，你是你家的独生子，我还是女孩儿，你可以这样随心所欲地做你自己，而我就不能，我也不敢。你发表在文学杂志上的那些小说我全都看过，我家里有一小堆杂志，上面都有你的名字。开始的时候我还以为你能赚很多钱，后来我才知道，像你这样的所谓青年作家，可能连老家县城那些在工地搬砖的小时工都不如。但是你怎么就能在广州生存下去？我嫉妒你，真的，我……

陈雪的声音有些拖曳，脑袋也不停地往下点，托住她脸颊的那两只手好像在剧烈的运动之后失去了支撑的力气。

你喝多了，要不找个酒店住下来？我拍拍她的手臂。

她突然抬起头，蒙蒙眬眬地闭了闭眼睛，大概是同意的意思吧。她还有一些意识，伸手就把身边亮红色的手包抓住了。我结了账，把她搀起来往外走。在小酒馆的不远处刚好就有一个小型的快捷酒店。我用她包里的身份证给她登记，然后帮她支付了租金。酒店前台让我也登记一下，我说把她送上去就下来，前台也没说什么。

酒店的地面软绵绵的，但是我感觉很滑，脚下像是没有根，有些站不住。我心想，幸亏是在我的出租屋附近，踉踉跄跄地走，应该没什么问题吧？我刷开门进去，刚把陈雪扶在床上坐下来，砰的一声，房门关上了。陈雪伸出手臂，一下子把我挽进了怀里。我像是陷进了一片软绵绵的白云里面。

不知道过了多久，窗外的阳光刺得我眼睛发痛。我睁开眼，发现自己是和衣睡在被子里的，房间里没有陈雪。我从牛仔裤的裤兜里摸到手机，上面显示才上午 7 点 42 分。点开微信，在最近联系人的那个页面翻找了好久都没有找到陈雪的名字。我退出微信，点开通话记录，屏幕上面显示，上一次跟我通话的是一个被 13 人标记为诈骗电话的号码。没有陈雪，没有那个来自湖北黄冈的陌生号码。我看着窗外广州的阳光，怀疑自己是在梦里，难道梦还没有醒，而我以为自己已经醒过来？这样的梦我确实做过好几次。但是阳光照在我左半边的手臂上，热量是那样充足，它是在有意提醒我。我感觉得出来，昨晚的啤酒还在我的胃里。我点开微信，拨通了高中班长的语音电话。他显然还未醒来，被我的电话吵醒，似乎是吓了一跳，因为我还从未这样找过他。我说陈雪昨晚来找我了，后来又走了，她现在怎么样了？

什么，陈雪？班长仿佛吃了很大一惊。他说陈雪已经失踪了很久，大概有一两个月了。我说不会吧，别逗我玩儿。他说是真的，她老公和家人已经报了案，寻人启事县城里贴得到处都是。你小子不会是一直暗恋她，心理变态了吧？

我挂断电话。我不相信自己是在做梦，我掀开被子跳下床。昨晚我们进酒店的时候是拿陈雪包里的身份证登记了的，而且酒店前台肯定有摄像头。

我跳下床，我要去向自己证明，我没有做梦。我走出房间，耳边忽然传来了那熟悉的旋律：

　　如何笨到底　但到底　还是我
　　谁人待我好　待我差　太清楚

想继续装傻　却又无力受折磨
心里羡慕那些人
盲目到不计后果
……

遗 嘱

1

  北京最美的是秋天，秋天最美的是银杏，这所有人都知道。今年"公司"窗外的银杏叶落得很早，宿舍里的暖气也提前半个月就来了。我每天趴在二楼的窗台上向下看，对面院子里的停车棚旁边有一棵石榴树，石榴树的顶上残存着一颗红透了的石榴，不知道是什么原因，那颗石榴就一直这么留着，在众多鸟雀经过的树上。摊在桌上的笔记本被我写了一大半，我没有想到，这是我第一次写这么多的字，我试着去理清这个关于"老板"的故事，关于我的故事。我的最大问题大概就是喜欢做梦，甚至醒着做梦。但我得感谢我的梦，不然如今我怎么能如此安适地坐在这张小桌子前写下它？

  在北京，我最熟悉的就是北新桥到东四那一带，准确地说，是东四北大街，我也不知道为什么，走在那条街上我觉得很安心。那天"老板"就是派我去东四北大街上的一条胡同干那件事。我从来没听说过那条胡同，从胡同口进去的时候，我打开手机里的导航软件反复确认了好几次，确实是那里，没错。往里走，经过了一棵枝叶茂盛的银杏树，还有三十多米到目的地的时候，我见胡同旁边的公厕对过无缘无故地放着两张黑色的皮沙发，有个穿牛仔外套的男人蹲在皮沙发旁边抽烟，对着墙壁。我突然想抽一根烟，我以前从来没有这种冲动。我走到皮沙发前面，男人回头看着我，这是一张失去了文明世界种种迹象的脸，他的像雄狮一样散开的胡子对着我，两只浑浊的眼睛让你一眼就看得出来，这是一个还处在睡梦之中的男人，他肯定失去睡眠很久了。

我装作是个路人。能给我来根烟吗？

男人从裤兜里摸出烟，红色的烟盒已经塌下去一大半，被压得很扁，不像还有烟的样子。但是他抽出来一支，替我点上。

给。

谢谢。我接过烟，使劲吸了一口。一团辛辣又带着丝丝甜味儿的气体瞬间冲进了我的肺里，我不自觉地吞了一下，将这团气体咽了下去。

男人看着我，将手里的烟甩在地上，用脚尖蹍灭。他穿一双黄色的解放式胶鞋，这在北京可不多见了。胶鞋的鞋头有很多黑色的脏污。看一个人最准的就是看他的鞋，我听过这样的说法。

我拿着那根烟，有些尴尬。在我二十七年的短暂人生中，我无数次婉拒了别人递给我的烟，我从来没有让哪一根烟插入过我的嘴唇之间。

你看起来不像。男人又拿出那一盒扁扁的红色烟盒，比上次拿出来的时候甚至更扁了一些，又抽出来一根，我有点儿担心。

我狠狠抽了一口，那根烟已经燃烧了一半儿。

我准备说点儿什么。男人起身走过了转角，变戏法似的手里拿着扫帚和蓝色的铁皮簸箕，一抬扫帚，轻轻地将脚下的几个黄黑色的烟头带进了簸箕里面。

快进去吧。男人指指胡同里面的那一扇红色大门。

我一个字也没说。

我看起来不像？大门口挂着木牌子，提示我没有进错门，看得出来这里的工作人员工作很用心，木牌子的四周用干枯的花草包裹着，像是一个很小清新的点缀。一个穿着灰色制服的年轻女性走过来,引导着我穿过一道青色砖块的长廊,走到了四合院的后面。

您好,请先在休息室填一下预约信息。工作人员给了我一张表和一支圆珠笔,我填上个人信息后,她将表和笔都收走了。您好,请您稍等,您前面还有三名客户,待会儿我过来叫您。

我点点头。原来她们对我的称呼是客户。这个称呼我太熟悉了,在"老板"那间卖户外设备的小店里,有很多"客户"走进来走出去,我还会对每一个"客户"鞠躬,我甚至比她们做得更加专业。在进来之前,我设想过无数次这是一个什么样的神秘地方。肯定很安静,像是一个太空舱,安静,而且干净。深红色皮沙发显得厚重而典雅,我往后靠了靠,喉咙里泛起了一股干涩的气味儿,有些怪怪的。门口穿牛仔外套的男人一眼就看出来我不像,但是不像什么?是不像吸烟的人,还是不像会来这个地方的人?看得出来那人是一个擅长看人的人,在这种地方待着,总能学到点儿什么吧,哪怕只是一个清洁工。

我其实是故意表现得淡定,进门的时候,我明显感觉得到自己情绪上的波动,但是我坦然地穿过了青石板走廊,我为自己的变化而有些自豪。之前在网上查资料的时候我看过很多案例,有人因为紧张,到这里来之后竟然忘记了怎么样走路,只能硬生生地站在门口,被工作人员抬进来。还有人在录制视频的时候直接晕厥过去。真是丢脸。休息室里空空荡荡,也有可能是因为这屋子太高。在屋子的正中间有两根长长的红色木柱子支撑着,有五六米。进门的地方有两扇一人高的屏风,上面画着一些仕女,甩着长袖子,在唱着什么。可能是画得太逼真,看着屏风,我的耳朵里就会出现声音,细细的,嘈嘈切切,听得并不真切,也有可能是因为距离稍微有点儿远。我坐到靠近门口的沙发上,想听得更清楚一点儿,但是她们也站起来远离,像是在躲着我。我有些生气,毕竟现在我的身份是"客户",我从来不会这么粗暴地对待我的"客户",在店里,我每个月都是优秀员工。凡是登山上的事情,没有我不清楚的,而且我"具有耐心"——这是"老板"告诉我的。我的"老板"是一位好人,他知道我每天下午需要去"另外一个公司",他同意我每天只在上午工作,下午可以去那家"公司"。想到"老板",他现在肯定坐在货架后面泡茶,用上个月刚买的那个自动上水的冲泡壶。我的喉咙不自觉地动了一下,可能是想到"老板"泡的茶,有些口渴了。我站起来,走到外面。

刚才进来的时候有些紧张,我没有抬头。原来这个院子还挺大的,不远处有一棵很高的柿子树,柿子树旁边搭了一些木头架子,应该是给紫藤搭的,但是并没有紫藤,也可能是有过,但是死了。木架子的四周摆着凳子。我顺着凳子看过去,发现在拐角的地方坐着一个人。我走了过去,坐在那人的身边。

那是一个女孩儿,年纪不大,应该跟我差不多。她背对我,弓着腰坐着,一只大腿压在另外一只大腿上面,手里拿着一根瘦长的女士烟。她没有抬头看我。

不知道这里的工作间在哪里,刚才领我进来的那个灰色的女孩儿也不见了踪影,把客户晾在这里不提供任何服务,真是糟糕,而且是在这样一个特殊的地方。

我特别想跟一个人说话,那种强烈的感觉让我的嘴唇都在颤抖,怪不得网上有人说之前有客户硬生生地钉在了门口,自己走都走不进来。

你……你好。我终于控制住了自己的嘴唇。

女孩儿回头看了我一眼,我看到了她眼睛里面快要冲出来的愤怒。看到这双眼睛，我又紧张了起来。可以给我一根烟吗？

女孩儿没有犹豫，顺手就把手里那根抽了一半的烟递给我。我接过来含在了嘴里。

后来我问过李寒，为什么当时要把手里的烟给我。她说就是不告诉我。

那根烟是薄荷味儿的，味道很好。我静静地抽着烟，好像找到了一些抽烟的诀窍，烟雾在我的肺里变得很乖，不像之前那样横冲直撞了。女孩儿安静地看着我抽烟。看了一会儿，我发现她眼睛里的愤怒也没有了。

刚抽完烟，带我来的那个穿灰色制服的工作人员走了过来。

3号到了，李小姐。

女孩儿站起来跟着她走了，往我们来的方向走去，应该是走到了前厅。

我坐在木架子旁边的凳子上看着那棵柿子树。现在是夏天，柿子树的叶子还都好好地挂在树枝上，有些鸽子偶尔会飞到柿子树上站立一会儿，然后飞走。鸽子起飞的时候，会发出呼呼的哨声，很好听。

很快，工作人员就叫到了我。那间神秘的办公室被装饰得很亮丽，有三个人坐在桌子的另外一边，桌上显眼的地方摆着一架摄像机，上面放着一张打印的纸条，纸条上的字写得很大，意思是摄像机正在录像。

我很顺利地就填完了表格并按照模板抄写了声明，录制了视频证据。主要是我的财产不多，没什么好想的，而且我填的是捐献给慈善机构，并没有什么继承顺序上的问题。

填完这些资料，工作人员送我走出红色的大门。我伸着头往里面看了看，长长的走廊上没有人，我有些失落。但是胸腔里的薄荷味儿还没有消失，我把右手伸进上衣的口袋里，摸了摸那根细细的烟头，软软的，还有些温度。

穿牛仔服的男人在扫门口的落叶，从叶子的形状看得出来，是院子里那棵柿子树的叶子，肯定是昨晚大风吹过来的。但是好像不对，昨晚刮的是南风，不可能是那棵树的叶子。那就是另外一棵柿子树的叶子，我不知道。

没想到她坐在这里。黑色的沙发和她身上穿的这件白色上衣还挺配的。

她看起来是在等一个人，有可能是我。看我走过来，她又把手里的烟直接递给我。我接了。她从手提包里翻出另外一支烟，点上。

来，坐着抽吧。她拍了拍旁边的沙发。

我坐下来，看到她给我的这根烟的烟嘴上有一圈淡淡的红色。

怎么也来这个地方？她吐出一大口烟雾。

别人叫我来的。

真不是东西。她突然把刚抽一口的烟扔在地上，伸出鞋子踩住了。

怎么了？这个女孩儿身上有一种神秘的吸引力，让我的目光紧紧追随着她的脸。

你有空吗？一起吃个饭？她问我。

吃的是老北京涮锅。她叫了一瓶"牛二"，拿两个喝啤酒的大杯子，一人一杯。自从进"公司"后，我被禁止喝酒，但是现在是下午，我明天早上去"公司"，以我之前的酒量，我感觉应该没有问题，便拿起了杯子开始喝起来。

李寒告诉我，她刚才在那个地方差一点儿就气哭了。她和她的那个男朋友，算是未婚夫，一起来的，未婚夫先进去，完事了轮到她。她看了一眼未婚夫的遗嘱，上面竟然有四套房。

　　我们俩跟别人合租了大半年，住在那间常年看不到太阳的次卧，他却说他在北京有四套房，搞什么啊。

　　我安慰她，这不是坏事啊。

　　原来他这样看我，我真的没想到。李寒自己大口喝着"牛二"。真没想到，他应该去当演员，跟我演戏。他以为我稀罕。之前我还纳闷，好端端的怎么要立遗嘱？哎，你怎么来这里的？

　　别人叫我来的啊。

　　谁叫你来的？

　　我"老板"。

　　爱谁谁吧，来，喝酒。

　　我们一直喝到很晚，饭店打烊的时候才结账。是李寒结的账，我没有钱，我的钱都在"老板"那里，他帮我保管，说怕我被人骗。

　　出饭店后李寒的两只手就拉住了我的肩膀，隔着薄薄的衣服，我感觉得到她热乎乎的身体，这是一种全新的感觉，我之前从来没有感觉过。李寒在街道拐弯的地方抱住了我，把舌头伸进了我的嘴里。这对我来说也是第一次。舌头的感觉跟烟很不一样，软软的，有刚吃过的羊肉的香味儿，过一会儿又变成甜甜的。我闭上眼睛，完全被李寒所控制。女孩儿真美妙。

　　我们站在街边吻了好久。等我清醒过来。李寒已经伸手叫到了一辆出租车，她坐进出租车冲我招招手，消失在了昏暗的路灯里。

幸亏这里离"老板"的店不远,我还记得来时的路。夜晚的凉风吹在身上很舒服。我觉得脚下轻飘飘的,以为是在做梦。我知道我的毛病,最大的毛病就是老是分不清楚梦和现实,每次我觉得自己在做梦的时候,发生的事情往往是真实的,而我很确定是真实的事情,"老板"又告诉我是在做梦。到后来我就留了一个心眼,不管做什么,我都会留下证据,比如刚刚。我把右手伸到口袋里,就摸到了两个烟头。

好久没有在晚上走在北京的街道上了,因为"老板"不让,而且每天上午8点我就要赶到"公司",在顺义的另外一个胡同里。我每天早上5点45分起床,坐756路公交车,到一个地方换乘404路公交车,然后就能到"公司"门口。我坐公交车不用花钱。"公司"里的人不多,她们不叫我"客户",而叫我"先生",每个人对我都很有礼貌,而且"公司"提供午餐。我一般在"公司"也没什么事做,就待在"办公室"里陪那缸金鱼。那里的每一只金鱼都有名字,但我总是记不住,因为它们总是动。我看过其他"办公室",每一间"办公室"里都有一个鱼缸,但是里面的鱼不一样。上班时间不允许员工随意走动和说话,我没有跟"公司"里的任何"同事"讲过话,好几年了。关于其他"办公室"里有鱼缸这事,我还是偷偷利用上厕所的间隙从别人的门缝里看到的。我不知道其他"同事"会不会这样做,偷偷看我的金鱼。我一般在午餐后坐公交车回到"老板"的店铺里。"老板"的店铺很大,在一个商场的底层,专门卖户外装备,准确地说,主要是户外登山装备,背包、帐篷、衣物、炉具、鞋袜、睡袋、刀具、睡垫、绳索、导航设备、食品、头灯等等,凡是你在户外有可能用得着的东西,在这里都可以找到。

"老板"第一次领我到店里的时候,我差一点儿就昏过去。"老板"说是我脑子转得不够快,所以容易"死机"。但是现在我就不会"死机",我熟悉这些东西,而且敢跟"客户"说话。有的"客户"很凶,但是我不怕,因为我会笑,没有人能够对一个一直对你笑的人凶。只要我笑得足够真诚,时间足够长,"客户"就会下单的。"老板"很好,经常夸我,说我"有一手",没白把我从"公司"领到店里。我很感谢"老板",要不是他,我就只能一天天地看着那一缸金鱼。那虽然没什么不好,但是跟"公司"相比,我更喜欢店里,即使"老板"不让我夜晚出去散步。

刚来店里的时候,"老板"就安排我在店旁边的一个小屋子里睡,我现在也在那里睡。商场每天晚上9点准时关门,我就把店里的卷闸门也拉上,上到上面的街道去散步。开始的时候,我经常一个人在街道上走到天亮,有时候忘了时间,没有按时走回去,好几次"老板"已经到店了我还没到。后来"老板"就规定我不准散步,不然把我送回"公司"。不散步之后,"老板"给了我一部手机,让我学着玩游戏和看电影,但是我对这两样都不感兴趣。我还是喜欢散步。后来我发现手机上有个导航的软件,可以切换到实景模式,拿手指往前点,我就可以一直走下去,也可以走到天亮,直到"老板"敲隔壁的铁门。

但是我知道"老板"不只是我的"老板",他还有一个身份。

2

那个人进门的第一秒我就注意到了,虽然我是反着坐的。

他穿一身过于宽松的灰黑色运动服，左手拿着一只手机。右边脸的颧骨处有一颗黑痣，跟照片上一样。我看到他跟着工作人员走到了屋子里。通过玻璃看过去，他坐在屋里的沙发上，似乎有些不安，翻来覆去地动，对着那几扇中式屏风。不一会儿，他终于坐不住，走了出来。于是我拿出一支烟。在这之前我其实是不吸烟的，吸烟对皮肤不好，而我的皮肤，是我认为我身上第二满意的地方，而第一满意的，当然是这对乳房。没有男人能够站在我的面前而不看着我的这对乳房，虽然很多男人会假装，特别是那些见我第一面假装看着我眼睛的男人，在他们闪烁的眼光里，我看到了心虚，甚至愧疚。他们说"飞机场"是现在的潮流，只有脑子不好的人才会去追求大胸，说这是低层次的审美，人类原始的生殖冲动。这些道貌岸然的伪君子。在夜总会的时候，我遇到的人都很真。他们打量女人的方式让我觉得特别真诚，有的时候甚至会感动，在心里默读某一首很久远的诗歌。干我们这行的，拥有像我一样的素质的人不多，至少我没见过第二个。遇到小龙之后，我的生活开始真正有意思起来。以前在床上扮演的那些角色，实在是太儿戏了，没有任何内涵。真正的表演者都在生活中，是小龙启发了我，让我的生命变得有意义，某种意义上，是他赋予了我生命的意义。我追随他，同时听命于他。这是一个像黑洞一样的男人，我不得不沦陷进去，但是我心甘情愿。我们很少见面，最近一次却恰恰就在昨天。他给了我一张照片，就是刚才进来的这个人。小龙让我勾引他，并爱上他。我从来不会让小龙失望，无论他让我干什么，我都听命于他。

我不知道该不该站起来走到那个人的面前，好让他看到我的身材，这是让他爱上我的最直接的方式。就在我犹豫着抽了几口烟的时候,他自己走了过来,站在院子里的木架子旁边。我想试探一下,听小龙说,这个人有些奇怪,让我注意一点儿。我见过的奇怪的人多了。他竟然主动跟我要烟。我把手里已经吸了一半的烟递给那个人。他想都没想就接住了,插进了他的两片嘴唇之间。他的这个动作意思很明显,而且真实,我喜欢这样的男人,当时我就爱上了他。

根据之前的安排,陈实排在我前面,我算好了时间,在他录遗嘱视频的时候我需要走进去,然后大吵一架,因为他骗了我,这个骗子。那个人站在我面前抽烟,他明显不会抽烟,连我也不如,他把烟雾全部吞进了肚子里,但是并不咳嗽,看来他有着结构奇怪的气管、胸腔和肺。我们没说几句话就到了时间。我走进那间办公室。跟普通办公的地方有些不一样,这间办公室里的每一样家具都让人感觉到家的温馨。因为这是一个能跟死神沟通的房间。我进去的时候陈实正在录那段视频。站在陈实身边的工作人员见我进来有些惊讶,因为这里每次只允许一个客户进来办理遗嘱业务。陈实回头看我,眼睛里真的能够看到爱,这个可怜的男人。

我伸手就给了他一巴掌,因为他骗我。

他站到我身边开始解释,为什么要隐瞒我他家在北京有四套房的事情,以及为什么要跟我合租那一间朝北的次卧,还没有暖气。他承认他骗了我,但是我不应该生气,因为按照之前商量的,他在遗嘱里把一切都留给了我,当然,假如他意外死亡。这个傻瓜。

他扑进我的怀里,要不是我伸手抱住了他,我怀疑他会当场在那间房里跪下来,求我原谅他。我当然会原谅他,但不是在那个时候,我得按照计划来。

陈实立完遗嘱之后就回去上班了，我也按照计划立了像他一样的遗嘱，只不过我没有多少钱。在夜总会这些年赚的钱，全送给"公司"了。弄完这一套流程我走出院子，坐到了胡同口拐弯的沙发上，打电话给小龙，告诉他一切顺利，现在在等那个人出来。

那个人走到我身边来的时候，我又把嘴里抽了一半的烟递给他，他又接了，我知道有戏。抽完我提议一起去吃涮锅，入秋之后，陈实一直在忙，我好久没吃涮锅了。我点了一瓶"牛二"，和那人一人一大杯，他也没有拒绝。拿到他的照片后，我问过小龙他是谁，小龙说也是"公司"的，而且现在还待在"公司"，每天待一上午，下午帮小龙看店。从"公司"出来之后，我还没见过"公司"其他人，认识认识也不错。小龙说不是认识，是爱，要爱上，让他爱上我。看到照片的第一眼我心里就有底，这样的人最好糊弄了，没问题的。

那人的酒品不错，酒量也不错，大杯的酒喝完了话也不多。出门的时候我亲了他，很奇怪的感觉。我很少主动亲别人，其他人也很少亲我。

我故意把他放在饭店门口。听小龙说，他刚从"公司"出来的时候有晚上在大街上散步的毛病，但是被他制止了。他自己应该回得去，我看到他拿了手机的，而且是智能手机，肯定可以导航，不然那间立遗嘱的办公室所在的四合院可不是好找的，而他找到了。我到家的时候已经过了零点，但是陈实还没回来。在写字台的台面上放着下周出行的计划，车票、衣物、登山设备这些东西的购买清单，都是陈实自己从网上查来的。哦，登山这事是我提议的。当然，也不是我想到的，是小龙，他让我提议的。陈实当然没有拒绝，他几乎什么都不拒绝，因为他说我们就要结婚了，然后共享彼此的人生和生命。为了这事，他上周末的时候还特地团购了一个短期速成班，练习了登山的一些基本技能。他说到时候在山里他教我，很简单的。但是我隐隐约约感觉到，这一切没这么简单。

3

李寒是一个特殊的人，几乎看到她的第一眼我就知道。虽然当时夜总会里灯光闪烁，彩色的光打在她的脸上，让她显得有些轻浮，但是她的眼睛不一样。那是一双奇怪的眼睛，她仿佛看到了一切，又仿佛什么也没看到。她面前有一大排男人，像寻找猎物一样。他们其实是在寻找慰藉，而不是猎物。那天晚上，那个男人终于盯上了李寒，我也死命地盯着。但是他首先放弃，挥挥手，落寞地坐在角落里。我带着李寒走到他的面前，把李寒交给了他，然后离开了。

没隔几天，我再次见到了那个男人，他还是坐在之前的那个位置，李寒坐在他的旁边。我走过去后他让李寒走开了，和我喝了起来。我们喝的是洋酒。他是一个典型的白领，在互联网公司工作，平时工作很忙，自然没有女伴。到这里来的人都有各种各样奇怪的理由，这不奇怪。我们喝得越来越多，也越来越快。他再次告诉我，他父亲之前在北京开厂做家具，有很大的产业，父亲死后将遗产全部留给了他。但是父亲临终留下遗嘱，必须结婚后才能拿到财富。但是他连一个女伴都没有，所以他只能继续在互联网公司干着，加班加点，没有希望，偶尔来这里消遣一下。

要是能够找到女伴结婚，我就去立遗嘱，我死后钱都留给她。真的，这是真话。

他趴在我身上，两眼放着血红色的光。

我把歪在门口发呆的李寒拉过来。

我觉得她就挺不错的。

他摇摇头，没有女孩儿会爱我。

我说可以试试。

当时，李寒爱上我已经一个星期了。我给她布置过任务。在夜总会，我只能是普通客人。李寒对我的任务绝对会坚决执行。在这一个星期里，我从里到外重塑了李寒。她说是我启发了她，赋予了她意义。这听上去像是一个软件工程师给了产品灵魂，即程序。

我让李寒送男人回去。看着李寒扶着男人的样子，我觉得他俩还挺般配的。这是计划的第二步。因为第一步，发生在更远之前。

我没有朋友，当然，这个已经变成了禁忌。多年以前，我喜欢跟我的那群朋友在城市深深浅浅隐藏着的胡同酒吧里闲逛、蹦迪、喝酒、唱歌。我们每天夜晚都会出动，一群一群的，四处流窜，像是一群游荡在森林里的野马，无拘无束。自从"公司"建立之后，我们都得适应这种没有朋友的生活。很多人产生了各种各样的心理问题，不得不一直待在"公司"。而我，是那群人中唯一一个一次都没有进过"公司"的人。我的诀窍在于看电影。幸亏当时我拥有这个爱好。我不怎么出门，每天待在家里看电影，战争片、动作片、爱情片、动画片，什么电影都看。但是看到后来，我就只看一种片子：悬疑破案的片子。这种片子有很独特的魅力，不看到最后你不会知道故事的真正顺序和案情，而且还考验人的观察能力和反应能力。而这些能

遗嘱

力,正是当时的生活所必备的。用了好几年时间,我把世界上能找到的这类片子全部看完了,一部不漏。看完的那天,我躺在床上,获得了一种莫名的启示,像是武侠小说里面突然打通了任督二脉的男主角。我审视自己的生活,甚至审视以前的生活、别人的生活。走在大街上,我看着别人迎风飞舞的衣袖,以及腰带的地方微微鼓起来的那一小团,我就能在自己的脑海里构架出来一部电影,有可以随意拉动的时间轴、完美的剧情发展,连蒙太奇的剪辑方式和机位的选择以及详细的分镜头都会显现出来。与其说是一部电影,不如说是拍摄电影的全过程,我都能想象得出来。

后来我开了一个小店,在一个大型商场的负一层,专卖各种户外装备。每晚店铺关门之后,我就在大街上晃荡,看我的电影,因为世界上所有的这类电影都被我看完了,这是不得不做的选择。

那天,一个男人低着头,抱住电线杆在吐,明显是喝多了,他的身边没有女伴。按照规定,我不能接近他,因为我也是男人。我慢慢走过了他,听到他在喃喃自语。我又反复走了几遍才听清,他竟然在抱怨"规定"。按照最新的"规定",没有女伴的男人将不能获得职场上的晋升。我很少碰到对"规定"发表意见的人,这是第一次。有可能是因为他喝多了,他引起了我的兴趣。在我从他身边走过来走过去的时候,我一直在观察他。这个人从头到脚都平平无奇,是一个连我都找不出故事的人。这一点很罕见,在遇到他之前,我还没碰到过这种情况。我像一个第一次遭遇思路卡壳的作家,在他身上,我的想象力竟然无从发挥。没过多久,大街上的行人就绝迹,他依然趴在电线杆上,但是没有呕吐,像是睡着了。我站在他的身边,他用很小的声音在呢喃，不知道是在说梦话还是在说胡话。

我问他为什么。

他向我讲了一个故事，虽然声音很小，但是因为我靠得足够近，还是听清楚了。大意是他出生于富裕家庭，母亲很早就去世了，跟父亲关系不好。父亲留下了一笔财产，但是必须要他找到女伴才能继承，他很苦恼，因为他没有找到女伴的能力，所以他觉得自己永远无法继承那一笔财产。他可能以为自己是在做梦，讲完他的故事他就醒来，跟跟跄跄地往前走了，他没有回头看站在他身后的我。我一直跟着他，进了他住的小区，一路跟到了他住的那一栋老房子。

在回去的路上，我的脑子终于找到了可以支撑的点。很久以前我就不再满足于将故事只映射在自己的大脑里，我有一种参与的冲动，我想进到故事里面，作为某一方势力。我构建了一个故事，我计划帮他实现愿望。

经过一段时间的尾随，我弄清了他的作息规律。怪不得第一次见他的时候，我会有那种感觉。他的生活确实乏味，无休止地加班，然后是去夜总会喝酒，抱住路边的电线杆呕吐，然后回家睡觉，周而复始。尾随了好几个月，他都没有找到愿意跟他交往的女伴。

我打算利用他的这一点。自从"公司"建立后，我很少去那种地方喝酒，因为我有电影。但是现在为了我的故事，我不得不过上以前的生活，我一个人，而不是跟一群男人一起。我在夜总会等他，在此过程中，我看到了李寒。

4

和李寒（我罕见地记住了她的名字）喝完酒的第二天中午，我刚从"公司"赶到店里，"老板"不在，我听到有电话在响，接起来，没想到是她。她问我昨晚是不是喝多了，我说没多，只是有点儿头晕，走走就好了。她笑了，我不知道有什么好笑的。她问我有没有时间见面，我说得等到下班，九点后。她同意了，说还是去昨晚那家涮锅，再请我吃一顿，有事请我帮忙。

我挂上电话，感觉有些不对劲。李寒怎么知道店里的电话？我不可能告诉她电话号码的，因为我自己都不知道这个电话号码。但是转念一想，也许我知道吧，无意中记下来了，而且喝完酒本来头就晕乎乎的，可能也就想起来告诉她了。我知道自己有时候有点儿问题，像前面提到过的，有时候会分不清现实和梦，虽然我睡觉很少，但是我会做梦，哪怕是醒着的时候，我的脑子里都会自己做梦，我能感觉得到。

这天"老板"没来，9点一到我就拉上铁闸门走到楼上的商场，顺着昨天回来的路往那个涮锅店赶。快到那条街的转弯的地方，我看到一个人站在电线杆旁边，像一块木头。走近了才看清是李寒。我记起来了，这是昨晚我们接吻的地方。

她正在背靠着电线杆抽烟。我拍了拍她的肩膀。她扔掉烟，牵着我的手走到店里。

刚才在外面天太黑没看清，李寒穿一件长款的卡其色风衣，很酷。她一坐下来就脱下风衣，从风衣的口袋里拿出一个硬壳的笔记本。我看着那个笔记本，不知道是什么意思。

"没什么，我刚从图书馆回来，做做笔记。"她又从风衣的口袋里掏出一支圆珠笔,"来,点菜吧。"

这次她点了两瓶"牛二",我俩一人一瓶。我看着这瓶"牛二",感觉有些心虚,我喝不了这么多,但是我没说,还是用喝扎啤的杯子倒了满满一杯。这一杯喝完,我感觉眼前就虚了,什么都在晃动,锅里的肉和眼前的桌子都在动。李寒跟我说登山的事,然后圆珠笔握在了我手里,笔记本在动。动着动着,一切又突然停止了。再次睁开眼的时候,我已经躺在了店里的单人床上,我按开手机看了一眼,凌晨3点14分。像是被一盆冷水从头上淋下来,我感觉清醒极了,浑身都很舒畅。仔细回想李寒跟我在涮锅店的事,她好像让我帮她买一点儿登山用的装备。

距离去"公司"还有两个小时,我又想出去走走。侧身起床的时候,我发现外套左边的口袋里硬硬的。我伸手摸,是一个笔记本,就是李寒手里的那一本,里面还夹着一支圆珠笔。糟糕,我喝多了,把李寒的笔记本和圆珠笔拿来了。看来我喝多了也没有忘记自己这个小小的习惯。我把笔记本和圆珠笔放进抽屉里,就当是她送给我的礼物吧。

早晨的风吹在脸上凉凉的,但是很湿润,跟北京白天的风很不一样,像是走在海边。虽然我从来没有去过海边,也不能这么说,人类不就是从海里面上来的吗?而我是人类,所以我应该去过海边。

中午从"公司"回来的时候,"老板"坐在店里泡茶。他看到我,招招手让我过去。

最近干得不错。他推给我一杯茶,让我坐下。去把那个快递发出去吧。

我喝着茶,心想,是什么快递?

在那边。他指了一下柜台，上面放着一个纸盒，纸盒里面是一些户外装备。

我点点头。

喝完茶我去看柜台上的那个纸盒。户外装备最上面放着一页纸，是李寒的地址。

早点儿送到快递点吧，干得不错。老板说。

我抱起纸盒往外走。脑子里模模糊糊记得昨晚李寒跟我说过要买一些户外装备的事情，但是我上午还来不及跟"老板"说，他怎么就知道了？难道是前天？我有些迷惑。不对，是今天早上我把笔记本和圆珠笔放进抽屉里的，而不是昨天。上楼的时候我拿起发货清单，帐篷、炉具、睡袋、睡垫，还有一套绳索，对，李寒说过她和未婚夫准备在结婚前去爬一座山。第一次在那个地方遇到她也是她在为结婚做准备，很多人都在结婚前立下遗嘱，自己出了意外则把全部财产留给对方。

在快递点我填了订单，上面写了我的名字，但是我没填电话，因为我没有号码，手机里只有上网卡，"老板"没有给我设置电话号码，他说我用不上，需要用电话的时候用店里的就行。

晚上 8 点 55 分的时候，李寒打来电话，看来她记得我是 9 点下班，刚好提前五分钟打来。她说已经收到了纸盒，谢谢我，等她回来了到店里来看我，他们明天就出发。我说了几句无关紧要的话，反正也不知道说什么。虽然她亲过我，还是第一个给我烟抽的人，但是她要结婚了，这没什么办法。

第二天中午我回店里的时候就知道了这事——李寒的未婚夫死了，从山崖上面意外摔下来，当场断气了。李寒打电话给我，但是我不在，"老板"接了电话。

"老板"看着我，像是不认识我。

警察肯定会找过来的。老板说。

警察？我没听明白老板的话。

你是不是忘了检查昨天寄出的装备？

我想了想，昨天我抱着纸盒就到了快递点，确实没有检查装备。

听"客户"说，是登山绳断裂才掉下去的，已经报警了，警察肯定会找过来的，我们完了。我第一次看到"老板"这么紧张。

整个下午，"老板"都坐在货架前面的桌子旁边喝茶，那些茶好像跟他有仇。我坐在柜台后面也有些紧张，一个人死了，虽然他是李寒的未婚夫，但是也是一个大活人，就因为我没有做检查，摔死了。

警察比我想象的要来得晚，下午6点多，吃晚饭的时间，三名警察走到了店里。

谁是×××？一名戴着警帽的胖警察敲了敲铁闸门。

我举起了手，像是在"公司"里点名。

胖警察朝我走来，另外两个警察护卫着他。他把手里的一页纸放在柜台上。这是你填的快递单吧？

我看了一眼说，是的。

那就带到局里说吧。胖警察拿出手铐，走到柜台里面铐住了我。

我被胖警察带到店门外站着，另外两名警察朝"老板"走去。"老板"带着警察去了隔壁我的宿舍。

不一会儿，他们就出来了，手上什么也没拿。

真是一个猪圈，其中一名警察满脸的嫌弃。也不知道对员工好一点儿。

是，是。"老板"附和着。

警察带着我往上走，我回头看了一眼，"老板"对我点了点头，好像在夸我。我有点儿怕，不知道局里是什么样的，长这么大我还没去过局里，我待得最多的地方是"公司"。我想到明天上午我有可能去不了"公司"，心里就有些失落，不知道金鱼会不会想我。

局里其实很干净，甚至比"公司"还干净。警察人都不错，他们问了我一些问题，让我待了一晚，第二天吃完午饭就开车送我回来了，对我也很客气。

下车吧，这事儿跟你没关系。胖警察挥挥手。

我下车穿过商场往地下通道走的时候，想到"老板"昨天对我点了点头，但是又不确定，因为没有"证据"，我什么都不能确定。我看到"老板"站在店门口等我，似乎比昨天更着急。

你看看你干的好事。他指了指柜台。

我走近柜台，上面摆着一些东西。两个烟头，看得出来其中一根是女士烟，还有一个笔记本和一支圆珠笔，旁边有一页纸、一把刀和一些绒线。

我明白了，这都是跟李寒有关的东西。

你怎么能喜欢她？你知道她是什么人吗？"老板"指着烟头。我还以为你不是这种人，才把你从"公司"接出来的。这些都是在你的宿舍找出来的，你还有什么好说的？"老板"很气愤，拍着柜台的台面，上面摆放的东西都"跳"起来了。

别以为你干的这些好事我都不知道，别忘了我是干什么的，我看过的电影可不比任何人少。你是不是喜欢一个叫李寒的女人？

我点点头，我确实有些喜欢她，特别是她柔软的舌头。

所以你捡了她吸过的烟,你怎么这么恶心?要是我推测得不错的话,这根烟上肯定能检测出你的DNA。纸上的这些东西都是你写下来的吧?到时候警察会测笔迹的,你为什么刚好把绳子圈起来?说明绳子有问题。还有这把刀和绒线,要是我猜得不错的话,你就是用这把刀把登山绳的每一根纤维都挑断了,表面上绳子完好无损,实际上那是一根已经完全断裂的绳子。"

我看着"老板"发怒的脸,那张脸正在变形,开始和李寒的脸重叠。我脑子出现的第一个场景,是那天"老板"派我去立遗嘱,我坐在大厅里看到屏风上的画里很吵,所以走到院子里,李寒把还没抽完的烟丢在地上跟工作人员走了,然后我走过去捡起那根烟,吸了一口,把烟雾直接吞了下去,出门的时候再次遇到李寒,我们去吃涮锅,然后认识了。第二个场景是李寒第二次请我吃涮锅,说要买一些设备,凌晨从店里醒来后我拿出新买的笔记本写了这些东西,在登山绳上画了圈,然后用小刀割断了登山绳的每一根纤维,早上出门的时候我跟"老板"说了有人要买装备的事,我找了一个纸盒,将那些东西都装进纸盒,放在了柜台上,准备下午来店里寄出去。

我一屁股坐在地上。一个模糊的男人不断在我眼前摔下,流血,飞起来,摔下,流血,飞起来,我感觉脑子都快炸掉了。我跪下来,求"老板"叫警察抓我回去。

开庭之前,检察院指定的辩护律师就告诉我,案子对我很不利。在烟头上检测到了我和李寒的DNA,在小刀上检测到了我的指纹,那些被挑断的纤维,经过仔细比对,就是摔死李寒未婚夫的绳子上的。而那一页采购清单,和笔记本被撕下的一页纸刚好能够拼起来。

但是你不用担心,因为你是"公司"的人,他们拿你没办法的。律师走的时候拍拍我的肩膀。

在法庭上我再次见到了"老板",他竟然跟李寒坐在一起,他有些闷闷不乐。

庭审完,法官允许我和"老板"单独会见十分钟。

"老板"那种迷惑的眼神又出现了,他竟然好像不认识我。

李寒的未婚夫在北京根本就没有房子,他也是"公司"的人。"老板"丢下这句话就摔门走了出去。我看着"老板"摆动的风衣,笑了出来。

飞　地

1

关朗在后座上蒙蒙眬眬地睁开眼睛,他看到绵长的柏油路面突然截止在不远的地方,车子即将驶进这灰褐色的巨大背景中。离开柏油路的一瞬间,他感觉到屁股底下颠了一下,像是进入另外一个世界的信号。柏油路所代表的,是文明世界的触角到达的极限。关朗隐隐地有些激动,也可能是心底一种动物性的焦虑。车窗外面的景色立马换成了绵延到天边的更彻底的褐色,姿态各异的风蚀残丘在不远处静静地肃立着,像一艘艘风帆鼓满即将远航的战船。这就是国内少有的未经人工开发的雅丹。出发之前,关朗特地在青港市公安局旁边的独立书店翻过一点儿旅游图册。图册里有利用小型无人机对这片广大土地近距离拍摄的照片,这些无边无际的山丘就像千百万头浩浩荡荡的"鲸鱼军",面向统一的方向,安详地静卧在沙海之上。

关朗伸手按下了越野车的自动车窗,浅灰色的细小粉尘顺着打开的玻璃缝隙瞬间涌进了关朗的鼻腔、肺部,经过大脑中枢神经的处理,竟然产生一种似曾相识的信号。那是一种土香味儿,他已经好多年没闻到了。在老家那些高低起伏的丘陵田地之中,一场骤然而至的春雨刚刚落下来的时候,空气中才会飘散着这样迷人的土香味儿。他不自觉地闭上了眼睛,贪婪地呼吸着。

一声咳嗽将关朗惊了一下。

不好意思啊,小柯,我关上。关朗慌慌张张地提了一下车窗玻璃的按钮。耳边一下子清静了。

没事的,关老师。

坐在驾驶座上的小柯回头对着关朗笑了笑，这画面在关朗的视网膜上卡住了。关朗看着小柯的脸，脸微微发烫。刚刚光顾着用鼻子去体味那种香味儿，不自觉地将身体前倾，头部凑近了前座。小柯这一回头，距离关朗的脸过近，已经超过了让人舒服的距离。

关朗有些尴尬地将屁股往后挪了挪，后背靠在了皮套子上。

哎，关老师，真没想到您这么年轻啊，这是您第一次来青海吗？小柯似乎也觉察到了关朗脸上的异样，坐正身子，双手把住方向盘，看着前面的路。

嗯，是第一次。你知道土族吗？

几年前关朗在青港市陪读村破获的一件案子里有一个来自青海的十三岁男孩儿，土族人。男孩儿家养了几十匹马和三只藏獒，马平时就放养在山上，需要用的时候就去山上找。所以关朗脑海里的青海是草原，跟内蒙古差不多。

听说过，也是这边的。小柯的坐姿让人想起在教室上课的小学生。

那你是哪个族的？

我是汉族。

哦。

对话停止，两人都陷入了沉默。关朗看着前座上小柯白白净净的侧脸和一身全白的打扮，感觉有些好笑。他以前想象过青海人的样貌，穿着五颜六色的民族服装，戴着叮叮当当的配饰，这都是被新闻媒体灌输的。裤兜里的手机振动了一下，是搭档陈实发来的微信，问关朗着陆了没有。关朗捧起手机回复了陈实。关朗又看了一眼窗外，不到下午三点，车窗外的天色开始发暗了，太阳已经变成了一个囫囵的暗红色小球。他闭上眼睛，慢慢地感觉到这红色在脑海里晕开，意识逐渐逃离，沉了下来。多么宁静，好久没有这样静下来了。

从2011年"借调"到青港市公安局算起，至今已经八个年头。接警，出现场，分析整理各类线索，追踪嫌疑人，挖出作案动机，写案情陈述，转给检察机关，这一套流程不知道跑过多少遍了。接触的案子和嫌疑人越多，关朗越对工作产生怀疑，这个世界上的所有犯罪，哪怕是穷凶极恶的杀人狂魔，只要你愿意深入这些人的具体生活里面，你就会不自觉站在对方的立场上，发现一切都变得可以解释。但是他知道自己不能这样想，连念头都不应该有，坏人就是坏人，既然人类发展出了"法律"这样一套规则，或者说是符号体系，只要按照规则运转，人类就能往前继续发展。也许站在更高维度来思考这个问题，就像古代人并不知道地球是圆的，但是他们还是说出了"条条大路通罗马"的科学常识。

作家，是关朗作为刑警之外的副业，他觉得他可以进一步以此"故事眼"为核心，将故事继续在头脑里发展下去，可以写出一篇具有一定社会属性的批判性科幻小说，按自己的直觉，这只能是一个短篇小说的体量。除了科幻小说之外，关朗也写推理小说，要是按照更详细的分类，属于社会派推理小说，区别于古典推理小说，在制造各种精巧的谜题、诡计之外，这种小说需要对当下的社会阴暗面有所指涉，要让读者在得到推理小说能给予的思维乐趣之外，对当下的社会问题进行进一步的反思。这当然跟关朗从事刑警这一职业是有关的。关朗觉得自己是幸运的，作为作家，他一直都在自己的写作题材范围之内工作。也正因为这个原因，在关朗的小说里面，警察的个人形象要远比一般的同类作品中鲜活。他的好几本小说都登上过畅销书的排行榜。但是这次他来青海，是被当作科幻作家邀请的。在科幻小说这个领域，关朗算是一个不折不扣的新人，他总共就写过两部中篇小说、数部短篇小说，其中一部中篇小说获得了某科幻文学比赛征文的二等奖。让关朗在科幻小说界崭露头角的其实并不是他获得的这个商业性文学奖，而是在这篇小说的情节中，主人公关于"人造肉"和"脑机接口"这两个问题的讨论，准确地预言了这两项科技在短时间内将获得质的飞跃。小说里的主人公站在更宏观的角度上，利用最新的科学研究进展详尽地论证了这两个领域之所以即将爆发的理由。小说获奖不到一年的时间里，艾隆·马斯克即宣布"连接人类和计算机的超高带宽脑机接口"技术取得重大突破，并且可以与iPhone连接互动。艾隆·马斯克在发布会上向全人类演示了在高端光学设备的帮助下，在小白鼠头骨上人为制造4个直径为8毫米的微小孔洞，把电线"精准"植入其大脑，利用内置微小芯片，通过USB-C的有线连接方式能够传输数据。马斯克进一步透露，通过与加州大学戴维斯分校的科学家合作，他们已经在猴子身上进行了此实验，发现作为灵长类的猴子能够通过大脑来控制计算机，随心所欲地挥动由计算机程序控制的机械手臂。马斯克用激动的语音现场宣布，该技术将在2020年开始进行人体测试。而在涉及当时人们还普遍不熟悉的"人造肉"概念时，关朗准确预言到了大豆根部所含有的亚铁血红素所具有的独特性，能同时解决"素肉"该具备的味道和颜色这两项阻挡"人造肉"好几年的发展瓶颈。而如今，主打"人造肉"概念的公司，已经有好几家在纳斯达克成功敲钟上市，所生产的产品已经出现在众多国家的餐厅的菜单上。

车子猛地颠簸了一下。关朗睁开眼睛，伸手抓住了右手边的抓手。窗外黑乎乎的，什么也看不到。

关老师，这段路不好走，你扶好，就快到了。小柯正襟危坐地直视前方，看得出来，她好像有些紧张。

好的。

关朗身上有些冷，把脱在座位旁边的羽绒外套穿上。右手边的车窗玻璃上蒙了一层水汽，透过水汽朦朦胧胧地看得到自己的身体。他下意识地伸手在玻璃上写了两个字——冷湖。这正是他即将到达的地方。第一次听到这个名字的时候，关朗就上网百度过。冷湖镇，二十世纪新中国第一块油井的发现地，石油被抽干之后此地即沉寂，撤市为镇。除了石油之外，唯一算得上特色的便是窗外这隐藏在无边的黑暗之中的雅丹。因为冷湖这与世隔绝的荒凉，加上酷似火星地貌的雅丹，在政府大力扶持发展第三产业的前两年，有一家北京的文化公司落地冷湖，与政府签订了开发"冷湖火星小镇"的协议。目前项目一期已经验收，已建成包括总部大楼、火星舱等各种体验功能的"火星营地"。而关朗正是作为科幻作家代表，被该文化公司邀请体验"火星营地"的。参观完"火星营地"后，关朗需要写一篇"游记"作为参观作业。

关老师，你看到冷湖的新闻了吗？小柯突然回过头问。

你说的是异常光波辐射的事儿吗？上个月初，关朗确定行程之后，在朋友圈看到好几个写科幻小说的同行转载了那条微博：冷湖地区出现了多次异常光波辐射，有关专家怀疑是长期生活在地表下的火星人面对能源枯竭的窘境向地表发射求救信号，也有专家怀疑是有智能生命在有意暴露地球坐标。

嗯，是的。我看过您的资料，您是一名警察，这个案子就交给您啦。

哈哈，要是你失踪了我准能把你找回来。破译光波辐射的事儿还是交给霍金们吧。

哎，到了，关老师。小柯拉开车门快速跳了下去，帮关朗从外面打开了车门。

寒气瞬间侵入骨髓，虽然关朗还穿着羽绒服。眼前是一排集装箱式样的房子，像是美国西部公路片里的箱式住宅。房屋顶上排列着"火星旅店"四个红色的大字。

因为关朗达到的时间太晚，旅店值班的工作人员回家吃饭去了。小柯联系了工作人员后，关朗和小柯就坐在前台旁的沙发上等。让关朗吃惊的是，小柯居然是北京某重点大学外语学院的研究生，因为喜欢火星文化，所以应聘到了这家位于北京朝阳区专门开发"火星旅游"的文化公司，之后公司在冷湖镇设立办事处，她便被派往此处，已经待了有半年了。除了总部一两个月一次的进度检查之外，小柯是办事处的唯一的工作人员。

不会无聊吗？关朗从前台的柜子上拿了两个纸杯，倒了两杯热水，递给小柯一杯。

谢谢关老师。当然无聊了，不过我不怕，我有这个。说着小柯按开手机，手机显示屏上是一个有很多小方块的正方形。数独游戏。

你喜欢这个？

是啊，我从初中的时候就喜欢玩这个。不光是数独，各种字谜、接龙，还有变形魔方之类的，我都喜欢。

旅店的工作人员终于来了。小柯帮关朗把小皮箱提到了101房。皮箱刚放下，砰的一声，房门不知道什么原因自己关上了。两人不约而同地看向房门，又不约而同地看着彼此的眼睛。因为这个房间很小，一张不大的单人床旁边摆着一张小桌子，剩下的就是一个小小的洗手间。两个人站在屋里本来就觉得有些挤，而房门关上后，气氛就变得有些不自然了。

小柯扬了扬手里的房间钥匙。关老师，我是102。明天上午是雅丹徒步的活动，别忘了哈。

房门被重新关上。关朗愣在那里，突然一下子笑出了声。

洗漱完毕之后，关朗将床上的两个枕头叠在床头，靠在了上面。这是关朗多年来出差的习惯，每晚在床头靠一会儿。除却社会性的警察身份，在心底里，关朗觉得自己是一个文人，虽然他知道自己创作的这些推理小说和科幻小说在真正的文学圈是层级"较低"的类型小说，但是关朗从来都觉得真正的文学应该是百花齐放的，阿加莎·克里斯蒂和雷蒙德·钱德勒的读者，未必比博尔赫斯或者米沃什的读者低级。读者在阅读时获得的不同乐趣和体验，是阅读不同类型的文学作品才能获得的。

关朗的手机震动了一下。是小柯发来的微信。"关警官好，异常光波的'案子'我其实之前在图书馆里发现了一些线索，明天见。"

好。

这个小柯挺有意思的。关朗能感觉出来，小柯对自己好像有点儿感觉。难道这次参加采风，能解决自己母胎单身的问题？关朗摊开被子，把刚从双肩包里拿出来的《1367》放在了床头，然后钻进了被子。关朗准备美美地睡一觉，参加明天的雅丹穿越，顺便还要见小柯。他无论如何都不会想到，这是他和小柯的第一次见面，也是最后一次见面。明天，一切都将改变。

2

  一名胖胖的男警察走进审讯室，他的手里拿着几页纸，脸有些黑，两颊暗红，像是喝了酒。关朗知道那是高原红，是长期待在户外或者高海拔地区的典型标志。他坐了下来，将手里的几页纸放在身前的白铁皮方桌上，关朗的身份证压在那张纸上面。他看到关朗走近，朝关朗爽朗地笑了笑。

  关队。您的同事是这么称呼您的吗？

  客气了，叫我关朗就好。

  这是流程，希望您理解哈。

  明白。

  在这里签字就行。

  关朗欠身签好了字。

  您说这一个大活人怎么就不见了？

  我也没碰到过这样的案子。

  从早上搞清楚状况之后，关朗的脑子就一直在转。到底是怎么回事？这样的事，他在青港市刑侦科这几年是没有遇到的。但是类似的情节，在各种侦探推理小说里可太常见了。几乎是所有优秀推理小说家一定会触碰的母题。故事归故事，关朗却从来没有期待自己能在现实生活中一展自己的聪明头脑，像夏洛克·福尔摩斯或者赫尔克里·波洛那样，成为一步步抽丝剥茧、使案件水落石出的那个主角。

  我这儿就完事儿了，关队要是想起什么随时跟我联系。胖警察从裤兜里拿出钥匙，走，我送您回去。

  那麻烦你了。

关朗跟着胖警察走出派出所，习惯性地坐在了警车的副驾驶座上，拉上安全带后才觉得似乎有些不妥。

是回旅店吧，关队？

嗯。

屋外风沙正紧，能见度很低。据胖警察讲，派出所位于冷湖镇街道的中心位置，这个街道算是方圆上百公里最繁华的地方。看着沥青小路旁边低矮的两层小楼房被漫天的风沙裹挟着，关朗的心里有些压抑。在这样荒凉的地方，又碰上这样的事，任谁的心情都好不起来。

哎，关队，昨晚您和小柯见面的时候，有没有觉得她有些怪？胖警察在道路拐弯的地方玩了一个漂移。

怪？没有啊。

其他人也觉得她有些怪。

哪里怪了？关朗的好奇心被调起来了。

她对火星好像极其感兴趣。

嗯。

就拿不久前冷湖出现的异常光波辐射的事儿来说吧，听说就是她第一个发现并通知专家的。

这个我倒不知道。

她还老想着去火星。

去火星？不会吧？

真的。美国不是有一个什么公司弄了一个火星移民计划吗？说是在全球征集5个男人5个女人永久移民火星。这种事当新闻看看就行了，但是这个小柯，真的报名了，还通过了第一轮千人筛选。你说她这不是闲得慌吗？她移民了，她父母家人怎么办？现在的孩子啊，一点儿也不为父母着想，要我说，都是读书给害的，读傻了。

哎，她家人调查过了吗？关朗回头严肃地看着胖警察。

胖警察看着关朗，愣了一下，脸上马上又挤出了大朵的笑容。关队，反正您在冷湖这儿的活动是参加不了啦，要不您跟我们一起调查？

关朗收回脑袋。不好意思，不是这个意思哈。

明白明白，职业习惯，哈哈。关队，要说这小柯的家庭，还真是个问题，二代身份证上都录了指纹存了电子照片的，这您知道，可我们竟然没有在数据库里面找到她的任何身份信息。

全国的库里也查了吗？

都查了。这个人就像是从土里蹦出来的。肯定是超生的黑户。

我记得她说她是去年从北京××大学外语学院毕业的。

查了，没有这个人。

关朗看着不远处的雅丹，想着小柯昨晚最后发给自己的那条微信。这个像谜一样的女孩儿到底是怎么回事？他回头对胖警察说，能送我去图书馆吗？

镇图书馆吗？哦，我忘了关队还是一名作家，是该去我们镇图书馆转转，图书馆的设计者可是著名建筑设计专家贝小毛先生。胖警察没有减速便将车平稳地掉了头，看得出来是一名老司机。路上一辆车也没有，风沙好像变得更大了，马路两边的房屋已经渐渐隐去了身影。

关朗走进图书馆，偌大的阅览室里面只有不到十个人。他找了一个安静的角落坐了下来，闭上眼睛，好好在脑子里整理一下上午发生的事。从早上被旅店工作人员和警察叫醒开始，关朗就觉得有些不真实，像是做了一场似真似幻的梦，又仿佛是在脑海里盘旋着的某一篇没有写出来的小说。甚至在出发之前，关朗都有点儿不敢相信，为什么邀请自己来这个小镇采风，自己有什么资格？难道这一切都是某人预设好的剧情，或者是一个圈套？他努力去回想在西宁机场见小柯第一面的场景，那张脸模模糊糊的，像是被 PS 软件高度磨皮一样，五官已经有些不真切了，能够确定的似乎只剩下她那一身和这赤色的天地形成截然对比的白衣，还有她坐在副驾驶上的那张侧脸。但是仅看侧脸，什么也不能说明。那有可能是小柯，也有可能不是。他有些不相信自己的记忆了。他拿出手机翻到昨晚小柯最后发来的那条微信："关警官好，异常光波的'案子'我其实之前在图书馆里发现了一些线索，明天见。"她究竟发现了什么线索？

刚刚和胖警官在车上聊天的过程中，关朗的思绪一直在跳跃：一个神秘的不知来路的黑户女孩儿，加上一件密室消失案子，再加上异常光波的辐射和火星移民的筛选。在这之前，作为刑警的关朗一直试图避免将作为推理小说作家的关朗代入工作之中，警方破案当然要依靠警察个人的头脑，有时候还需要想象力，但是说到底，这是一个团队配合的活儿，有物证痕检的同事，有微生物法医的同事，有群访监控摸排的同事，最后将所有资料汇总到关朗这儿，进行合理的想象和推理，抵达事件的"某一面真相"，然后试图还原真正的案情，移交司法机关。而写作，是单打独斗的活儿，作家既是世界的创造者，又是事件的制造者。作为以情节吸引读者的类型小说，关朗的写作从来都是心里有底儿的，即情节大致的走向和方向性的把握是手指在键盘上落下之前就在脑海里基本成型的，所以对主事件和情节的架构方式是从外到里的反向结构，作家是故事的上帝。作为职业的警察和作为作家的关朗之前几乎是截然不同的两个人，但是此刻，关朗明显感觉到这两者在融合交汇。

你好先生，可以抬一下脚吗？

关朗目光直直地看着打扫的阿姨，机械地抬起了脚。

既然她说过在图书馆发现过某些线索，那就从这里开始吧。关朗在阅览室里转了一圈，取了几本关于冷湖镇历史的图册，认真地研读起来。

据史料记载，在我国晋朝时，干宝所撰的《搜神记》第八卷中，有一段关于火星人的记载，这位火星人曾预言了当时的中国大势。事情发生在公元260年，当时是史上著名的三国时代，东吴、蜀汉、曹魏各据一方，逐鹿中原，都想完成统一霸业。东吴是草创之国，一切未上轨道，守卫边境是国防大事，东吴景帝（孙休）在位时，将边屯守将的妻子儿女齐聚一处，美名曰"保质童子"，其实是将这些守将的家属当作人质，以防变节。这些孩子平日嬉戏娱游都在一起。二月某一天，出现了一位六七岁、身高4尺的奇异童子，穿着青色衣服，来到游戏的孩童中，所有孩童都不认识他，问他：你是谁家小儿，今日忽来？这位怪童回答：看见你们一大群在嬉戏玩乐，就来到这里。

孩童们仔细端详着这位怪童，见他眼有光芒射出，心生畏惧，又问一遍他来此的原因。怪童回答：你们怕我吗？我不是这里的人，我来自荧惑星（火星古名），我有话告诉你们：三公归于司马。

众孩童大惊，有的跑去告诉大人，大人赶忙跑来看他，怪童说：我要走了！于是耸身而跃，飞上天去，大家仰着头看他，只见他宛如拖曳一条白练飞上天空，愈飘愈高，过没多久就看不见了。

当时吴国政治峻急，大家都不敢散播怪童的话。4年之后，蜀汉亡国，6年后曹魏废帝，21年后东吴被平定。时值公元280年，三国时代终了，统一中国的就是西晋武帝司马炎。怪童的话应验了。

《搜神记》原文全文如下：

> 吴以草创之国，信不坚固，边屯守将，皆质其妻子，名曰保质童子。少年以类相与娱游者，日有十数。孙休永安三年二月，有一异儿，长四尺余，年可六七岁，衣青衣，忽来从群儿戏。诸儿莫之识也，皆问曰：尔谁家小儿，今日忽来？答曰：见尔群戏乐，故来耳。详而视之，眼有光芒，爓爓外射。诸儿畏之，重问其故，儿乃答曰：尔恐我乎？我非人也，乃荧惑星也。将有以告尔：三公归于司马。诸儿大惊。或走告大人。大人驰往观之。儿曰：舍尔去乎！耸身而跃，即以化矣。仰而视之，若曳一疋练以登天。大人来者，犹及见焉。飘飘渐高，有顷而没。时吴政峻急，莫敢宣也。后四年而蜀亡，六年而魏废，二十一年而吴平：是归于司马也。

在20世纪50年代之前，冷湖地区在中国的所有史籍中均找不到任何记载，也从来没有过建制。现在的冷湖地处柴达木盆地西北部，面积17460平方公里，海拔2800米，境内地形复杂，东北高，西南低，形成山地、丘陵、戈壁、沙漠、盐泽、湖泊兼有的特征，因而气候寒冷干燥，多风少雨，昼夜温差大。就是这片干涸得如同月球般的不毛之地，地下却蕴藏着丰富的石油资源。

这片残垣断壁，曾经见证了激情燃烧的石油会战岁月。冷湖最辉煌的时候生活着五六万人。20世纪60年代冷湖人还奔赴大庆、胜利等地支援建设，一度有"哪里有石油，哪里就有冷湖人"的说法。

1954年，柴达木盆地迎来了第一批石油垦荒者，在这里他们凭着"一卷行李一口锅，牵着骆驼战沙漠，渴了抓把昆仑雪，饿了啃口青稞馍"的革命干劲，经过4年的辛勤工作，发现了第一口标志性油井"地中四井"。由此，冷湖油田成为我国当时四大油田（玉门油田、克拉玛依油田、四川油田、冷湖油田）之一，中国的地图上也从此有了冷湖镇。冷湖油田生产的原油被源源不断地运到玉门、兰州进行炼制，为青海、西藏的发展和西南地区的国防安全做出了重要贡献。

1958年8月21日，1219钻井队开始在冷湖钻井。9月13日，当钻头钻至650米深时，"地中四井"发生井涌，继而出现井喷，原油激情澎湃地从地心射向高空，喷势如脱缰的野马，在原野连续畅喷3天3夜，初步估算日喷原油800吨左右。由于没有储油设备，出井的原油一时运不出去，探区指挥部只好组织人员筑堤储油，将喷出的原油围堵成了一片"油海"。据说，当时，有一群野鸭从高远的蓝天飞来，误把"油海"当成湖泊，结果被原油粘住了翅膀。

"地中四井"为当时步履艰难的祖国带来了希望，也使冷湖迅速崛起为一个初具规模的石油城镇，在浩瀚的戈壁沙漠上展露出一个亲切而迷人的笑容。由于成为闻名全国的石油基地，也为了方便指挥作战，1959年青海石油勘探局从大柴旦迁至冷湖，相继在冷湖成立了钻井处、采油处，建设了炼油厂、水电厂、局地质处、器材处、运输处、职工医院、社会服务处等，科研后勤单位也从茫崖、大柴旦迁至冷湖。那时，冷湖地区石油职工迅猛增加到2万多人，占到全局职工总数的84.4%。1959年9月，国务院批准冷湖地区建市，直到1964年才改设冷湖镇，1992年改为冷湖行委。1992年，由于没有新增储量等原因，大部分油田停产，只有三号油田产油，日产量仅为4至5吨。同年，青海石油管理局机关及后勤服务部门迁至甘肃敦煌。据说在奔赴新的驿站的长旅中，许多石油人的胸前都包裹着一捧冷湖的沉砂。那是他们不能忘却的记忆，也是他们发自心底的留恋。

地球在火星和太阳之间时就发生火星冲日。当火星与太阳视黄经相差180度时，称为火星冲日。这时，火星和太阳分别位于地球的两边，太阳刚一落山，火星就从东方升起，而等到太阳从东方升起时，火星才在西方落下，因此整夜都可观测火星。一般来说，冲日时，火星离地球较近，它的亮度也是一年当中最亮的。

当地球在远日点附近而火星在近日点前后发生大冲时，就是所谓火星大冲。冲日时的火星距离地球最近大约6000万千米以内，最远可达1亿千米以上。由于火星轨道的偏心率近1/10，近日点时距离太阳有20670万千米，远日点时距离太阳24920万千米，二者之间相差4250万千米。

2003年8月27日，火星与地球的距离为6万年来的最短值，约5575.8万千米。当时火星的视直径达到了25″，亮度为-2.9等。在火星冲日的时候发射探测器能大幅度减少登陆火星需要的燃料，美国航空航天NASA于2003年7月7日在火星冲日之前发射了"机遇号"和"勇气号"火星探测器，并于2004年1

月25日成功登陆火星，它们的大小与一辆高尔夫球车相当，主要任务是搜寻火星上水的痕迹，并研究其地质结构和天气环境。

两艘探测器最初的设计目标是在火星表面"生存"90天，行驶640米。因为按照计划，该设备无法熬过火星冬季。2004年2月17号，即两辆探测器登陆火星23天后，一场巨大的沙尘暴袭来。沙尘暴过后，科学家发现"勇气号"不知所踪，其身上携带的所有传感器和信号源均消失，NASA尝试各种方式呼唤寻找信号均宣告失败，这成为当年科学界的未解之谜。而"机遇号"探测器的使用寿命则远超设计，在火星上行驶了28英里，并在此工作了14年多。在耐力、科学价值和长寿方面大大超出了所有人的预期。它传输了217594张图片，包括它的自拍照。"机遇号"的研究结果表明，火星表面确实曾流淌过水，这颠覆了先前科学家对火星的认识。为了表彰"机遇号"做出的突出贡献，小行星39382被以"机遇号"命名。据报道，新一代探测器将在2020年登陆火星，继续NASA的火星情缘。NASA的"火星2020号探测车"（Mars 2020 rover）和欧洲航天局的Exo Mars探测车都将于2020年7月发射，将成为首个旨在寻找火星上曾经存在微生物迹象的探测任务车。

3

走出图书馆的一瞬间，关朗无意识地掏出手机看了一眼，有好几个未接电话，显示都是来自青海海西的，估计是此次采风活动的其他工作人员打来的，小柯之外的某个工作人员。才下午五点多，屋外已经彻底黑了下来，天空看起来很低，好多年没看到过这样的星空了，银河上那一条玉带上星星点点地散落着像丸子一样的星星。因为小镇道路两旁的屋子都不高，和这样壮阔的天空相比，眼睛很容易忽略了这些房子的存在，给人一种身处辽阔无人天地的错觉。这就是暗夜星空保护区，关朗在资料上看到过。在图书馆门前站了一会儿，关朗觉得周身冰冷，他知道他应该打电话给工作人员，让对方派一辆车接他回到火星旅店。但是关朗并没有这么做。他收好手机，信步往来的路走。冷风拂过耳边，呼呼的声音让关朗觉得头脑特别清醒，而他此时需要清醒。

下午在图书馆，关朗以平时快速跳读的方式，将图书馆拥有的和冷湖的历史以及火星相关的图书介绍册、复印资料，全部浏览了一遍。冥冥中，他感觉似乎能找到一根无形的线将这些有的像传说一样的资料串起来。当年科学家"为什么我们看到的天空是黑暗的"这样一句天问，导致狄拉克以天才的想象力将爱因斯坦的相对论引入量子力学，建立了预言式的狄拉克方程式，无限扩充了人类认识宇宙的版图和精确度。当然，也可能是自己想得太多。因为一个大活人就这么失踪的事发生在现实，关朗心底里确实有点儿无法接受。但是小柯的那一袭白衣，无法查到的学历以及警察没有找到的户籍资料，就像黑洞一样。特别是1954年，在冷湖发现第一座石油井之前，关于这块地方地形地貌的历史记载，实在与目前的样貌相差太大，冷湖以及分布其上的雅丹几乎是一块凭空出现的飞来之地。还有2003年1月初，赶在当年"火星大冲"同时发射的"勇气号"和"机遇号"，耗费如此巨大的"勇气号"为什么在着陆23天之后无故失踪？而这种失踪，跟小柯的密室消失又有什么关联？关朗的脑子越来越乱，不知不觉脚下失去了准星，走到了沥青马路的中间。

滴滴，身边响起两下喇叭声，有辆车停在了关朗旁边。

上来啊关老师。是那名胖警察。

关朗犹豫了一下，拉开车门还是坐在了副驾驶座上。

谢谢。

客气啥？您在图书馆待了一下午？

是啊，随便翻翻。

今天这事儿，真是奇了。胖警官明显情绪高涨，有些兴奋。

奇了？

是啊。今天上午不是在旅店找到了失踪那女孩儿的手机吗？哦对了，小柯是吧？我们下午解开了她的手机，在她的手机里发现了一些东西。

关朗默不作声。昨晚睡觉前，小柯说她发现了一些线索，准备今天告诉她，究竟是什么线索再也无法得知了。上午在派出所的时候，关朗就按捺住了自己的好奇心，毕竟现在自己的身份是采风作者，而不是查案的警察。

什么东西？不会是火星人的作战计划吧？关朗微微一笑，看着胖警察红红的耳朵，不知道是冷的还是热的。

在她手机的记事本里，小柯记录了最近的异常光波辐射，冷湖最近的大新闻，关老师知道的吧？

嗯，听说过。

她画下了这些光波的波谱，竟然在记事本里破译出来了。这样的案子您也知道，算是命案了，命案必破，省厅的人上午就来了。本来我们没把她手机记事本里写的这事儿当一回事，但是省厅的那个高队，是个实诚人，较劲，非要联系上级，发给科学院的专家们看了。那些专家按照笔记本上记录的方法研究，竟然觉得她写的是真的。现在这案子闹大了，听说省厅已经报告了部里，准备成立专案组，带上科学院的专家和设备来冷湖调查这个案子。哎，到了。

关朗恍恍惚惚地下车。车子再次启动的时候，关朗突然冲到车前面拦住了车头。

你好，能告诉我破译出了什么吗？

胖警察敏捷地跳下了车。反正你也不是外人，我拍了照片。他掏出手机按开屏幕递给关朗。手机上是一张白桌子上随意摆着的四个词语。

坠毁。火星。能源。救援。

只破译出来这四个词，但是怎么样组合、表示什么意思，还不知道。北京的语言专家正在连夜研究，看看能不能把这句话组合起来。

关朗把手机递给胖警察，走进了旅店的大门。前台的沙发上坐着一个穿西装的男人，看到关朗后站了起来。

是关老师吧？

你好，关朗。

你好你好，我是火星小镇的领队。下午到处找你呢，真是不好意思，出了这样的事。男人伸出手来和关朗握手。

走走走，其他人已经在大厅里吃晚饭了。

男人在前面引路。不一会儿，关朗就进入了大厅。此次活动的组织方和同行科幻作家，以及一些天文学家、理论物理学家，都是国内本领域的大咖，这里面的好多人的研究和作品关朗都读过。关朗看着不远处满桌的饭菜，喉咙不自觉地动了一下，早上出事之后关朗就一口饭也没有吃，真的有些饿了。关朗一进入大厅就被西装男拉着介绍给大家，喧闹着敬酒，交换微信，闹腾腾一直搞到关朗晕乎乎地坐在椅子上。等关朗醒来，整个大厅就只剩下西装男人和自己,那人坐在关朗旁边抽烟。

关老师醒了。

不好意思,我睡着了。

没睡一会儿,大家也都是刚撤的。哦,刚刚晚餐前你不在,采风活动全部取消了,警察让所有人都待在冷湖等通知,可能得耽误你几天。毕竟是人命案子。旅店房间我们已经续了一周。

好的。关朗站起来,感觉桌面有些晃,但是回房间的路他还记得。他回房的第一件事就是冲澡,这是关朗自己的习惯,酒后冲凉,一下子就能清醒。他坐在床上,打电话给陈实。出来已经两天了,这小子不知道在干啥。这些年来,他分析案情,陈实搞数据监控,两人配合得很不错,是亦师亦友的关系。关朗说了小柯离奇消失和警察没找到任何个人资料的事。

头儿,要不你发张照片给我,我利用"天眼"看看。

陈实这小子,连最绝密的数据库都能黑进去,全世界的摄像头都能为他所用。

第二天一早,关朗吃过早饭就拿出电脑,让昨晚认识的那个领队发来了一张小柯的照片,那是她去年办理入职资料上面的证件照,一脸严肃,跟他见过的那个小柯有些不一样。他立即传给了陈实。随后,按照以往的破案习惯,建立了文件夹,开始在电脑上整理各类线索。

1. 公元260年,《搜神记》记载白衣女孩飞上天空,预言了天下大势——小柯只穿白衣服?

2. 1954年冷湖油田被发现,之前完全无雅丹记载——为什么凭空出现了冷湖地区?

3. 2003年火星大冲之前,火星探测器"机遇号"降落23天后神秘消失。

4．2018年7月27号，时隔15年再次出现火星大冲。冷湖火星小镇项目于当年5月份启动。

5．2019年10月14日，小柯在火星旅店102房消失，遗留的手机记事本里记下了四个关键词。

关朗直直地盯着电脑屏幕上这些支离破碎的线索，一直盯到旅馆窗外的天色变暗了，才等到陈实的电话。陈实在电话里报告了天眼系统第一次拍到小柯的时间。当陈实说出这个日子的时候，关朗一下子从凳子上跳了起来。

是这个日期没错儿吧？

肯定没错，头儿。

行。

关朗挂上电话。盯着眼前的屏幕，2018年7月27日，正是它。这个小柯，难道跟去年的火星大冲有什么关联？关朗站起来在房间里四处乱转，胖警察手机里那四个关键词不停地在关朗的脑海里闪动。他将见到小柯第一面之后所有的行为都仔细地思考了一遍，有可能有用的线索好像都已经找到了。不对，多年刑事案件的经验告诉关朗，破案的节点往往在一些所有人都会忽略的、无意义的点上。从这个角度分析，小柯做的最无意义的事是什么？关朗继续在屏幕上写着，将小柯的所有行为都列在了文档里。他看到了它，数独。小柯说过，她喜欢玩各种智力游戏，数独、接龙、魔方。难道这四个关键词就是某种游戏？关朗将四个词按照不同的次序排列。因为这四个词的指向过于明确，似乎怎么样排列意思都是一样的。不可能这么简单的，她可是能在3分钟内完成标准数独的人。关朗就这样，从不同的方向和侧面去破解这个谜一样的游戏，却一直没有找到合适的突破口。他看看屏幕上的这张证件照，突然看到证件上面有一个钢印，北京××大学外语学院。既然她的身份是冒充的，为什么还要做得这么真，要弄一个钢印？难道这也是线索？她说过她是英文专业毕业。

关朗利用搜索工具翻译了这四个关键词。

crash

Mars

energy

rescue

关朗看着这四个单词，首字母，cmer？CMER？关朗将这四个字母输入翻译软件——环境资源管理中心。关朗在图书馆浏览过冷湖开发的历史，这个中心，他觉得有点儿眼熟，在图书馆的资料里肯定出现过。

4

一大早，活动领队开车带领关朗穿过了本地区最壮阔的一段雅丹，领队的一只手把着方向盘，一只手向关朗介绍着他们的父辈在这一片地区波澜壮阔战天斗地的英雄事迹。

车子停在了一排废弃的土屋前面。那些土屋明显已经被废弃多年，多数只剩下当年的一半儿那么高。木质的房梁和巨大的椽子随意倒塌着，方圆几百米就像人类匆匆灭绝之后的景象。

就是这间，这是之前的指挥部，那个中心之前也在这里办公，什么也不剩了。领队从荷包里掏出一根烟点着了火，在屋前蹲了下来。

关朗朝那片废墟走去，在小柯的注视下。

尾　声

　　小柯站在这个奇异的空间，无数的时空和数据从小柯的眼前掠过。她看到了在她降生的那一天（其实也不过才一年），作为数据的记忆是如何侵入她的大脑，她看到了所谓真实的自己，是一辆火星探测器，23天的时候经过那个奇异的地点之后产生了变异，被某种强大的力量虏获，探测器上的数据在向地底流淌。她一回头，一棵无边无际拥有无数粒子的发光树上，是一台巨大的透明机器在运转着，只有0和1，数据流动，对应着人类文明的进程。

　　公元260年，其中一个字符串侵入，正在和一群孩子玩闹。

　　1954年，一个字符串在荒漠中行进，为那个风尘仆仆的人标记了一个地方，那是新中国的第一口油井。

　　……

道歉

从洗手间出来的时候，我看到宋老师坐在自动售卖机旁边的皮沙发上看夕阳。从32楼看下去，不远处的望京SOHO像是一个造型精致的小摆设，天空显得很低，那一大片已经刷爆朋友圈的火烧云渐渐在收尾了。除了宋老师外，整层公司里的人都行色匆匆，周五全天是每个部门开例行会议的时间，CEO（首席执行官）会深入各部门听负责人的汇报，以往这个时候，宋老师总是握着一罐儿听装咖啡，陪CEO从一场会议的中途穿到另外一场会议的中途。

昨天听另外一个编辑部的同事乔伟说，新来的高级副总裁不喜欢喝咖啡，而是喜欢喝冰红茶，从下周起，公司的自动售卖机便只卖冰红茶了。乔伟像个女孩儿一样噘起嘴巴，做出他标志性的白眼儿表情，算是在表示他的不满，但是他的脸上又是笑着的。我走到自动售卖机旁边，里面刚好还剩下最后一罐咖啡。我挨着宋老师坐下来，把那罐咖啡递给他。

宋老师接过咖啡，对着我笑了笑，说，真是夕阳无限好啊。

看着他脸上那副尴尬的笑容，我心里某条神经被触动了，五味杂陈，不知道说什么好。我把宋老师手里的咖啡接过来，低头帮他拉开铝制拉环儿，递到他手里。他一仰脖，咕咚咕咚喝下一大口。宋老师什么时候来的？我问。

来了没一会儿，也没什么事。他说。

我怔在那里，呆呆地看着窗外。

宋老师作为我们内容部之前的负责人，他的头衔是副总裁，要是按照传统的路数，他算是我师傅。三年前要不是他收留我，带我进入这行儿，我现在肯定还在五环外哪个小公司编那些让人想起来就恶心的标题党新媒体文章。按照公司之前的架构，公司的三个编辑部都有各自的主编，宋老师作为内容部门的总负责人指导主编的工作，偶尔听宋老师在吃饭的间隙提到，他之前有四五年幼儿园绘本教师的工作经验，后来才转到现在这家专做儿童故事的公司。五年时间，这家当时的初创公司成长为行业独角兽，每次一开策划会，在场的同事们都会被宋老师天马行空的想象力所折服，从故事创意到人物形象塑造，再到IP版权的衍生开发和相关授权，他总是能一针见血地点到核心。在我看来，宋老师对公司做出的贡献跟创始人不相上下。但是一周前，公司突然空降一名高级VP（副总裁），卡在宋老师和CEO之间。这个姓陈的VP，也不知道是什么路数，据传是公司的一个重要投资人的亲戚，之前在深圳一家擦着法律边儿的网络小说公司管行政。几次开会后，大部分人都知道了这是个什么货色，大家私下都说CEO要么是被什么女人蛊惑，要么是头脑发昏，这个VP不仅不懂内容，连最基本的职场情商都没有，好好的内容策划会变成了他的私人吹牛会，有时候说得都忘了自己处在什么场合，把他跟一些女人的瓜葛也扯出来，搞得现场的女同事只能低头看着手里的笔记本发呆，男同事故作猥琐地赔着笑。没多久就传出风来，这个VP就是专门为挤走宋老师准备的。我进公司这三年来，公司发展飞速，一轮轮数字越来越大的融资金额不可能不让人心动。随着人员的暴增，人事方面的变动也变得越来越微妙，隔三岔五就要出一点儿幺蛾子，这次闹得宋老师一两个星期直接不来上班，美其名曰休年假。谁都知道年假只是公司为了应付法律的摆设，从CEO带头，在宋老师之前没有任何人休过年假。人事部门的负责人早就放出过话，那些真想休年假的人先去人事部门办完离职手续再休，想休多久休多久。

宋老师这么多天没来上班，我的心里有些愧疚，好几次点开了他的微信对话框，可不知道该跟他说点儿什么，无论是关心还是安慰，都说不出口。陪着宋老师看了一会儿夕阳后，我默默地溜回了自己的工位上，坐立不安。

没一会儿，宋老师发来一条微信："手续都办完了，从明天起我就跟这家公司没关系了。我没怪过你，你别放在心上。"

我看着手机，像是看着一对儿老核桃。宋老师这事儿，要是放在纯粹的职场层面上，我之前的做法也是无可厚非的，但是作为一个人，还是一个大学时期喜欢看各种文学作品的人，那天回家之后我失眠了整整一夜。我是从哪一天哪件事变成现在的我？从某种程度上来说，这种变化不是一夜之间发生的，而是一个量变导致质变的累积过程。我终于把信息发出去了。

宋老师，晚上有事吗？好久没单独跟你吃木屋烧烤了。

在我刚来这家公司的时候，木屋烧烤是我们部门的根据地，几乎每个周六加完班的晚上，编辑部的同事都会一起撮一顿，很多时候都会喝到转点，我就是在那段时间体会到酒这种东西的妙处。我甚至开始学着去理解我爸，在我上初中、高中那些年，每次看到我爸喝多了就躲他躲得远远的，与其说是害怕他，不如说是厌恶他，从心底泛起的彻底厌恶。

宋老师回复了一个字，好。

在我的印象里，这还是我第一次单独跟宋老师一起吃饭。宋老师之前是一个完全没有领导架子的人，一到饭点就在群里招呼，很快就有五六七八个人响应，一群人浩浩荡荡去楼下吃煎饺、米线或者赶时间的时候就将就着吃中餐盒饭，反正在公司里无论做什么总是一大群人。我跟着宋老师的时间长，照例拿着菜单自顾自地点菜。宋老师是湖南人，既不挑食也不挑口味。他之前提到过，他是在某次持续半个月的加班之后出现的不明后遗症，食物对他来说完全没有任何感觉，仅仅具有充饥的功能。但是为了照顾他人的情绪，他总会像在公司会议上赞美他人一样，不吝赞美各种食物的味道。点完一堆烤串，我悄悄抬头看了看宋老师，他眼神落寞，盯着桌子上那一大玻璃瓶柠檬水。

"厌人乐"来几个，宋老师？我指着菜单反面的酒水笑嘻嘻地问他，想打破这压抑的气氛。"厌人乐"这说法儿也是宋老师教给我的，据他说，在京城的酒局圈子里有一句人人都知道的贯口儿，"喝酒就喝绿棒子，厌人才喝厌人乐"。"绿棒子"指的是燕京啤酒，而"厌人乐"指的是雪花勇闯天涯。

那就先来一打？宋老师扯出一个笑容，比哭还难看。

那行。

我掏出手机，扫描桌子上的二维码，点了酒菜。还没到两分钟，一堆酒先上来了，服务员起开三四个。我给宋老师和自己都倒满杯。我正在犹豫着这第一杯怎么提的时候，宋老师先端起了杯子。

来，去年就跟你说好了的，今年团建再去一次青岛，海鲜蒸汽大锅再搞一次，看来没机会了，咱哥俩走一个。

我端着酒杯有些发愣，这是宋老师第一次称呼他跟我为"哥俩"，虽然关系走得近，我大部分时间都叫他宋老师，偶尔在饭桌上叫他"老宋"，他则一直叫我志刚，跟其他同事一样，不带任何感情色彩地省去了姓氏。

任何酒局都是这样，第一杯是最难的，这一杯是酒局的基调，就像唱歌儿要先选定一个调。

我刚才在办公室就琢磨，我人虽然走了，那几个主编你也知道，都是跟了我好长时间的，我应该还说得上句话，我明天跟他们都打个招呼，让他们照顾一下你，公司里面的事你多问问他们。宋老师拿起酒瓶，给我俩又都满上了。

我感觉我的脸上有些发烧，而且很肯定不是因为刚刚喝下去的这杯酒。幸亏上菜小哥解救了我，一大堆串上来，我帮着把它们放在锡纸盛菜盘上，锡纸下面有一根小小的蜡烛在燃烧。再接着，我脑子里的影像就开始模糊了，我的酒量我是知道的，三瓶"厌人乐"就到顶，所以我一般是看得多喝得少。但今天的酒是宋老师点的，而且都是一杯一杯地来，我根本就招架不了几下子。

每年总有几次，喝完了酒，回到东五环外的那间次卧后我才开始后怕。我一个人坐在床上，脑子完全停止了转动，连刚刚我是怎么从楼下爬上来的都不知道。我住在5楼，而且没有电梯。我试图去启动自己的大脑，回想在烧烤桌上的事情。虽然刚过去也许还不到两个小时，但是想要捕捉那些画面，就跟试图去捕捉一年前某个普通的深夜做过的一场梦一样困难。我不敢确认那句话是否从我的嘴里说出过。

一大早，宿醉未消的我抓起枕头底下的手机，是父亲打来的。我一下子从床上弹起来，冲到洗手间狠狠地用冷水搓了几下脸。我不想让父亲听出一丝一毫我喝过酒的事实，他是个酒鬼，我可不是，我不想他的预言成真。在我多次跟他因喝酒起冲突之后，他早就向所有亲戚都宣告了，我们杨家人没有不喝酒的，等我到年纪就知道了。我一直记着他的这些话。

还没起来吧？父亲的语气里带着一丝未卜先知的优越感。

起来了，正准备去吃早饭。我使劲地舔了几下嘴唇，往喉咙里吞了几口口水，让自己的声音显得没那么疲惫。

哦，那我想错了，怕你大早上的还在睡觉，没打电话吵你。

你秦叔在楼下，你去接他一下。

我的脑袋迅速运转了起来，"秦叔"这个名字怎么这么熟悉？但就是想不起来。

你说的是我现在的楼下？我有些激动地问。刚才脑子太迟钝，一下子没抓住重点。

是的，就是你住的楼下。快下去接一下，他现在是村书记了，态度放好一点儿。父亲的语气很和蔼，就像村里我记忆中的那些老人说话的感觉。

你怎么知道我的地址了？

上次你妈给你寄晒干的鱼腥草，抄的地址还在，我就给你秦叔了。

你怎么不提前征求一下我的意见？我有点儿恼火。

你妈不是跟你说了吗？我是你爸，我跟你征求什么意见？父亲恢复了惯常的说话口吻，我听得也更亲切一些了。我突然想起来，大概半个月前，我妈是跟我提过一次，说村书记要到北京来走动一下，其实就是找那些从村里出来后有了一定经济条件的人要钱，美其名曰回馈家乡。中国有句老话，富贵不还乡若衣锦夜行，再吝啬的人对这样的事情都不会轻易拒绝。我爸之前当小队长的时候也跟前任的村书记一起出去要过几次这样的钱，后来小队里另外一个大家族跟我们杨家起了冲突，村书记为了缓和矛盾，把小队长的位置给了那个大家族才算了事。从此之后，我爸就变得有些怪。

那怎么办？我有点儿六神无主，脑子里和肚子里都空空荡荡的。

你搞快一点儿，你秦叔在下面已经等你半个钟头了。说完这句话，父亲就挂掉了电话。

道歉

071

我快速整理了一下思路，看来我爸是动了真格儿的，我不得不下去一趟。秦叔到北京来找有钱的老乡要钱，为什么要来找我？我想起来我妈确实跟我提到过，但是好像当时我也没追问，每次她打来电话我都是心不在焉地应付着，她说的无非是那些千篇一律的母亲对在外游子的话，或者是一些找都找不到人说的家长里短。在那一瞬间，我有点儿想打个电话给我妈，但又怕把她吓着了。来不及多想，我套上外套就往楼下赶。刚出单元楼的门洞，看见一个挺拔的男人背对着我站在落满枫叶的人行道上，我有一种感觉，那就是秦叔。我往前走，试探着用普通话叫了一声。男人回过头来，那张脸比我印象中要年轻很多，也精神很多。

是志刚吧？他说的是老家方言。

是是是，不好意思，让你久等了。

大周末的早上，是我吵了你。

秦叔拿起树下长凳上躺着的一个背包，是一个黑色的皮面双肩包。

好多年没见你了，老早就晓得你在北京做记者，莫忘了老家的人啊。秦叔从裤兜里摸出一包烟，打开烟盒，朝我伸过来。

不会抽不会抽，秦叔莫客气，应该是我给你烟抽。我连忙走到秦叔身边，把他手里的双肩包接过来。

我和秦叔走到小区门口，我本能地拿出手机准备滴滴打车，秦叔一招手已经拦下了一辆出租车。我们坐进出租车的后排，秦叔给驾驶员报出了那个小区的名字。

哎，高档小区啊。驾驶员转过身子看着我俩。

在车上我才搞清楚这件事的原委。原来秦叔这次要拜访的老板是搞印刷厂发家的，他不知道听谁说我在北京当记者，当记者不就是写文章发表在报纸上的吗？报纸不就是印刷厂印的吗？我也搞不清这些奇奇怪怪完全不相干的信息链条是怎么组织起来的。先不说我从来没当过什么记者，而是互联网公司的内容编辑，印刷厂好像也并不都是印刷报纸的。我懒得跟秦叔掰扯这些东西。他说他不会跟有知识的人打交道，特别是这位王总，之前还当过老师，而我跟王总好歹也算是同行，同行见面有的聊，所以把我带上。反正已经上了出租车，看来跟这位王总见面是不可避免的，我开始在脑子里想一两个待会儿可以直接甩出来的话题。这也是宋老师教给我的众多工作方法中的一条。想到宋老师，今天是他恢复自由之身的第一天，不知道他是怎么过的。

经过两重安检之后，我们被一辆引渡车送到一栋别墅门前。刚下车，别墅的大门打开，走出来一个穿着羽绒马甲的老人，在这个季节，穿羽绒马甲还稍早了一点儿。秦叔抢先一步跑过去，跟老人的手握在一起。秦叔把我介绍给王总，说我在中央的一个什么报纸当记者，并发出年纪轻轻前途无量的感叹。我也懒得去解释。王总握住我的右手后，左手找上来在我手背上轻轻拍了两下，看来是秦叔刚刚那几句毫无根据的引荐起了作用。我看着王总的脸，总感觉有那么一丝丝的熟悉，也许是错觉，是因为我先知道他是老乡所以才生发出熟悉的感觉。

我们三人在硕大的红木沙发上坐定之后，秦叔就一直在"目标"的外围绕圈子，这样的技巧我多次在其他人那里见识过，显然他跟这位王总并不熟悉，搞不好跟我一样是第一次见面。终于，半个多小时之后才聊到王总的印刷事业，我端正身体，看来是用得上我的时候了。但是王总一解释，说他的印刷厂做的是包装纸箱纸盒子，因为北京的环保要求，他的产业多数已经撤到离北京不远的河北廊坊，甚至是山东下面的一些县城。我看着秦叔，他好像也没料到是这么个情况，三个人陷入了没话找话的尴尬境地。我们默默地喝了好半天工夫茶，秦叔才想到了另外一个话题，提起王总之前在我们村里的小学当过老师。

那是好多年前的事情了，那个时候你恐怕还在地上爬泥巴玩儿。王总看着我说。

我不知道这算不算一个玩笑，但还是笑了起来。那是什么时候的事情？我问。

1998年，我就带了一年多。王总泡茶的手法熟练，来了一套"关公巡城"。

哎？1998年，我就在村里的小学啊，上二年级。我说。

不会吧？我当时就教二年级的数学，没你啊。王总一边给水壶上水，一边说。

难道你是王清源老师？我小声说。

王总把烧水壶的按钮按下去，瞪大眼睛看着我，又看看秦叔。书记，你刚说记者叫什么名字来着？

杨志刚啊。秦叔说。

不对不对。

我初中的时候改过名字，我之前叫杨志强。我说。

王总手里拿着的茶壶明显抖动了一下，差一点儿从手里掉下来。

你……你还记得我吗？王总的脸色变得严峻，直直地盯着我。

原来是您啊王老师，好多年没见您了。

哎呀，原来你们是师徒关系。志刚，今天你算是来对了，今天就算是认门了，反正都在北京，以后多跟王老师走动走动。我感觉得到秦叔松了一大口气。

秦书记，志强，哦不对，志刚，今天中午一定要吃个便饭。我跟志刚有很多话想聊聊。王总忽然变换了一种语气，低调中带着谦卑。

对对，好好聊聊，志刚在北京当记者，年轻人视野开阔脑袋也灵光，肯定有很多经历和见解，我也想学习学习。秦叔对我点点头，伸手拍了拍我的膝盖。

要不是在饭桌上王老师再次提起，那件事早已消散在我的记忆中。

之前在王清源老师家里客厅的时候，因为三个人坐在宽阔的客厅里，距离较远，而且不熟悉，所以我并未发现王老师的异样。酒过三巡之后，我在王老师嘴里又变回了"志强"，而秦叔，则变成了"杨书记"。有时候连"杨"这个姓他也想不起来。但是在反复提及的那件事情上，经过一次又一次记忆的回溯，王老师甚至将我上二年级那个普通的早上的天气都复述出来了。我恍恍惚惚地提着酒杯，甚至开始怀疑，自己的记忆是在他反复详尽的描述之后才产生的，这件事也许并没有发生，是他一厢情愿臆想出来的。

据他说，那天早上有些邪门，早读还没结束，太阳就已经挂到了正午才应该在的地方。我所在的二年级班上本来应该坐着36个同学，却缺了一个人，这个人叫陈刚。我的脑筋转起来，我已经多年没在老家长住，但是陈刚这个名字我还记得，也不知道是两年前还是三年前，反正是老家那一块儿开始兴起养鸡场的那段时间，发生了一场惨剧。太具体的细节我描述不了，反正是冬天大雾的一个早上,陈刚作为搬运工坐在副驾驶座上,加长的箱式运蛋车撞到马路边的楼房上,车毁人亡,而且是以一种血腥的方式——陈刚的脑袋被削掉。县公安局出动大批警力和警犬找了整整三天,最后还是宣布不知所踪。为了凑出一个全尸,听我妈说陈刚老婆最后是找一个什么公司定制了一个假脑袋下葬的。车祸这事儿固然惨烈,还有更蹊跷的,当时坐在车上的驾驶员竟然只受了一点儿擦伤和脑震荡,不知道是哪里来的传言,说本来死的应该是驾驶员而不是陈刚,在撞车前的那一瞬间,驾驶员猛打方向盘,将副驾驶那边的车头甩到了即将撞上的房屋上,牺牲陈刚,保全了他自己。

在陈刚二年级的时候,他已经是我们村小学最出名的学生,用教过他的众多老师的话来说,他是死皮肉,既不怕吓也不怕打。那天早读快要结束的时候,陈刚才摇摇晃晃地出现在教室门口。新来不久的王清源老师经过几次试探,已经知道陈刚是油盐不进,打骂都没用。那天他想到了一种新办法,他让陈刚站在黑板前面,全班同学排着队去抽陈刚的耳光,每人抽三下,而且必须出全力。同学们都很兴奋,他们从来没试过这种玩法儿。陈刚本人也没有什么意见,呆呆地站在那里。

你知道吗?要是谁可以抹去我脑子里关于那天的记忆,我情愿把我的钱都给他。王老师说话的舌头大了,两只眼睛也绯红。它折磨了我这么多年。

我感觉得到,酒精在流进我的血管,冲上我的太阳穴,一点一点儿地,我都想起来了。我又回到了二年级那天的课堂,排在一大队人身后,等着去抽那位叫陈刚的同学三个大耳光。我也不知道当时是哪根筋扭着了,我看着排在我前面的同学一个个耳光下去,陈刚竟然在笑。由于他的笑,耳光的力度明显在加大。而他笑得却更加灿烂。很快，我就排到了队伍的最前面，陈刚那两坨被扇红的脸蛋儿就在我面前。我感觉自己的两只手臂在消失，它们不再受我的管控，而是失去了知觉。整个教室像是陷进了真空一样，没有了任何声音，我甚至感觉不到时间的流动。这样的对峙不知道持续了多长时间。据王老师说，他先是让同学去掰我的手臂，掰不动。后来他亲自上手。而我的手臂就像是长进了自己的身体里，跟大腿外侧连接在了一起。由于全班同学注视的目光，王老师最后实在下不来台，伸出自己的手掌狠狠抽了我三个耳光，才结束了当时尴尬的场面。

　　二年级结束之后，村里的小学被撤销，并入镇中心小学。我要起得更早，走更远的路去镇上上学。王老师是民办老师，就地买断了工龄，下岗了。当然，这都是他醉眼蒙眬地告诉我的。之后他就跟着村里的一个表叔到了北京，先是去建筑工地，后来收废品赚了一些钱，辗转多个行业之后开起了印刷厂，一举奠定了现在的经济地位。

　　随着桌上的空瓶子越来越多，王老师也越来越激动，已经从饭桌对面坐到了我这边的沙发上。一个没注意，王老师突然身子一个趔趄，跪在了沙发旁边的地上。他的动作太快，我和秦叔都没有反应过来是怎么回事。秦叔走过去试图将王老师扶起来。王老师一挥手，将秦叔推开了，说，我没喝多。王老师狠狠地抓住我的两只手，看着头顶的天花板，我仿佛听到他正在祈祷。很快，我的耳朵就被声音塞满了，我听到酒精开始哗啦哗啦地流到我的大脑里，我听到那场关于宋老师的批斗会，我听到自己在会议上对宋老师的每一句评价，全都是假的，我在解雇宋老师的决议里投下了自己的一票。我摇摇晃晃地甩开那双捏住我的手，站起来，从荷包里摸出手机，我要买两张去青岛的机票，一张是宋老师的，一张是我的，我们要去青岛啤酒厂喝塑料袋装的鲜啤，就像去年这个时候一样。我也要跪在他的面前，向他道歉。

游荡者

> 小说的诞生地乃是离群索居之人，这个孤独之人已不再会用模范的方式讲出他的休戚，他没有忠告，也从不提忠告。所谓写小说，就意味着在表征人类存在时把不可测度的一面推向极端。
>
> ——本雅明

1 失　踪

那天午饭后，我和营销部门的两三个同事站在天台旁边抽烟。从五楼往远处看去，北京的这一片写字楼总让我想到很久以前在某篇小说里面写到过的那个庸俗的毫无创意的比喻，"我们坐在办公楼里，就像鸟儿坐在树杈上"。有时候吃午饭的时候，我故意在楼下磨蹭，等这几个同事先站上天台，我以旁观者的角度去观察那几个单薄的身影，他们靠在天台的围墙旁边，像是几个准备抽完手里的那根烟就跳楼的人，在我的想象中，他们抽烟时的情绪比我加入他们跟他们站在一起的时候要高涨很多。或者说，难道正是因为他们是在讨论当时没有参与进去的我，所以才会有此情绪？

我回头，看到拍我肩膀的是那个短发的公司前台，公司好多同事都在传言，这个前台显然跟大老板有暧昧关系，究竟暧昧到什么程度，他们又都是语焉不详的。如果他们真的是这样的关系，我倒对这个前台有了一份尊敬，按理说大可不必，但是看得出来，前台是真的喜欢自己的这份工作。

前台有些兴奋，把身体移开，原来她矮胖的身体后面挡着两个穿制服的人，他们两个像是刚刚突然从虫洞里钻出来似的。

我看着身后两套规整的警察制服,愣了一秒钟,最近我干什么违法犯罪的勾当了吗?如果当时现场有摄像头就好了,就可以拍下我生动的具有表现力的表情。我竟然笑了,我不知道我为什么笑,如果有视频资料,我可以将视频发给网上那些付费的微表情专业人员,让他们帮我分析一下我的心理变化过程,我对此很感兴趣,我有一种感觉,对当时那个不那么合时宜的笑容的描述,会成为我小说里面一个比较生动的细节描写。虽然我完全不确定我还会不会再真正动手去写一篇小说。

既然有两个警察,简单地按照体型来区分,总是有一胖一瘦的,按照某种哲学理论,这世界上不可能存在两片一模一样的树叶,也不可能存在两个一模一样胖瘦的人。瘦子一般都行动敏捷一点儿,于是瘦警察首先向我出示了证件。当然,胖警察也干了他该干的那份活儿,他屏退了我身边的同事,也屏退了前台。

我把手里抽了一半儿的烟摁灭在绿萝旁边的烟灰缸里面,一边摁我一边在思考,要是我犯大罪,我是不是应该直接从天台跳下去自裁以谢天下?但是两位警察的制服看起来虽然规整,但是又很普通,跟在地铁站入口处经常查我身份证的那些警察好像没什么区别。

"你是陈乔伟吧?"瘦警察问。

"是的,我的身份证在办公室,我过去拿来?"我问。

"不用不用。"瘦警察说。两个警察一下子都笑了起来。瘦警察从黑色皮包里抽出来一张照片,递给我:"你认识照片上的人吗?"

我接过照片,一眼就认出来是张展。是一张他在野外环境的单人照片,他的身子半倚在一块大石头上,右手的五个指头紧紧抓住大石头的边缘，以他惯用的一副"无辜"的表情对着摄像头。这显然是一张调整好角度的摆拍，不知道是谁按下的拍摄键。

"认识，是张展。"我说。我将照片还给瘦警察。

瘦警察把我带到公司的小会议室里，向我讲述了他所理解的张展失踪这件事情目前的情况。临走前，按照张展夹在他日记本里的留言条的要求，警察将张展的一个U盘和一个日记本留给了我。他在留言条里写的还是我为数众多的"上一份工作"的地址，警察找到那个公司，顺着那个公司给的信息，可以说是跋山涉水才找到正在天台抽烟的我。根据留言条上的信息，我有权力自由处理日记本和U盘，无论是立即丢进马桶冲走还是以任何形式进行传播。以瘦警察的理解，张展极有可能是找地方自杀了，或者已经自杀了，正躺在某个还未被认领的冰冷停尸房里面。但是胖警察似乎不是这么认为的，无奈他的作用更像是一个充当瘦警察保镖的工具人，中途没什么说话的机会，要是让他开口讲，我感觉会是另外一个故事，我心想。就在瘦警察即将起身的那一瞬间，胖警察终于逮住了来之不易的说话机会。"失踪者执意将U盘和日记本留给你，是不是有什么深意？他的行踪会不会藏在了日记本和U盘的这些照片里面？我看过U盘里面的照片，有些说不出来的意思。"胖警察说。

我望着胖警察，压抑着心里的激动，我更加确信自己看见他第一面就产生的那种模糊的感觉：胖警察虽然穿着警察制服，但他是一个有意思的人。

"我们先走，不耽误你上班。"瘦警察从人体工学靠背椅上站起来，椅背的弹簧响了几下。

"你要是想起了什么或者发现了什么新的线索，随时跟我们保持联系。"瘦警察说。他递给我一张名片。

我坐在自己的工位上，一种不可抑制的感觉让我兴奋，这种感觉已经远离了我很久，只在我短短的写作生涯中极少数的时候才会出现。我想到了一个绝妙的构思，但是我不想在键盘上敲下关于这个作品的任何一个字，于是我变得无比激动，比写作毫无头绪时还要激动，我开始不停地刷无任何内容的短视频，起身去喝水，然后坐上马桶到双腿发麻，最后不得不回到我的书桌前坐下，开始慎重地敲下第一个字。

桌上的U盘还未插进电脑的USB接口，张展的日记本也还保持着警察递给我时的原貌，它们被一大一小两个透明密封资料袋密封着。该做的事情我都已经做了，现在轮到在键盘上敲下作品的第一个字——打开它们，并进入它们，通过它们到达另外一个人的整个世界。这就是我的预感。相比于日记本，我知道U盘里的照片才是关键所在，从某种程度上说，我也部分地参与了这些照片的形成过程，但是不知道为什么，在我跟他合租的时候，张展从未将他的照片慎重地作为完整作品给我看过，我也从未提过这种要求。回想起来，他多次跟我谈到过他所谓的"摄影理念"，作为交换，我也多次跟他谈过我的"写作理念"，这么一细想，我还从没有将我写的任何一篇小说发给他看过。我们像两个理论家或者文学批评家那样谈论从未深入了解的"视角""观念"等浮夸空洞的词语，有点儿"与其昏昏使其昭昭"的意思。哪怕是后来，有一段时间他带着我在街上四处晃荡，名义上是在为他寻找可供拍摄的素材，可惜的是我不善此道，我站在街上能看到的都是支离破碎的细节，就像我喜欢的一位作家讲过，每个作家都有自己的素材抽屉，相邻抽屉里的素材很可能是完全不相干的，而作家的工作就是在他随机打开抽屉抽出素材的时候,有能力将它们剪切、拼装到一起,让它们形成一个不至于奇怪的整体。在写作者这里,对素材的处理方式和处理时间基本上是毫无限制的。而拍摄者则不然,特别是街拍者,要借助某个打动自己的细节来构建一个整体画面,人群、鸟雀、车辆、光线这些画面里的素材都是会动的,这种创作既需要对细节和整体敏锐的洞察能力,又需要瞬间完成创作的能力,而后者是我最欠缺的。有好几次,我看着张展按下拍摄键,而我顺着他镜头对着的方向看过去,那边什么也没有,都是最常见的大城市景观,我看不出来有什么值得记录下来的。

　　我把U盘插进主机的接口,电脑桌面上多出来一个"Zhangzhan"的新文件夹,点开文件夹,一排排小的照片整齐排列着,最上面的一张照片文件名是"20190716037"。我按住鼠标往下拖动,整个文件夹有999张照片,最后一张照片的文件名是"20140705001"。看来这些照片是直接从数码相机里面导出来的,连文件名也没改,拍摄的时间是从2014年7月5日到一个多月前的7月16日,最后三位数是相机当天拍摄的顺序码。我从最后一张点开,也就是这些照片里最早的一张。粗略一看,这张照片没什么特别的,就是一条卖水果蔬菜的小街,细一看,我的嘴角就不自觉地泛出了笑,在画面的角落里有一个穿着棉质平角短裤的女人的后背,从女人的两腿之间伸出来一只完整的哈奇士的脑袋,它伸长舌头笑嘻嘻地看着镜头,好像是在说,"被我发现了吧?哈哈哈"。由于"借位"的关系,哈士奇的身子和腿完全被女人光着的大腿所遮挡,那个狗脑袋是浮在空中的。

　　照片我看了,也笑了,然后呢?创作者或者说张展拍下这张照片的时候是想要表达什么吗？还是仅仅觉得好玩儿？

第二张照片光线昏暗，看得出来是在大清早拍的，看环境是在一个公园的僻静处，由于光线不足，照片里的树只剩下黑漆漆的剪影，不远处正好有一条光线充足的小道，小道旁边的树上挂着一条围满五颜六色彩灯的条幅——"追梦路上，青春飞扬"。仔细搜索我才在那些树木的剪影旁边看出来有一条长椅，椅子上有个人趴着睡着了，一顶牛仔帽的轮廓从椅子的一端显现出来。我在心里将这张照片命名为"梦"，张展大概是想拍出在椅子上睡着的那个人的"梦"。

接下来的一整个下午，我连厕所都没去，一张张看着这些名义上属于我的照片。我感觉得出来，坐在我附近的几个同事有些好奇我在干吗，警察寻上门来，但是又没把我带走，反正不是一件容易猜透的事吧。他们大概又觉得不知道是什么事情，这么贸然问我，会把双方都搞得很尴尬。到这个公司半年来，这是我过得最清静的一个下午。

2 日 记

2012 年 10 月 7 日

晚上下班之后，我终于下定决心，将相机从商场拿了回来。我本来没想到要发票，但是卖相机的老板问了我，我就答应了。回来的路上，我又觉得我还是太冲动了，这台相机对于现在的我来说，真的是太贵了，几乎是我不吃不喝两个月的工资，但是即使我不吃不喝，这笔钱留着又能干什么呢？

既然相机有了，我总能拍点儿什么吧？

2012 年 10 月 8 日

背着相机的第一天，我一张照片也没拍，我有一点儿怕。

2012 年 10 月 15 日

等了好久终于又到周末，今天我上街拍了几张照片。

虽然我感觉得到我背上的相机，但与其说我是一个在街上寻找拍摄对象的摄影者，不如说我是一个无所事事的游荡者，这种感觉随着我在街上游走的时间的拉长，变得特别明显。有的时候，我看到一个吸引我的场景、人、动物或者建筑，我却一点儿也不想伸手去取相机。既然如此，那我为什么要花费巨款去买这台相机呢？但是最终我还是取了几次相机，拍下了现在在电脑显示屏上的这几张照片。

要不是因为我随意滚动了几下鼠标的滑轮，我就不会看到照片里面的这些细节。这张在人行道旁边拍下来的绿色垃圾桶，当时只觉得透过垃圾桶盖子看那位穿着亮橙色制服的环卫工人，就像是在看电视。图像放大之后，我才看清，在工人的身后伸出来的两根"天线"，是由两把笤帚的木头手柄构成的。这样一来，电视机就变成了一艘宇宙飞船。另外一张小孩子的照片，在我拍摄的时候，只觉得这两个穿红色卫衣的小孩子在城市废墟中玩耍的画面让我有一种伤感，经过放大、远处的高楼被画面截掉之后，竟然呈现出一种被战火摧毁的城市的面貌，小孩子的红色衣服，以及小孩子坚毅的神情，共同构成了这不完整（因为被截掉了一部分）的照片某种完整意义的表达。

突然想起一句话，"我们迟早会变得迟钝和木然，这并非由于生活所迫，更多来自各种欲望的叠加，而摄影者就是那些仍然保持优雅，在一刹那准确无误地捡走那些即将溜走的人情的人"。

2012 年 12 月 2 日

我在街上走得越久，我越迷茫。

2013 年 4 月 6 日

从今天起，我重新拥有了我的生命，我真的有这种感觉，至少当我从人事部门那里拿到离职协议的时候，我就是这么想的。我究竟在这个城市里做什么？

2013 年 4 月 8 日

我到底要拍什么？布列松引用过一句话："天空属于所有人。"他所指的天空究竟是哪一种天空？我怀疑说这句话的人没有见过北京的天空。这一整天，我老是想拍一朵我梦见过的云，但是根本不存在我想象的那朵云。今天我拍了一些照片，也许没什么用。晚上回来之后，我果然将它们全部删了。照片是有生命的吗？照片里面的场景究竟是谁规划的？我拍下，它们占据了我相机内存卡的十几兆存储空间，然后我删掉，这十几兆存储空间又空了出来，之前的照片存在过吗？我看着空荡荡的文档，甚至怀疑我的精神出了问题，这一切都是我想象出来的，我躺在床上做了一天的梦，我没有出门，也没有将相机背着。

2013 年 7 月 28 日

我仍然出门，但是不再带着相机，我毫无目的。我要删掉我的所有照片，它们消耗了我的生命，所有的生命。

2013 年 7 月 28 日

我已经删掉了所有照片，一张不剩。

2013 年 11 月 13 日 02 : 29

我睡着了吗？如果我睡着了，那这篇日记是谁写的？

秀娴老是出现在我的记忆里。我记得初一刚开学不久，班主任也就是语文老师带着秀娴她爸爸，秀娴跟在她爸爸的身后，像一只惴惴不安的小白兔出现在班里。由于教室太小,秀娴的课桌就放在讲台的左边。我坐在中间小组的第四排,从我的座位往前看,刚好可以看到秀娴的脖子。看得出来,她喜欢她那件紫色的薄外套。上课的时候我经常盯着她后脖子上那颗小小的淡灰色的痣看,我也不知道为什么,看着她的脖子我好像就能闻到花香。我从小就鼻塞,我从来没闻过花香。

……

2016 年 12 月 29 日

我在网上认识了一个写作的人。

2017 年 3 月 15 日

最近北京有很多事,本来我搬到这个地下室就是为了图清静和便宜,现在看来这有可能是一个错误。听房东说,附近好几个地下室都被清空了,他们都去了哪里?不知道为什么,我想到之前被我删掉的那些照片,它们去了哪里?房东今天晚上又跑过来,让我做好准备,检查的人随时会来,他会提前电话通知我。

2017 年 3 月 18 日

看来今天要在肯德基里面待通宵,带着我剩下的唯一的行李箱,能扔的东西全都扔了。刚刚,我把手机微信通讯录里面的两百多个人从头到尾都翻了一遍,好像找不到一个可以立即联系的人。我之前怎么从来没有发现肯德基里面的油味儿这么重,好几次我差一点儿就要吐出来了。

2017 年 3 月 19 日

看着我脚边的行李箱,我觉得有些假。这里是哪儿?我重新住进了地上的房子,而且价格在我能承受的范围内。我也不知道为什么会联系他,我跟他仅有的几次联系是因为有两三次共同标记过两三本很冷门的书，然后关注了彼此。今早正好看到他发布找室友的帖子，便联系了他。难道这就是所谓的天注定？看他兴高采烈的样子，不知道为什么，我有点儿伤心。我没问他为什么而高兴，我只是觉得有些似曾相识。他很年轻，比我要小好几岁，这是我没想到的。重要的是，他是一个写作者。

……

3 室 友

我应该怎样去定义自己？直到现在，我像一个真正深刻的写作者那样"认识我自己"吗？以我个人的感觉，从某种程度上来说，人是无法通过自我反思来认识自己的，而需要借助他人。具体的他人，或者书籍，这些都是认识自己的梯子，是解几何问题时做出的辅助线，在解题过程之中是至为重要的，但是一旦题目得以解答，辅助线便可以擦掉。对于这一点，我确实有过一定程度的反思。我记得很久以前读过的陀思妥耶夫斯基未完成的著作《卡拉马佐夫兄弟》，那位行将就木的长老最后一次给他的信众答疑解惑，他教导问话者不要去爱幻想中的虚构的人，而要对现实中活生生的人感兴趣。这是我迄今为止不短的阅读生涯中，具有一定的决定意义的节点，因为他指出了我的真正问题，在此之前，甚至在这之后很长的一段时间，我不爱真实的人，我谁也不爱，甚至我连自己都不爱。很久之后，我又读到了《荒原狼》，讽刺的是，这本书是我一个不太熟悉的写童话的朋友送给我的，因为我们约好了见面，但是在一个小时以前，他在书店买错了书，他以为那是一本关于自然的荒原中一匹狼的故事。

写作有目的吗？越思考我越疑惑，像奥古斯丁对"时间"发出的感叹那样。这个问题没被提出的时候，我以为我是知道的，可一旦它被提出，我就无所适从。我想写作，我渴望一种真正纯净的写作。一个写作者，就连不写作的时候也在写作，那些不能坐下来写作的时候，我这么告诉自己。

雨涵离开我的时候，说我在利用她，把她当作写作的素材，我没有辩解。在她说出这个事实之前，我没有这么想过，但是她说出来之后，我确实认同她的看法，她的离开，即使在我看来也是应该的。她没有当面要求我删掉那些日记，是因为她知道总有一天我会用上它们，在我未来的某部作品里面，幸运的话，她会以这个日记里面的名字和身份永远活在纸上。

在最开始的那几篇日记里面，雨涵的症状还不明显，我单纯地只是觉得她过于敏感，情绪波动明显有些异常。到后来，她开始严重失眠，甚至一个人半夜爬起来酗酒。到第二天早上，她起床比我还早，已经坐在阳台上喝咖啡。好几次，我看着坐在阳台上对我笑的她，总觉得下一秒钟她就会优雅地放下手里的水杯，跳下去。我不知道是不是她的这种"平静"让我产生了想要原原本本记录下来的冲动。"跳下去"是需要力量的，我被这种"力量"吸引，我变得敏感，我急切地想要去搞清楚这"力量"究竟是从哪里来的，我想要掌握某种事情的全貌。

最初的变化是很缓慢的，只有在雨涵受到刺激，情绪变化达到峰值的时候，我才能感觉得出来事情是在进展。和她在一起的时候，我变得更加木讷，我不再跟她讨论任何自己心里所想的内容，我们只谈具体的生活问题。平时是工作和吃饭的事情，假期是电影的问题，除此之外，我什么都不跟她谈。最初的时候，她以为我厌倦了她的喜怒无常，担心我的谈论会触及她敏感的神经，从而造成她的情绪波动，她以为这是一种体贴的表现。到后来，她越来越无法控制自己，甚至有一次尝试着用水果刀割伤自己。难道在当时，我应该从掩着的门后面冲过去夺下她手里的水果刀？如果我这样做，那我之前的那些木讷和不以为意又是怎么回事？我在日记里面如实记下我的这些想法，我只是做了一个写作者必然会做的事。我期待亲眼看着她崩溃吗？不，我从来没这种期待，我只能看着事情不可避免地朝着某个方向发展下去。

雨涵从来不看我的电脑和手机，但是那天她的电脑送去维修了，她用我的电脑看剧，而我在午睡。所有的故事都需要一个巧合，或者一个穿起故事的纽带。她读了日记，并且她直接告诉我，她读了日记。她当然没有我现在讲述得这么平静，但是最后她还是平静下来，从我们合租的房子里面搬了出去。是她先从公司辞的职，然后才是我。我辞职不是因为她，而是为了写作。

在我辞职写作之前，我能够感觉得出来我的写作冲动，特别是在工作特别忙乱、一天有二十个所谓的"内容策划会"要开的时候，我的脑子里会源源不断地冒出来合适的细节，我错误地以为我已经到了要写真正严肃作品的时候了，就像树上的果子一样，熟透的时候就要及时摘掉，所以我才辞职的，我以为我是理性的。我做了规划，搬到环境更好的郊区住宅，制订了写作计划，包括规定了每天详细的作息时间。如果我仍然无法写出真正让自己满意的作品，那就是因为我缺乏写作的天赋，我在心里告诉自己。

新的房子在南四环外，按道理是两家合住，但是我搬过去的时候，另外一家是没有住户的。房东是一个老头儿，我住进来后不久，老头儿委托我在网上发一下招租信息。刚好那段时间北京在清理住在地下室的那些人。

我没想到会收到他的私信，他说在肯德基待了一晚上，问我房子租出去没。联想到当时北京如火如荼的清理运动，我立刻回复他，房子还在。我们是几个月前在网上互相关注的，有好几次，我在找几本年代久远的图书，都搜到他发出来的资源，我添加他为好友，并向他表示感谢，他也关注了我，大概就是这样。他很少发布什么动态，只是偶尔发几张黑白的街拍照片，照片上既没有署名也没有水印，大概就是他自己拍摄的。他在那个网站上几乎没什么好友，没有点赞也没有评论，但是我感觉得出来他是有一些自己的想法的，也有一些森山大道的味道，仅此而已。当天下午，这个在网上叫"一人"的人就站在我面前，变成了"张展"。我有些发愣，因为我打开大门后他对我说的第一句话就是："什么味道这么好闻"。他的行李很少，一个双肩包加上一个行李箱。他的长相和奇怪的颓废气质（颓废气质并不是因为他在肯德基坐了一晚上而产生的），再加上他说出来的这句话，荒原狼，我瞬间就想到了那本"薄薄的小册子"里的男人。他笑着说他自己给自己上班，我也笑了笑，我认出了他笑里隐藏着的意思，就像一个在黑夜里行走的人认出了另外一个在黑夜里行走的人。

最初的时候，我严格按照自己贴在书桌上方墙面的作息时间表，每天7点起床写作到11点，我研究过很多写作者的写作时间，上午是绝大多数人的黄金时间，而不是深夜。4个小时也有生理学上的讲究，对于需要精力高度集中的创造性工作，4个小时是最适宜的，无论从精力还是创造力来说。午饭过后，我则去距离小区不到 100 米的小公园散步,在这个小小的公园里竟然还有一个池塘,围着池塘走两三圈,然后在池塘旁边的秋千上坐一会儿,回去,这一套流程下来会花掉我一个小时的时间。下午是读书时间,因为我的房间是朝南的主卧,有一扇很大的落地窗,午后的阳光迷人,我就这么在咖啡的香味儿中充分享受阅读的乐趣。每天我最喜欢的就是下午的阅读时光,与其说是在阅读,不如说是在休闲放松,在以前需要去上班的时候,我从来没有过如此放松的感觉。一切都是宁静安详的,我有一种重回子宫的错觉。

几天之后,我发现一个问题。隔壁是有一个叫张展的人住在里面吗?他似乎从来没有发出过一丁点儿声音,在厨房、客厅和卫生间,我也一次都没有碰到过他,难道他把行李搬过来之后就去了其他地方住?或者是我分手辞职独居之后精神状态出了问题,根本就不存在张展这么一个人,是我想象出来的?我需要一只《盗梦空间》里面那种能分清现实和梦境的旋转陀螺。我放下手边所有的时间规划去寻找张展存在的证据,到第三天才搞清楚他的作息时间,他早上 5 点 10 分就起床出门了,甚至连卫生间都没进,不可能洗过脸刷过牙,然后会在中午 12 点准时进门,之后他再也不会离开他的房间一步,连上厕所也不曾有过。我有一种强烈的冲动:在他下次早上出门的时候跟他在客厅"偶然"碰上,不知道他会做何反应。最终我还是放弃了这种过于巧合的碰面,我打算跟着他,看看他每天上午出门到底干什么。

4　非虚构

　　窗外已经有鸟叫声，我最后确认了一遍这9张照片，我也不知道这么做究竟有什么用，要从这999张照片里面挑出它们。一种类似"悼念"的情绪占据着我，如果张展真的已经在这个世界上的某个地方自杀了，就像那位胖警察所说的那样，这些照片和日记就算是他的遗作了。"遗作"这个词语用在他身上可能不太恰当，因为张展似乎从未在任何地方有过一丁点儿的正式亮相。在这一点上，甚至连我都不如，无论如何，我还有在文学杂志上发表的几篇小说，小说的标题下面有我的名字。而张展在网上发出来的不多的几张照片，属于那个叫"一人"的网名，没人知道"张展"是谁。

　　我按下发送键。看了一眼手机，两个多小时之后闹钟就会像往常一样响起。我躺到床上，意识很快就变得模糊。

　　上午开部门会的时候，我感觉裤兜里已经静音的手机一直在振动。我昏昏沉沉的，连伸手去按熄都懒得伸，眼睛虽未闭上，我的思绪基本处于一种类似神游的半睡半醒状态。直到开完会坐在地下一层的公共食堂，我才终于有时间去看一眼手机。按开手机的一瞬间，一种从未见过的页面出现在我手机屏幕上，我差一点以为拿错了手机。占据我手机页面的全都是那个APP的消息通知，私信、评论、关注，我看着一个个"999+"有些发愣。用这个APP的人并不多，而且经常跟我互动的人没有超过两位数。

　　这9张照片被如此多的陌生人喜欢，我是没有丝毫心理准备的。我一条条翻着照片下面的评论，有人说我是被埋没的街头艺术家,甚至将我和日本、美国的那几个类似风格的摄影大师相比。当然,他们说的其实是张展,而不是我。在转发的这些人里面,有好几个是超级大V和影响力巨大的视频号,正是他们的关键转发才造成了现在的局面。我的私信里面也是爆满的,让我发出更多照片的、找我合作的机构、要买我照片版权的,各种各样的消息看得我都麻木了。我就这么在手机上划来划去,直到食堂里面的人全都散去,我面前方格饭盒里面的饭菜也凉得透透的。

下午继续开会。只要我走进公司的大门,有六七成的时间我得待在会议室里。小小的会议室就像一间密闭的监牢,将我困在里面。有的时候我觉得这跟写作中的我很像,写作的时候我也是将自己关进房间,至少得将自己跟人群隔离开来,写作是享受一个人的孤独,开会是有一群人跟我一起孤独。总监又开始夸夸其谈,事先制订的讨论计划早就变了形,没人记得我们开会是有什么目的和需要解决什么问题,我们是为了陪总监开心而开会,或者纯粹是为了满足他毫无边际夸夸其谈的癖好?

"无聊。"我的耳边突然传来这两个字。我抬起头往会议室的其他方向看,却看到所有人朝着我的方向看着,好几个同事露出诧异的表情。

"无聊。"我感觉到自己嘴唇的运动,我不知道该怎么办,我能向他们解释什么吗?真的不是我说的。看着他们更加惊诧的表情,我的胃里泛起一阵恶心,我赶紧捂住自己的嘴巴,往洗手间的方向冲去。

第二天我睡到中午才自然醒,从枕头底下摸出手机看了一眼,在办公的APP里面,有好几位同事私信问我昨天的事情。

我回想昨天开会的场景，像是在做梦，从洗手间呕吐完之后我就径直走出办公室坐地铁回家了。当时我完全是蒙的，不知道该怎么样或者以什么方式去找谁解释，我只想回家睡觉，我感觉太累了。我在 APP 里面仔细翻找，想看看有没有总监或者人力资源部那个整天笑呵呵的中年女人给我的消息，但是并没有。我可能得辞职，我心想。就在这个时候，我的手机收到一条短信，我的手指还没来得及反应，那条短信已经被点开了。可能真的是有什么东西在作祟，在看完那条邀约短信后，我竟然鬼使神差地回复了一个"好"字。难道仅仅是短信里邀约我见面的咖啡馆在东三环，离我住的地方不远，或者是因为那条短信的语气像是一个女人发出的？发出短信的一瞬间我就后悔了，我想收回这个"好"。我在床上继续发了半个小时的呆，才起床洗漱，出门去坐地铁。

不得不承认，她是一个很有气质的女人，跟我在众多公司里看到的女人有很大的不同。但是她已不再年轻，可能已经超过四十岁。她问那几张照片是不是我拍的。我看着她的眼睛，有些心虚，从这个问题就能看得出来，这是一个聪明的女人。很明显，她喜欢那些照片，但是她并没有很莽撞地先入为主地认为那些照片是我创造的。我甚至怀疑，她仅仅是通过跟我见一面就已经判断出照片不属于我。我说不是我拍的，它们属于我的一个朋友。我们越聊越多，我甚至将最初偷偷跟踪张展的事情都告诉了她。说完一大通话之后，我突然意识到，整个对话过程都是我一个人在说，我对眼前这个叫李静媛的女人几乎一无所知，她在短信里也只是说想见面聊一聊，不知道她有什么目的。

"你是怎么拿到我手机号的？"我问。

"我是记者,这是基本功。"她笑着说。李静媛从她的手包里拿出来一张名片递给我,原来她是国内最好的那份社会新闻报纸的记者。"刚刚你讲话的时候,我一直在想,张展这个人很有意思,也许我们可以试着合作。对了,我们集团最近抽调人手,准备让我牵头做一个新媒体项目,主要是国内的非虚构写作还完全停留在稍微比报告文学好一点儿的水平上,而国外早就在文学写作和非虚构之间找到了某种平衡点,我们想要出品类似卡波特的《冷血》这样的优质作品。"她说。

"你们的项目跟我有什么关系?"我问。

"你不觉得张展是一个横亘在我们面前的谜题吗?"李静媛说,"也许你可以试着去了解张展,把整个过程都如实记录下来,这就是一个挺有意思的文本。别忘了,你是一个写作者。"

我没跟她说过任何关于我写作的事情,但是似乎她对我了解得比较多,我都懒得去追问,大概他们记者有自己的门路。

"我从来没写过非虚构作品,我连散文都没写过。"我说。

"这个没什么,你的小说我看过,我觉得很不错。"

我低下头,有点儿心虚。

"你不用现在答复我,回去想一想,下周一告诉我就行。"李静媛说。

分别前,她加了我的微信,发过来一朵红玫瑰的图片。

在回程的地铁上,我点开发表那九张照片的APP,发现照片的热度竟然没有丝毫减退,甚至还登上了APP热搜榜的前三名,评论、点赞和转发的数字还在持续不断地增加。有人甚至在APP里新开了一个话题,专门分析、讨论这些照片。我点开照片,重新一张张地仔细看起来。它们真的有那么好吗?值得获得这么多人的讨论和关注?

事情的发展完全出乎我的意料，在这个周末，我的生活完全被照片搞乱了。因为我不回复私信，铺天盖地的邮件和电话搞得我有些不知所措。照片已经完全不受我控制地被复制到各个活跃的社交平台，并在各个平台被大量转发、讨论，关于照片的拍摄者，也就是他们以为的"我"，也被传得越来越神，概括起来大致可以这么说："我"是一个被埋没在民间的摄影天才。我就这么完全陷进不同的人对这些照片的不同分析里面，看得越多，我对张展越感兴趣。虽然他的日记本我已经看完了，但那只是他最近几年生活的只鳞片爪，我对他的过去感兴趣，我有一种强烈的想要了解他的冲动。我坐在出租屋里，认真地思考静媛提出的"非虚构写作计划"。

我有点儿搞不清楚公司是什么态度，按理说我没去公司，总会有相关的人要联系我吧，但是并没有。一直到周一的下午，人力资源部的那个中年女人终于打来了电话，说总监在等我去向他道歉。我回复她，我不去了。我随即在办公 APP 里提交了离职申请，并约李静媛在之前的那个咖啡馆见面。

李静媛说集团领导对这个项目相当重视，准备投入重金把影响力做起来，对于她提出来的做长篇非虚构的思路也很赞同，她跟我一样，周末也一直关注着"照片事件"的进展。如果真的按照她所说的，我们趁着照片现在的热度，将拍摄者张展失踪的事情以及我的非虚构写作计划一并公布，肯定会获得很好的效果。站在李静媛的角度，这么说当然是无可厚非的，但是我其实是真的对张展产生了兴趣，特别是看完了他留给我的全部照片和日记之后。

"张展一共留下了 999 张街拍照片。"我说。我没有跟她说日记本的事情。

"那太好了，张展的这些照片就授权给我们首发，做连载。"李静媛说。看着她有些皱纹的眼角，我什么也说不出来。最后，她给出了一个完全出乎我意料的条件，一大笔写作支持资金再加上业内顶尖的稿酬标准，远超我写小说能挣得的钱。

"我就知道你会答应，你之前的小说里面总是会出现一个模模糊糊的侦探角色，你不觉得这个写作计划让你变成了一个侦探吗？侦探接到了一个案子，去寻找张展的过去。不只是过去，也许张展还没有自杀，你能通过他的过去找到他的现在。"李静媛说。

5 民 宿

我在电话里说出第一句话的时候，胖警察就认出了我的声音。我觉得没什么好隐瞒的，跟胖警察如实陈述了我的"非虚构写作计划"。让我意外的是，胖警察也关注了张展的照片在网上形成的讨论，我不知道我提出的请求是否超越了警察的某种权限。但是胖警察好像没想这么多，直接就把张展老家的地址告诉了我。他家在中部一个叫青港的县级市下面的小镇——竹山镇。我对那个省份并不熟悉，但是"青港"这个名字我似乎听说过。挂上电话之后，我在网页上搜索，原来是国内的那个什么"杜鹃圣地"，"人间四月天边，青港看杜鹃"，前两年这句广告词多次在北京的地铁站广告牌上出现过。胖警察给我的地址精确到了张展老家所在的小镇门牌号。我在键盘上输入竹山镇，竟然也是一个旅游的地方，是当地"最美乡村"的示范点。我像往常休年假前做攻略一样，查好目的地线路，买票、订民宿，这一套流程都是跟雨涵在一起的时候练出来的，每次出去玩儿，她都毫无意见，既对目的地没意见，也对玩什么没意见，而我更喜欢"有备而去"，无论去哪里都会先查攻略。

因为有从北京直达青港的高铁，按照导航上显示的，出高铁站后打出租车到竹山镇也就四十多分钟。出租车从高铁站开出来之后，是一片平坦的一直延伸到天边的平地，地里是一行行整整齐齐的暗绿色小苗，跟在高铁上看到的北方田地里的萧瑟和空荡荡相比，有生气得多。

"这地里是麦子吗？"我问驾驶位上的司机。

"是啊。你从北方来的吧？"司机说。

"嗯。"

"这个时候来青港，可看不到杜鹃花，三四月份来才好看。"司机接着说。

"我是来找人的。"我说。

司机不再说话。没一会儿，车子直接开进了一个农家小院，小院儿的三边都建着两三层的斜顶小楼房，围在一起，有点儿北京四合院的意思。我还未下车，一个穿着黑色皮夹克的中年男人已经打开后备厢，往下搬我的行李箱。司机把车开走后，中年男人带着我往里面走。

"大家都叫我林哥。"中年男人转身对我笑了笑，把行李箱放在前台旁边，"请把身份证给我登记一下。"他说。

我掏出身份证递给他。

"现在来这里的客人是不是不多？"我问。大堂里空空荡荡的，也没有开暖气或者空调，感觉比刚才站在室外还冷一些。

"是啊，现在是淡季，我们小店目前加上你也就三个人。我想停一段时间，但是没办法，村里不让关。"林哥说。

"为什么不让关？"我问。

"不知道。"林哥笑笑,"反正村里有补贴,房间都空着也足够我吃饭。"

登记完,林哥把房卡给我,提着我的行李箱,带我上二楼的房间。他说店里每天提供三餐简餐,当然,也可以去村里的小街上吃。

下午我在房间里休息。躺在床上的时候,我不自觉地摸出张展的日记本,着重把他所记录的关于竹山的人和事又看了一遍,按照进行项目管理的时候学到的"关键少数原则",想要找到张展的过去,第一个要去见的应该就是这个叫陈秀娴的女生。说是女生,也许已经是一两个孩子的母亲了,谁知道呢?张展比我大四岁,既然陈秀娴跟他是同班同学,怎么着也已经超过三十岁了。我突然意识到一个问题,竹山镇是张展和陈秀娴的老家,既然张展后来去了北京,陈秀娴也不一定在本地啊。我有点儿懊恼,如果她不在这里,我来竹山镇是为了什么?我躺在床上百无聊赖地七想八想,不知不觉地就睡过去了,直到房间里古董级的电话铃声把我叫醒。是一个女人的声音,让我下楼吃饭。我犹豫了几秒钟,看着窗外黑魆魆的天色,乖乖地从床上爬了起来。

下到一楼,前台站着一个五十多岁的女人,笑嘻嘻地看着我,像是跟我很熟的样子。"快克(去)后院儿七(吃)饭,等你呢。"女人的普通话不标准,我听着想笑,但又觉得不礼貌。我点点头,朝后院儿走。掀开一张用土布隔开的门帘,瞬间有一种豁然开朗的感觉,不远处有四五个人围坐在低矮的木餐桌旁边,院子很宽敞,甚至还长有乔木。

"小伙子快来,就等你了。"老板林哥站起来,把我轻轻送到一张凳子前坐下,"对了,你叫什么名字?"

我看了一圈桌子对面坐的几个人，愣了一下。

"不对。小伙子，你叫什么名字？"林哥笑着说。

"陈乔伟。"我说。桌子的另一端坐着两女一男，年纪都不大。

林哥伸手给我倒了一杯橙汁。"乔伟，来，出门在外相遇不易，我来介绍一下，这三位也是过来玩儿的，何研、安娜和小龙。来，大家一起喝一口，几个简单的小菜，别嫌弃哈。"

我举起面前的塑料杯，轻轻地跟其他的杯子碰了一下。安娜和小龙是一对情侣，而何研跟我一样是"独行侠"。"独行侠"是林哥说的，他说他年轻的时候喜欢看武侠小说，金庸、古龙、梁羽生的小说，最喜欢的还是古龙的，尤其是《欢乐英雄》。听到林哥说出《欢乐英雄》的时候我心里惊了一下。吃完饭，安娜提议我们四人一起去附近转转。听林哥说，何研已经在这个小镇住了大半年了，她是一个画家。

跟我之前去过的一些旅游小镇相比，竹山的风格显得很粗犷，可能是因为在平原地区，一切都很整齐笔直。笔直的马路，笔直的路灯，人走在这样的笔直空间里躲无可躲，显得自己更加渺小。安娜和小龙走在前面，不时传来调笑的声音，何研走在他们身后一点点的位置，我落在最后，安静地想着张展的事情。他曾经生活在这个小镇，眼前的马路和田野，应该都是他熟悉的。

"乔伟，你喜欢画画吗？"何研不知道什么时候走在了我身边。

"不不，我不懂画。"我从自己的思绪里清醒过来，"听林哥说你是画家。"我说。

"画家算不上，我画一些小画挂在网上卖，大概就这样，糊口饭吃。"何研一笑,露出右边脸颊的酒窝。酒窝一出来,她比实际年纪显得更年轻一些。

"那挺好的,画画比写作强。"我随口说。

"你是写作的?"何研像小女孩一样跳了一步,站在我前面。

"没有没有,写一点小东西。"

"回去发我看看行吗?我还不认识一个写作的人。"她说。

"写作的人?写作的人跟不写作的人有什么区别吗?"我问。

"那还是有区别的。"她说。

我不想这个话题继续下去:"好,我回去发你看。"

何研点点头,让开了路。

回程的路上,安娜张罗着说想打麻将,问我来不来。在我来之前,他们三个每天都把老板林哥拉上陪他们玩,但是林哥喜欢打纸牌,一打麻将就哈欠连天的,他们已经不忍心叫林哥了。

一夜麻将,我跟何研坐对家,安娜和小龙坐对家。吃饭和散步的时候何研似乎还有些腼腆,一坐到麻将桌上,她像换了一个人似的。打到大家都尽兴,已经凌晨两点多钟。回到房间之后,我的脑海里都是何研的笑脸,从晚上吃饭的时候认识她,到此时都还不到半天,我有一种认识她已经多年的错觉。

第二天上午,我从楼上下来的时候,听到林哥在后院说话的声音。我转到后院,林哥和何研正在餐桌上泡茶喝。昨晚吃饭的时候天太黑我没看清,院子的顶上盖着透明的玻璃,怪不得昨晚吃饭的时候感觉挺暖和。林哥叫我过去喝茶,说喝一会儿茶就可以吃午饭了。我看到何研身后收起来的画架和画板,看来她早上是出门写生去了。何研对我点点头。

"听说昨晚你们打麻将了？"林哥把一盏茶放在我面前。

何研站起身来，拿起画架和画板，还有靠在她身边的一幅画，是一幅水彩画。"我先上去。"她说。

何研走后，我跟林哥继续喝了几盏茶。之前看林哥很活跃，这时候才发现他也是一个沉默的人，两个人坐着都不说话实在尴尬，我就随便找点话说。

"林哥，你认识张展吗？"

林哥把手里的茶盏轻轻放在桌上。"张展？这名字有点儿熟悉。"林哥说。

"他就是这里的人，新兴街36号，年纪跟我差不多。"我说。

"哦，想起来了。嗯？你不是北方人吗？怎么认识他？"林哥转身看着我，眼里多了一分警觉。

"他大学毕业不是去北京了嘛，我们是朋友，在北京认识的。"

林哥点点头："你问他干什么？"

"我找他有点儿事，但是他离开北京了，我就顺着他留下来的地址找到这儿来了。"

林哥打量着我，他的脸上出现了一丝怪异的光："你们是不是……？"

"嗯？"我疑惑地看着林哥。

"你们……你们是那种朋友？"

"不是不是，我们就只是普通朋友。"

林哥狡黠地一笑："他家都离开竹山好久了，没听说最近有人回来过。"

"他爸妈呢？"

"也都离开了。"林哥说完继续泡茶，我感觉得出来，他似乎不愿意多说。

太阳很好，秋天凉爽的温度让人周身舒爽。吃完午饭后，小龙提议一起开车去附近的森林晒太阳。林哥给了我们两张午餐毯和一些零食。在找这些东西的时候，他似乎有些心不在焉，我有一种没来由的猜想，有可能是因为吃饭前我的问题让他不舒服了。

安娜自然和小龙共用一张毯子，我和何研坐在毯子上看书。她看的是关于油画的书，我看的是一本哲学书。我拿着书，脑海里还是想着林哥有些反常的举动。"何研，你觉得林哥怎么样？"我问。

"挺好的。为什么这么问？"何研看着我手里的书，"对了，昨天你说把你的作品发给我看。"

"我回去发。"

"别忘了。"

"嗯。我上午跟林哥提了我一个本地朋友，他好像有些不高兴。"

"不会吧？林哥性格很好。你还有本地朋友？"

"在北京认识的，我就是过来找他的。"

"明白……对了，我认识村主任，他有可能知道。"

"那太好了。"我说。

从森林公园回程的路上，何研让小龙和安娜先回去，她带我去找村主任。何研告诉我，之前村主任好几次看到她在画画，于是请她给村里的宣传栏画过几幅，就这么熟悉了。"村主任人很好。"何研说。

何研把我介绍给村主任，只说我是张展在北京的好朋友。当她说出"张展"这个名字的时候，村主任跟民宿老板的反应刚好是相反的，也许村主任本来就是话痨，我还没来得及问，村主任自己就都讲出来了。

张展的父亲叫张和平，几年前在竹山镇算是一个人物。张和平有一个哥哥两个弟弟，以及一个姐姐，他还没长到十岁，爹妈就都去世了。姐弟几人基本都没怎么上学，张和平二年级读完就跟着同村的一个泥瓦匠去省城的工地打小工，谁也没想到，这么一个不引人注目的小男孩，日后会成为竹山镇最大的建筑老板。村主任说，张和平在势力最鼎盛的时候，每年他回家过年，至少都会有县里的副县长上门来拜年。镇里就更不用说了，镇长跟他喝酒都要把杯子放低一点儿。当然，张和平也并不是不知道感恩的人，每年他捐给县里和镇里的钱都为数不少。要不是后来他坚持投资那个旅游庄园，也不会落得这样一个下场。

"要说竹山现在发展成这个样子，我们镇最要感谢和记住的就是和平。要不是当年他给竹山做长远规划，哪有现在的竹山？他虽然失败了，但是他确实有远见，给竹山指了一条明路。"村主任的嘴唇动了动，从荷包里抽出三根烟，看着我。

我摇摇头，何研伸手接了一根，村主任给何研点上火，给他自己也点上。

"和平这事儿确实有些奇怪，一个大活人，就这么不明不白失踪这么多年。"村主任吐出一口浓烟。

"什么？张展他爸失踪了？"我脑海里有一根弦儿被扯动了一下。

"当年旅游庄园搞失败了，和平有些低落，当然，这也完全能理解,他毕竟是这么大一个老板,还是有一定的势力的,他准备重整旗鼓接着搞。就这当口儿,他老婆又跟他离婚,这对他又是一个打击,没过一段时间,就传出和平失踪了的消息,我们刚开始还以为是谣言,后来警察也过来,才知道是真的失踪了。"村主任说。

"那张展呢?"我问。

"张展这孩子,他爸之前在外面当老板的时候把他委托给张展的叔叔照顾,这个叔叔成天喝酒,也不是靠谱的人。后来他爸回镇上搞庄园,他妈就留在城里的建筑工地上管事,张展就一直跟着他爸。他爸失踪后,他妈就再也没回过镇上,听说连张展的面也不见,但是抚养费据说是给的。这个女人没什么良心。"村主任狠狠吸了一口烟,好像陷进了关于"这个女人"的回忆里面。

"村主任,有个叫陈秀娴的女孩儿你认识吗?"我打断了村主任的"回忆"。

村主任回过神儿来:"秀娴啊,是个好孩子,在县里的银行上班。哎,不对啊,你怎么认识我们镇上这么多人?"

6 写 作

在民宿二楼的房间里,我一边看着电脑上张展照片里面的人脸,一边开始想雨涵。她从我们合租的房间搬走后,我们甚至连一次礼貌性的问候都不曾有过。几个月前是她的生日,在她生日的前三天,我的苹果手机日程像往年一样提醒了我。有一年我忘了她的生日,她在第二天才告诉我。后来我便设定了这样的提醒方式。再后来我们分开,我又忘了关掉这个"提醒",这就像一个隐喻。雨涵说过,写作者都是世间最可怜的人,一个写作者必须将自己和别人人性中最幽微的情感细节放大,直到开始思考自己存在的本身,貌似真诚地追逐那些看不到边界的答案。在那份工作里,我是"签约作家",雨涵是我的"资深编辑"。整个公司没人知道我跟雨涵还是情侣关系,我们也从未深入去聊过,为什么不在公司的同事间表明这种关系,似乎是一种默契,没人提,也没人问。

那是我最得心应手的一份工作,那个项目主打的是一种叫"半虚构"的文体,虚构就是虚构,还存在0.5虚构吗?我们都知道,我们生产的其实就是小说,但又不仅仅是小说。因为我们所写的所有作品都是以真实悬疑事件为底本的,在此基础上,对某些局部的、新闻报道里未涉及的"细节"展开所谓的"半虚构"。因为人物、事件、地点均是真实的,重要的是包装方式,从排版、插图到公开的真实新闻证据超链接等种种细节还原,目的是给读者造成一种深度报道的错觉,而故事的讲述方式又是通俗小说式的,在那个公众号里,我们发布的所有文章的阅读量均可以超过十万。在国内悬疑圈,我们公司成为一个现象级的标杆。但这不是我所理解的写作,说到底,这是一个互联网时代快速消费的阅读"产品",跟那些心灵鸡汤没有什么本质的区别。我们生产的模式就跟小作坊生产帽子的方式差不多,雨涵提供帽子的原料,我编织,公司进行售卖。我们的"产品"越受欢迎,我就越焦虑,我担心我距离自己想象的"写作"会越来越远。阅读一本坏的书有什么害处吗?最大的坏处就是在阅读坏书的过程中无形地浪费了我们的生命,导致我们没有时间读好书。写作也一样。

真正的写作就是自杀,是"就是",而不是"是"。写作者把自己监禁在房间之内,独自杀死自己的一部分生命,融进他写下的文字里面。从另外的意义上说,写作其实也意味着占有,像一个男人占有女人的身体,当读者把一个作者的作品捧在手上,输进眼睛里面,那就意味着写作者在无形之中占有了读者的双手、眼睛,顺便还占有他的一部分生命。

我跟雨涵生产的作品越来越多,公司对我们的期待也越来越大。在某一天,我突然很意外地发现了一个可能存在了好久的事实,雨涵变了,跟之前我所认识的她不一样。无论在工作还是生活中,她都变得相当固执己见,她既要掌控我工作中的写作,又想掌控我的生活,而且她敏感、易怒,为无关紧要的小事而发脾气、后悔。最初发现她的这种变化之后,我有些无所适从,但是很快,我就对此发生了浓厚的兴趣。雨涵对我来说,变成了一个"新鲜的人",她既不是我的同事、我的编辑,也不是我的女朋友,她变成了一种客观存在的对象和现象。我开始将雨涵每一天所有情绪起伏的细节都记录下来,无论是一个浅浅的微笑,还是我们吵得物业的工作人员再次上门调解,某一方开始软下来道歉,然后和好。刚开始的时候我确实是毫无目的,只是单纯地记录。记到一定的体量之后,我似乎能从以往的日记里面寻找到关于雨涵的某些行为方式和思考问题的路径。无论如何,不用过多地分析就能得出那个浅显的结论:情况在往坏的方向发展,而且没有刹车的迹象。雨涵开始抽烟和喝酒,雨涵在吃饭的时候流眼泪,雨涵突然失控,差一点儿就从阳台上跳下去。我也给过"帮助",我建议她去看心理医生,但是她说她没病。每一次情绪释放之后,我感觉我更爱她,我感觉得出来,她跟我的关系好像也更加亲密了,会主动紧紧地抱着我。这是我们靠得最近的时刻。我能意识到,我在把雨涵朝某个我无法感知的"实验性"的临界状态推搡着，我希望她靠那一点足够近，近到她能自己意识到一些我无法察觉的危险的东西。

事情进展到某一种状态之后似乎就陷入了停滞状态，雨涵的情绪像是进入了一个"平台期"，我的心理开始出现了一丝松动。我在日记里展开想象，下一刻，明天，下个月，明年，雨涵会呈现怎么样的一种状态。坦率地说，我觉得她会自杀，而我又能对她提供什么帮助呢？要不是雨涵无意中使用我的电脑，看到我的日记，也许日记还可以继续进行下去。无论如何，在雨涵身上，我没有做任何违法犯罪的事情。如果要谴责，也仅仅是有道德瑕疵罢了。但我是一个写作者，写小说的，我犯了一个写小说的人都会犯的"小错误"。

我应该向雨涵道歉吗？她会接受我的道歉吗？

李静媛发来一条链接，张展的照片已经开始在她们的栏目上连载了。因为之前有那九张照片造成的现象级讨论，链接里面的新照片底下依旧讨论热烈。按照我跟她的约定，这次的照片上都打上了水印——"张展 拍摄"。果然，评论里很多人都注意到了水印上的字，大家对"张展"展开了很多的猜测和想象。有人说这些照片绝对不可能是出自毫不知名的摄影师之手，无论是构图还是光线、色彩，均显示出成熟的风格，"张展"肯定是某个匿名的知名摄影师，并针对此猜想发起了一个投票，投票的选项里都是国内顶级的摄影师。静媛说目前网友的互动良好，他们准备下次更新照片的时候，就把"张展"定义为一个不愿意透露真实姓名的摄影师，发动网友一起来寻找这个匿名摄影师。

我说挺好的。我跟静媛说我已经住到了张展老家的镇上，准备找张展的一个发小先聊聊看。静媛发来一个疑问的表情。我突然想起来，上次跟静媛见面的时候，我把有关张展留下的这个日记本的事给隐瞒了，她还不知道存在一个叫"陈秀娴"的女孩儿。我解释说是村主任告诉我的，张展在村里有一个玩得很好的朋友，在县里的银行上班。静媛没有继续追问这个朋友是男是女。她发过来一个 Word 文档，文档里面是我本次"非虚构写作计划"的一个宣传文案，说是下次更新照片的时候一起发布，让我过一遍，看看有没有什么需要修改的地方。照片的授权费和第一笔签约费已经打到我的银行卡上。我有点儿心虚，这些照片是张展的，授权费应该是他的。

我再次点开雨涵的微信对话窗口，点进她的朋友圈，是一条拒绝进入的长长的灰线，要么她设置成了"对我不可见"，要么她把我删掉了。只要我对她发过去一个字，我就能明确知道是哪一种情况，但是我放弃了。

7　度假村

村主任留我和何研吃晚饭，我推托几次，都被村主任热情地挡住了，看得出来，村主任讲话的欲望是被我们挑起来了，有点儿像被悬在空中的感觉，明显是还没讲过瘾。在饭桌上我本来不想喝酒的，但实在招架不住村主任的热情，嘴也笨，就这么跟村主任喝下了大半瓶的高度白酒。何研说她身体不舒服，喝的是橙汁。

酒过三巡，村主任才开始讲张展父亲的事情。

张和平的事业起步是在省城，但是真正发达起来，是在河南的省会城市郑州，据传是一个以前跟他一起做事的小包工头有了硬关系，在郑州接到好几个大的工程，刚好碰到张和平到郑州找他喝酒，那个包工头就把手下的工程交给张和平管理，因为认识多年，包工头知道张和平这人靠谱。另外一种传言说包工头当时说的其实是酒话，但是当着众人的面说出去了也不想再反悔，就认了。反正最后的结果是张和平一下子成了管理几百人的"监理"，从民工招聘、工地管理到发工资，所有工地上的事情都是张和平说了算。这是张和平打响的第一炮。工程完工之后，张和平被更大的老板看上，又被委托管理更大的工程。直到后来，从帮老板管理工程变成了自己直接承包工程当上老板，成为郑州市排得上号儿的人物。

赚到钱后，张和平对竹山镇和县里的资助也越来越多，从通村公路、全镇亮化到孤寡扶助、成立助学奖学金，凡是镇里的项目找上他，张和平从来不会让人空手回去。直到几年后，张和平发现他对镇上扶持的这些东西，并没有从根儿上改变家乡的面貌。虽然水泥路有了，路灯也有了，但是留守儿童的问题和空心村的问题还是很严重，每年只有过年的那短短半个月，外面打工的年轻人回来了，镇上才显得有活气儿。等这些人一走，镇上又是死气沉沉。没有年轻人，再好的硬件又有什么用？张和平决定在镇上投资干点儿什么。

那几年是青港市农村创业的好时候，人们干得最多的就是养猪和养鸡。首先是政策上的扶持，青港市政府为了让产业形成规模，出台了一系列扶持政策，而且农村土地多，建厂房容易，人工也便宜。那几年投资的人，都获得了很好的回报。但是回报主要是老板个人的，这种遍地开花的小规模养殖，因为有政策扶持，基本不用纳税，带动的本地就业人口也很有限，一个养殖场几个人就能运转起来。渐渐地，各地村民也开始有了怨言，因为小养殖场不注重环保，废水、废气，再加上排泄物，凡是有养殖场的村子，没几年时间都会变得恶臭难闻。张和平决定在镇上投资，首先考虑的并不是赚钱，他想找到一条可持续的发展之路，带动家乡的就业，让死气沉沉的家乡重新活起来。

"各种方向考察了好久，和平才选定搞度假山庄的。"村主任说，"和平搞山庄本来就是为了镇上。那个时候竹山一穷二白，什么也没有，要不是他和平说搞山庄，换成另外的任何一个人，村里人都会说是痴人说梦，但他是和平，大家就跟着干了。最开始就成立了合作社，他是跟村里签的合同，村里占股份，只要出人力就可以占干股。和平是真厚道，他拿出来的可都是真金白银啊。哦，对了，还有林勇，他就是之前搞养鸡场赚的钱，也投资了一部分在山庄里面，平时管理施工主要是林勇，他年轻一些，脑子灵醒。合作社真正成立起来后，林勇用电脑把效果图打在看电影的幕布上，好家伙，真的搞得像旅游景点一样，垂钓休闲、酒店住宿，还有我们的杜鹃花海，反正搞了一个'竹山十景'，规划得是真好。"

因为喝了酒，村主任说话的语气明显放开了一些，何研坐在桌子另外一边静静地听着村主任讲话，在暖黄色的灯光下，显得很乖巧。

"和平最开始肯定也没想到这个山庄就是无底洞，一下子搞了两年多，光是他丢进去的钱就不晓得有多少，到后来他是扯着他工地上的钱往里丢，也不怪他老婆后来跟他离婚。"村主任的酒杯已经空了，两只手在桌上胡乱地抓着，好像是抓住了一只隐形的酒瓶子。

"张展他爸妈离婚了？"我问。

"是啊，离婚了。眼看着山庄搞不下去了，所有人都劝他收手算了，没想到他下了大决心，把城里的房子卖了一套，到最后，他甚至还准备去贷款。要不是他突然失踪了，这个贷款可能也就贷了，当时就能搞完也说不定。"村主任终于艰难地把脚边的酒瓶子抓在了手里。

我伸手接过村主任手里的空瓶子，何研给我和村主任递上热茶。

"我感觉现在村里搞得挺好的啊。"我说。

"现在这个样子是国家搞的，但是还是要感谢和平打下的基础。和平失踪后，山庄停了大半年，来了一个国家项目，要打造乡村旅游示范村，我们村有山庄的底子，县里就把我们村报上去了，选上了。"村主任喝了一口茶，不断地往外努着舌头，不知道是烫着了还是在反胃要呕吐，我有点儿担心地看着他。

"张展呢？他爸失踪了他还在上学吧？"

"这孩子，对了，那段时间他要高考了，遇到他爸这事儿，一刺激，精神还出了一点儿问题，回村里休养了大半年才好。要不说张展这孩子灵醒呢，在屋里待了这么久，再去上学还跟得上，考上了北京的一个大学，虽然是个二本，但也不容易。"村主任站起来往小院儿的后门走，估计是去厕所了。

村主任走后，何研说："这个张展还挺有意思的，他究竟干了什么？"

"张展失踪了。"我说。

"失踪了？那你报警了吗？"她问。

"就是警察找到我的，张展留了我之前公司的地址，警察顺着公司的信息找到我的。"

"你为什么要大老远跑到竹山寻找张展？"何研问。看得出来，何研的好奇心在往上涨，我感觉得出来，她也有了村主任之前的那种怀疑，感觉我和张展的关系没这么简单。我掏出手机，给何研微信发过去一条链接，是我之前发布的张展的九张照片。

何研看了一会儿手机，抬头问："这些照片是……？"

"就是张展拍的。"

"他是一个摄影天才。"何研认真地说。

"网上确实有一些人这么说。"

"警察认为他的失踪仅仅是一件简单的失踪案吗？"何研说。

我看着何研的脸，内心有一点儿兴奋："我到竹山就是为这个来的，我其实是过来写作的。"

"写张展？"

"是的。"

"明白，你是想了解张展的过去。"何研从桌子的对面移过来，坐到我旁边的位置上，说，"刚才村主任说张展高考前精神出过问题，我觉得可以从这里开始。"

何研的话刚说完，村主任摇摇晃晃地从后院儿的小门往这里走。村主任刚坐下，何研便迫不及待地问："村主任，你刚才说张展高考前精神出过问题，在村里休养过几个月，可以详细说一下吗？"

村主任的嘴角还沾着一些秽物，看得出来，村主任刚才出去是呕吐过的。从他的表情看，他似乎是轻松了一些。

"有点儿怪，像是中了邪。"村主任端起桌上的茶杯，猛喝了一口，"一天天都鬼鬼怪怪的，看到什么都喜欢跟着，无论是路过讨米的，还是一只流浪狗，他会一直跟在后面，像一条尾巴，送出村子为止。"

"就跟着？什么也不做？"何研问。

"是的。哦，对了，还不说话，待在村里几个月，一句话也不说，跟谁都不说话。"村主任说。

我小声地自言自语："难道是失语症……"

村主任已经开始往桌上趴着了，也不管他面前的桌上摆满了杯盘狼藉的汤汤水水。我站起身，把村主任扶起来。村主任醉眼蒙眬地看着我："你……你们住哪里？我送……送你们。"

"不用了村主任，我们走回去，不远，就住林家铺子。"何研说着，搀住村主任的另外一只手臂。

"你们住……住林勇那儿？"村主任的双脚在挪动着。

"林勇？这名字有点儿耳熟。"何研自言自语。

"好像是张展他爸的合伙人，之前养过鸡。"我一下子反应过来。

8　处女作

杨德昌在《一一》里曾说，电影发明以后，人类的生命比起以前延长了至少三倍。我不知道电影是否可以改变别人的生命，至少在我这里，电影改变了我生命的一部分。

从很小的时候起，我就发现自己对痛苦不敏感。在课堂上，那些坏脾气老师会惩罚我们。痛，或者说是想象中的肉体的各种剧痛，说实话，是会让我情绪更加高涨、兴奋，而不是真正发自内心地痛苦。我无法痛苦，哪怕是经历了好几次最亲的亲人去世。我穿戴好发给我的孝布跪在人群中间，看着主持人用斧头切掉我衣服的小角放进死者寿衣外面的荷包里面，然后合上棺木，用长长的铁钉钉进去——在我们老家，铁钉钉进棺木是一场葬礼的小高潮——我既对死者的去世无动于衷，也对生者的悲伤毫无波澜。我总是这么想，一个人死了，是一个已发生的事实，既然是事实，最后肯定会有一个什么人将铁钉钉进去。然而我的内心也不能说是一丁点儿变化也没有，那是一种无来由的空落落的感觉，不是悲伤，不是怀念。

刚到北京的时候，我住在北边朝阳和昌平交界的那个小区。我每天去坐公交车的车站，刚好有一个站牌处在两个行政区域的交界线上，所以我才知道这一点的。这似乎是一个隐喻，我的工作在发达的"朝阳区"，但是我的身体处于"昌平"。昌平，是属于海子的地方。第一次在公交站牌旁想到《在昌平的孤独》时，我自己感觉已经好多年不读诗了，更别说背诵一首并不那么知名的诗。但是在那个地方，我就是能轻易地背出这首诗的全文。

孤独是一只鱼筐

是鱼筐中的泉水

放在泉水中

孤独是泉水中睡着的鹿王

梦见的猎鹿人

就是那用鱼筐提水的人

以及其他的孤独

是柏木之舟中的两个儿子

和所有女儿，围着诗经桑麻沅湘木叶

在爱情中失败

他们是鱼筐中的火苗

> 沉到水底
> 拉到岸上还是一只鱼筐
> 孤独不可言说

"在爱情中失败 / 他们是鱼筐中的火苗 / 沉到水底",我匆匆逃离广州,将身体住进昌平,是因为"爱情中的失败"吗?大概只有海子那个年代的诗人才能如此从容地使用"爱情"这样的词语。从逻辑上讲,爱情的存在,是"失败的爱情"的前提,无论跟张婷婷在一起还是之后分开,我似乎都没有真正体会到所谓"爱情的感觉",大概就是因为它有可能并不存在吧。

我从来没有跟任何人透露过,我到那个学校读计算机专业完全是草率的选择。如果让我再选一次,也许我还是选计算机专业,即使我从未真正去学过它,更别谈用它去工作、赚钱。现在想来,这是一种无声的反抗,是我内心的起义。从同伴、老师,甚至从家长的角度来看,我从小就是那个"别人家的孩子",学习、生活、成长,一帆风顺,直到高考后填报志愿,选择大学专业。我每天拿着学校发的志愿指导书坐在书房里发呆,我第一次隐隐地意识到"生命"大概是一种什么东西。在网上填报志愿截止的当天,我把志愿填报指南随机翻到某一页,然后就填下了那一页列出的第一个学校的第一个专业,计算机专业。如果现在父母知道了我整个填报志愿的真相,不知道他们会怎么想。志愿填完之后,我告诉了父母。他们觉得填得不错,计算机是面向未来的,更为关键的是"工作好找"。

上大学后,从第一堂课起,我就几乎对学校完全失去了兴致。进入新的学校、新的宿舍,有了新的同学,我却提不起精神。我就这么一天天地在学校里闲逛,围着学校的围墙、教学楼、池塘、操场打转儿。直到大二，我才跟着人群第一次走进自习室。我喜欢自习室那种安静而又各有所忙的气氛，即使我是空人一个，连一本书一支笔都没带。我拿出手机，假装在玩儿。自习室在图书馆的二楼，跟自习室一墙之隔就是期刊阅览室。熟悉之后，我开始去期刊室随便拿起一本什么杂志读。最开始，无论是自然科学还是人文社科的期刊，我都能津津有味地从第一页看到最后一页。这样的一种阅读方式，与其说我在阅读，不如说我喜欢上了这种处于阅读状态的感觉。在这之前，我从来就没有阅读的习惯，除了课本之外，从小到大我几乎没看过任何课外书。

第一次看到张婷婷的时候，就是在阅览室。在一个晚上，跟以前一样，阅览室的人不多，她穿着一件深紫色的运动夹克，长直头发，在期刊架前停留了好久。我也不知道为什么，当时就这么产生了一种没来由的好奇心，想看看如此安静地在阅览架前站这么久的一个女生是什么样子。她的脸面向阅览架，我就这么等她回过头来。直到工作人员宣布马上要闭馆了，她才放下手里的书，我看到了她的脸，一种奇怪的且十分熟悉的感觉。我跟着她，一直尾随着她从图书馆走出来，穿过教学楼前面的草坪和学校的礼堂，到达女生宿舍楼。

在那个时候我爱上了她，或者喜欢上了她吗？我不知道。我就这么一天天地去阅览室，直奔她站过的那排书架前。她看的是文学期刊。偶尔她会来，趁着她不去上晚自习的空当。她叫张婷婷，是中文系的，除了周二和周五之外，她晚上都要去自习室。她是大一新生。差不多整整半年后，我们才第一次说话，加微信。我无所事事，几乎只拿出两三成的工夫，在每门考试之前的一个星期内开始看书，应付掉即将到来的考试，其他时间，我要么在阅览室，要么在自习室看书。

写完第一篇完整小说的时候，已经是大三的上学期了。写完的当天，我按照那本我经常看的文学期刊上刊登的投稿邮箱发过去后就忘了这事儿，接着写我的第二篇小说。那段时间我连张婷婷都见得少了。我没想到事情会如此顺利，还没到两个月，刊登着我第一篇小说的样刊就寄到了我宿舍。那本杂志刚好在做一个新的"90后"的小说栏目，被我碰上了。接着就是第二篇、第三篇、第四篇，到大四上学期，我已经在国内的多个知名杂志上刊登过小说，算是一个青年作者了。

同宿舍的三个室友，一个在准备考研，两个在互联网公司实习，只有我一个人，每天除了去图书馆就窝在床上看书，一直看到再也看不进去了才下床在下面的书桌上写小说。刚发表第一篇小说的时候确实是很激动的，特别是收到样刊，看到自己的名字和自己写下的那些有点儿不知所云的小说印在纸上，现在想来，这纯粹是一种虚荣心。我在期刊阅览室，反复翻看发表我小说的那几本文学杂志，有时候还会偷偷观察进阅览室的同学，看有没有人去翻动那几本杂志。发表的小说后面有作者简介，我写的是"××大学大四在读"。期刊阅览室里只有一个女工作人员，多数时候她坐在进门的柜台后面玩电脑系统自带的《蜘蛛纸牌》。新到的期刊被塑料带子系住，堆在她的身边，她连取下阅览架上的旧杂志换上新的这项规定流程都懒得做。一直到两三个月后，她才会把占住走道的新杂志换上去。那些被淘汰的旧杂志会被回收到她身后高高的"过刊书架"上，束之高阁。以我观察，期刊进了她身后的书架后基本就宣告"死亡"，只有我，偶尔踩上凳子再去看一眼。

张婷婷说大三是拿学分的关键时期，她有自己的作息时间表，跟室友一起上课、自习，她不想太分心。学校教学楼的后面有一片小小的土坡，叫情人坡，穿过情人坡有一片湖水，就叫情人湖。她偶尔会约我一起在情人湖湖边走一走，然后去旁边的学四食堂一起吃顿饭，之后各自回宿舍。我牵着她的手，总感觉她的手冰凉。

大四上学期快要结束的时候，我在朋友圈看到一个出版社在招实习生，在遥远的南国广州。我突然意识到，那段时间我不断地在网上浏览，原来是在为自己找一个去处。我把自己的文学履历罗列在一个 Word 里面发过去。第二天我就接到出版社电话，让我到广州，出版社不提供住宿。我把张婷婷叫出来，想跟她商量商量。张婷婷觉得我应该去，我就去了。

最初想来出版社实习，完全是因为自己对文学的兴趣。没想到我到出版社之后，负责人让我做的其实是互联网的工作。社里新来了一位副社长，想要将传统老旧的出版社硬件和一些电脑系统升级一下，因为出版社员工学的都是中文系相关的专业，跟合作的互联网公司沟通困难，所以才紧急招聘实习生的。我一边在网上查资料，一边咨询同学，才勉强把属于我的工作应付过去。如果以后我一直待在出版社做这种工作，我觉得没什么意思。我在广州城中村的亲嘴楼里租了一张床位房，每天30块，环境比学校宿舍要恶劣得多，同住一间的接近十个人，卖保险的，做安利的，批发盗版光碟的，贴手机膜的。有一个每天西装革履的中年人，每天下班后都会将自己的所有东西装进他随身携带的一只大行李箱里，装好后跟他看到的每一个人说再见，因为他第二天早上就会提着行李箱回老家。但是第二天晚上，他再次出现在他的床位上，继续说再见。我看着这个中年人，老是觉得生活里好像有一些自己没体会过的意味，或者是疑问。我变得喜欢去探究生活的细枝末节，城中村斑驳潮湿的墙壁上新写了几句别有意味的脏话，一张皱褶的面巾纸上沾着奇怪的颜色，路边花坛里一个半旧的玩偶，都让我感觉每天都有新鲜的体验感。

有一天，领导兴奋地告诉我，上级部门拨给出版社一笔资金，想要我们策划一个什么项目，让我好好想想，有没有什么想法，弄一个书面的策划给他看看。然后我就弄了一个。领导看着我的策划，跟我讲了一个多小时，是他自己的想法，跟我的基本上是南辕北辙，然后让我去做。这基本上就是我在这份工作中的缩影。

为了参加答辩和毕业典礼，我回学校待了一周。我约张婷婷吃饭，她带过来另外一个男生，介绍说是男朋友。刚坐下的时候我有点儿尴尬，但是那位男生完全没有，他的性格开朗，很健谈，我竟然第一次感受到了某种魅力的存在。我无意中听到，他说他跟张婷婷在一起有两年多了。

我在广州继续待了一年，把自己完全沉浸在书本里面，除了文学之外，哲学和非虚构纪实是我的最爱，我像一个溺水的人，想要借助书本漂在水上。这一年我第一次尝试写完了一个失败的长篇，失败当然是十几位编辑告诉我的，故事是失败的，形式探索也是失败的，他们告诉我，这样的小说（姑且称之为小说）既无法在文学期刊上发表，也无法在出版社出版。刚开始写小说的时候，我似乎知道什么是小说，我看的书越多，我越不明白什么是小说该有的样子，我厌倦了所有的小说和虚构，我觉得它们千篇一律地虚假。虚假和虚构，不应该是一回事。到后来，我每天想得最多的一件事是离开广州，离开我当时的生活。

刚好那段时间朋友圈里有人在发招聘信息，北京有一个新媒体小公司在招文字编辑，我就这么来了北京。因为工作的需要，我经常被派往各种电影放映的现场，看完电影后当天晚上就要写完短评，我爱上了电影。

我记得是看戈达尔的《筋疲力尽》，雨涵坐在我旁边，这是我们一起看的第一场电影，在小西天的电影资料馆。接下来我们又多次在小型的放映场合遇到，雨涵是我在现实生活中认识的第一个影迷。

一个爱电影的人，跟一个不爱电影的人，本质上不可能是一种人。杨德昌所说的有了电影之后人生会延长三倍，那本身并不存在而多出来的二倍人生显然并不属于自己，而是别人的。爱看电影，就是对生活不满，而且这种不满不是那种说得出来的不满，而是一种形而上的不满足。这些都是我在汪雨涵身上得来的体会和感觉。后来我才知道，汪雨涵也在写作，一个写作的女人，加上一个爱电影的女人，就是汪雨涵。她告诉我，在19世纪之前，写作长期被视为男性的专利，而作为书写工具的笔，则被当作男性阴茎的象征，女性执笔写作既是一种对男性权力的僭越，又意味着女性的觉醒。夏洛蒂·勃朗特有一个怪癖，写作的时候会闭着眼睛，这有她笔迹歪歪斜斜的草稿为证。闭着眼睛，总是让人联想到这是女性享受性爱时的通常反应。跟我那些有可能发表的作品不一样，汪雨涵的写作完全是面向她的内心，没有情节，都是散句，有点儿像呓语。我承认我就是看了她的这些奇怪的作品才爱上她的，我从来没跟她说过，哪怕是在她离开之后。

9 初　恋

　　我没想过这么快就跟陈秀娴见上面。张展日记本里面这个四处穿插、贯穿整个日记本的中心人物，关于她的各种插叙，甚至直接盖过了日记本应该有的功能效果。如果把这个日记本连同里面的文字整体放到一部小说里面，作为某种技术手段，作者用以追溯小说主人公生活轨迹的线索，陈秀娴就是整个故事的故事核和那条不断隐隐显现的主线故事。

　　张展的日记本里没有写这段感情的起点，陈秀娴在日记里第一次出现的时候，就已经是女主角了。在当时他们的班级里，班上同学的座位是每周都变动的，周六下午放学之前，教室最后三排的同学就会换到最前面三排，这样能保证相对公平。张展喜欢从左后方这个角度看陈秀娴，特别是陈秀娴将半长的头发绾起来扎到脑袋后面，露出她修长的后脖子的时候，透过三百度的近视眼镜片，张展觉得他能看清楚陈秀娴脖子上细密的小绒毛，这让他感觉到一种勃勃的生机。仿佛是一种默契，张展和陈秀娴从来不在任何熟悉的人面前走在一起，无论是最好的玩伴，还是同学、老师，他们最亲密的时间就是晚自习中间休息的那十分钟，一起在几乎看不清脸的学校操场上散步。其他时候，他们是陌生人，甚至连普通的同班同学都比不上，没有任何人知道他们的这种隐秘关系。在那个时候，张展是无法清楚定义这是一种什么关系，难道这就是青春言情小说里面的"早恋"吗？班主任多次在班上强调过，男女同学要保持纯洁的同学关系，不许过分亲近。什么叫过分亲近呢？一起在操场上散散步算吗？张展和陈秀娴的座位忽远忽近，"就像两个围着恒星做椭圆形环绕的行星",这是张展自己的比喻句。

上初中前,张展一直是个闹腾得鸡飞狗跳的孩子,那个时候小孩子能做的一些小坏事,他都做过。一进初中,之前的玩伴都四散开,进入了不同的学校和班级。跟小学不一样,老师对同学们的成绩有了要求,而且初中的班级里人多,一走进教室,一种无形之中强大的压力就压得张展无法自由呼吸,他感觉整个世界都不一样了。在他看来,所谓个人的性格由原生家庭和成长环境共同构成的说法,对他来说,塑造他后来性格的"成长环境"就是初中这三年时间,上初中前是一个人,读初中是一个人,初中毕业后又成了另外一个人。

初二的上学期,张展班里新来了一个中年女英语老师,据说是从市里调过来的。这位英语老师的撒手锏是"单词听写",每次两节英语课,她都会拿出整整一节课来听写英语单词。听写之前,她总会随机点四名同学在黑板上写,跟坐在座位上的同学一起写。对于那些擅长背单词英语、成绩本来就好的同学来说倒没什么,像张展这样记性差、每次都写不下来几个单词的同学,那就无异于当众审判了。好在班上有几十名同学,一个学期下来,每个人也点不到几次。陈秀娴和英语老师的那次冲突,就是因为听写单词。英语老师第一次点到陈秀娴,陈秀娴坐在座位上就是不出来,也不站起来,就这么坐着。叫了几次之后,英语老师才爆发,走到陈秀娴的座位旁边,企图将她从椅子上提起来。全班同学惊讶地看着陈秀娴,在这之前,陈秀娴从来就是一个"乖乖学生"的形象,不怎么说话,也从不捣乱,他们有点儿闹不明白这场闹剧是怎么发生的,又该怎么样收场。没想到陈秀娴突然从座位上站起来,伸开双手猛地一下将课桌上摞起来的试卷、课本、习题和复习资料全部推到了地上。这一下把所有人都震住了，连站在她身边的英语老师都停止了动作。趁着这个间隙，陈秀娴站起身来，飞快地冲出教室。那堂课就这么戛然而止，英语老师随后也离开班级，留下全班同学在座位上愕然着。

　　第二天是周六，按照惯例，下午三点多上完第二节课就放假了。张展收到陈秀娴的纸条，让他放学后在班里等她，有事。张展一直等到天快黑了，校园里几乎完全空了，陈秀娴才到教室。她让张展帮她搬东西。她冲出教室后，被她推倒的那些书本已经被其他同学收好叠在课桌上了。陈秀娴收拾得很仔细，直到课桌里被掏空，连一小片儿碎纸屑都不剩。张展小心翼翼地站在一旁，连昨天她离开教室后去了哪里都没问。他怀抱着厚厚一摞书，默默地跟在陈秀娴后面。走到学校食堂旁边的时候，一个女人等在那里，企图接过陈秀娴怀里的书，但是陈秀娴不愿意，两个人像拔河似的在拉扯。没一会儿，砰地一下，陈秀娴怀里的那一大摞书掉在地上。女人走过来接过张展的书，让他先走。张展看了一眼陈秀娴，在不明朗的光线下，不远处的陈秀娴只剩下一个剪影。周一陈秀娴准时出现在课堂上，无论是班主任语文老师还是英语老师，好像都已经忘了上周五发生的事情，没有人提起，就像是全班同学一起做了一场梦，睡醒了就过去了。

　　我跟着林哥走进一个小咖啡馆。咖啡馆里就坐着一个人，在进门这边靠窗的位置。一个齐耳短发的女生，有点儿像《天使爱美丽》里奥黛丽·塔图的发型。林哥把我介绍给眼前的女生，说我是张展在北京的好朋友，找她有点儿事想了解一下。

　　"秀娴。"我说。在林哥说出她的名字之前，我伸出了手。

　　她愣了一下，轻轻地伸手，用两三个指头握住我的指头。

林哥离开咖啡馆，我坐在秀娴对面的椅子上看着她的眼睛，这双我似乎已经过于熟悉的眼睛，张展在日记本里反复地用文学性的语言描述过的眼睛。那一瞬间，我就想起了日记本里关于这两只眼睛的各种比喻，它们在我的眼前不断地变化，跟那些喻体的影子相重叠。她的脸上有一种少有的干净的质地，而且看得出来，并不是那种精心装点和举重若轻的熟稔的化妆技巧所叠加的效果。

"听林哥说张展不见了？"秀娴说，她喝了一口杯子里的咖啡，放下杯子，很自然地轻轻抿了一下嘴唇。咖啡的表面有一层白色的奶泡儿。

"是的，失踪了。"我点的美式咖啡端上来了，过度烘焙的焦香味儿冲进我的鼻腔里，"他最后一次联系你是什么时候？"

"联系我？那好久了。"秀娴在微微思索，"得有十年了吧？"

我顿了一下，把手里的咖啡送进嘴里，我喜欢喝有点儿烫口的咖啡："十年，那差不多你们分开后就没见过了。"

"分开？你说的是初中毕业？"秀娴两只大大的眼睛看着我。

"嗯，差不多。"我说。我看着秀娴"无辜"的眼睛，第一反应是她可能不好意思面对我，说出她和张展之前在一起的经历。

"其实我们本来也不算熟，即使是之前初中做了三年同学，你知道，张展的性格比较内向。"

"是的。"我说。张展日记本里面，对于他和秀娴这一段早恋的起始阶段是缺失的，但是从坐在我对面这张容易害羞的脸上，很容易就能看得出来，在这段感情里，张展肯定是主动的。

我问秀娴是在哪里上的大学，在做什么工作。其实之前林哥就告诉过我，她在县里的一个银行上班，好像还是国企，干得挺不错的。秀娴说她就是在青港市本地上的一个二本师范学校，毕业后便回到县城，在银行上班。因为离家近，每年回竹山的次数很多。听她讲这几年她的生活状态，我一直在想，要不要继续问她张展的事情，她会不会不愿意谈张展。根据张展的记录，她和张展的早恋失败后，张展其实一直都没能从这段早夭的感情里走出来，似乎之后的这几年，他再也没有交过女朋友。

"张展和你分开后，就再也没交过女朋友。"我还是说了出来。

"嗯？张展和我分开？"秀娴疑惑地看着我。

"是啊，对了，张展失踪前留了一个日记本给我，我看了他的日记。"

"你是不是看错了？"秀娴说，"我跟张展并不是很熟悉的朋友，初中的时候都没说过几句话。"

"你的意思是你们没在一起过？"我问。

"没有。"秀娴摇摇头。

我看着秀娴，陷入了沉思。我想到张展日记本里的一个细节，在春天，有一个下小雨的晚上，他们趁着晚自习中间休息的那十分钟一起去操场上看新开的白玉兰，就在他们走到靠近操场的那条水泥小路时，在花坛旁边的路灯下面，迎面碰到了他们班的英语老师。当时张展和秀娴都呆住了，英语老师笑着对他们点点头，什么也没说。不知道为什么，我突然就想到这件事。

"你还记得有一个下雨的晚上，你和张展碰到英语老师的事吗？"我问。

"这也是张展日记本里写的？"秀娴说。

"是的。"

"你确定日记本里张展写的是他跟我的事情？"秀娴的脸色变得严峻，她的两只手掌握着咖啡杯，看得出来，她似乎突然变得有些紧张了。

"确定。"

"我好多年没见他，我怀疑他精神有问题。"秀娴说，"你刚才说他在日记本里写跟我在一起，碰到英语老师这些事情，绝对没有，初中三年我跟张展并不熟悉，也没说过几句话。"

"初二那次，你和英语老师的冲突……"我说。

秀娴瞪大眼睛看着我："他把这件事也写在日记里？"

"嗯，他写了很多你的事情。"

"这件事倒是真的，我那时候讨厌英语老师。"秀娴把手里的杯子放在桌面上，挪了挪身子，"我一直不明白，那样死记硬背有什么用，即使那些单词我都写得出来，我就是不想站在黑板前面，像动物一样被他们观看。"

我看着秀娴的眼睛，她说话给人以真诚的感觉，毫无矫揉造作的痕迹。如果按照她说的，至少在她和张展曾经"在一起"这件事上，张展在日记本里写的是他虚构出来的？但是关于他和秀娴一起经历过的这些事情，细节是如此充盈。作为一个小说作者，我知道，哪怕真的是虚构的，也必然有生活中的来源和原型。也许眼前的这个"秀娴"就是张展日记本虚构的"秀娴"的原型？至少秀娴和英语老师起冲突这件事是真实存在过的。

"第二天你回教室搬书，张展帮过你吗？"我问。

"没有，"秀娴摇摇头，"我一个人，等教室里面的人都走了之后回去搬的东西，我们班的钥匙就放在后门顶上的木头门框上。"

我默默地想了一会儿，说："你确定张展不在班级里？"

"肯定不在。"秀娴说。

"那他是怎么知道你去教室搬东西的？"

"对啊。"秀娴想了一会儿，说，"难道他一直在跟踪我？"

10　跟　踪

张展是另外一匹"荒原狼"吗？还是仅仅是某种无心的巧合，他也看过这本书？无论如何，张展第一次对我说的话是"什么味道这么好闻"，站在我的角度，而不是我惯常的写作者的上帝视角，把"荒原狼"的形象跟张展相联系是自然而然的。

从离开那份给电影写稿的工作之后，很长一段时间，我的生活完全失去了重心。过往的电影都被我看过，我爱的书都被我读过，我也毫无感觉和动力重启我的写作，我处于了一种心理上的无所事事阶段。我懊悔，我想证明自己正在活着，或者还保有一种自认为很重要的写作能力，我就可以理所当然地变得客观而冷静（在他者看来，可能是冷漠）吗？在和雨涵的关系里面，我是否可以做得更多，做得更好？雨涵搬走之后，屋子里显得空空荡荡，她不仅将自己所有的物品都搬走，还把那只我们一起养大的小猫茉莉也带走了。她不在的时候，我不仅想她，也想茉莉。

我记得在带回茉莉之前，雨涵试探过我好几次，能不能养一只小猫，但都被我严词拒绝了。不是我不喜欢小猫，而是我害怕一养小猫我就会想到小时候那只叫"咪咪"的小狸花猫。

那时我上小学四五年级,一天深夜,我妈突然叫醒我,说咪咪不见了,要我一起出去找。有些事就是无法解释的,我至今想不通,我妈怎么会梦到出事地点的。我妈牵着我,在刺眼的矿灯指引下,直接就赶到了事发地点。那是我家附近唯一的一家铁匠铺的门口,靠着通往县里的公路。我妈径直就走到了已经完全熄火的风箱旁边,咪咪就躺在风箱旁边的一块沾满污垢的破布上,奄奄一息,似乎是在撑着见我妈最后一面。我看到母猫肚皮间淌出来的内脏,我脑袋里完全是空白的,似乎是被即将溜走的生命给震住了。

是一辆东风车。它是自己撞上去的。我妈说。

我妈带着我,连夜把死去的母猫带到我家屋后的一个山洼里,选了一棵笔直高挺的杨树,将它挂在了树上。从那以后,我家里再也没有养过任何一只猫,即使邻居多次将花色和性格更好的一些小猫送到家里给我妈挑选,我妈也只会摇摇头,猫自此成为一个无言的禁忌,没有人再提出养一只猫。

雨涵把茉莉带回来的时候我正在洗澡,我洗完澡从卫生间走出来,看到一个橘色的小团子缩在墙角,我以为是一个什么球。雨涵在阳台上晾衣服,我去找吹风机,突然听到一声"喵"。雨涵冲过来抱起那只橘色小球,就像母亲抱着自己金贵的新生儿。茉莉躺在雨涵的怀里,我被这个场景打动,她和它是如此匹配,好像它的存在天生就是为了在这一刻躺在她的怀里。雨涵确定要离开的时候,我就考虑茉莉的问题,最初我还抱着一丝幻想,她或许会把茉莉留给我,她知道我爱茉莉。甚至有时候,只有我和茉莉待在出租屋的时候,我觉得我爱茉莉要超过雨涵。最后她还是把茉莉带走了,虽然我知道,她对茉莉的爱是远不及我的,也许她是在报复我,最后一次用茉莉来表示对我的不满。

最后促使我搬离那间出租屋的，说到底就是茉莉。茉莉最喜欢躲藏的那个衣柜右边的小角落，茉莉最喜欢躺着睡觉的暖气下面的小垫子……我待在房间里，老是想起茉莉，即使它不存在了，也会扰得我心神不宁，就像它之前在这间屋子里，老是在我看书的时候跳到我身上来，趴下睡觉，直到我的两条腿都麻痹，我才将它赶下去。

我下定决心重新开始写作，找出之前在本子上记下的一些"写作灵感片段"，就像过往的那些大作家建议的那样，我早就养成了记录自己任何一个微小的灵感的习惯。这是一个悖论，我记得越多，越觉得我没有什么可写的，因为一切都是碎片，而写小说是需要将碎片拼接起来的。我制定了自己的作息时间表，就像过往的写作大师给出的建议，每天在固定的时间坐在电脑前面，哪怕我一个字不写，对着空白的 Word 文档发呆也要坐够时间。我在那间出租屋里又待了一些时间，直到找到了一个我想写的故事，我才搬到南四环外靠近一个小公园的新房子里。

之所以决定跟踪这位按规律早出晚归的新室友，他所具有的"荒原狼气质"和他讲出的属于"荒原狼"的那句台词只是一个方面，另外一方面是我的写作并不是像我计划的那样，只要我每天坐在自己房间的书桌上，我想写的故事就能往前发展。跟之前我所写的在文学期刊上发表的那些短篇小说不同，这次我设想的是一部长篇小说，小说有一条主线，但是很多时候，我写着写着就会偏向另外一条隐藏的线路，只要一开始敲动键盘，我的大脑就像是绕进了迷宫，我甚至感觉它逃出了我的控制。我的手指敲在键盘上，是手在写作，而不是我的心或者大脑在写作，我总是有这种感觉，难道这就是所谓的写长篇小说的感觉吗？我的写作变成了一种纯粹机械的行为，我不知道我的手指会把这个故事带往何方。我要逃脱它，或者逃脱我自己。就是在这个时候，我发现了新室友的蹊跷之处。

张展出门的时候天还是蒙蒙亮的。他出门后，我站在大门后面等了一会儿，直到他大概下到二楼的时候（我们合租的出租屋在四楼）我才出来。他走在我前面，在黑色和黄色混杂的光线里伸开两只手臂，像是在做着上场之前的热身运动。他顺着人行道往前走，跟他擦肩而过的多是早起遛狗或者遛弯儿的老头儿老太太。出门的时候，我毫无理由地以为他是赶早班地铁去城里的什么地方，结果刚好相反，他走向了附近唯一的地铁站的相反方向。他走着，没一会儿就会停下来，然后又往回走几步，改变身体的形状，蹲下来，或者歪向某一边，在我看来就像突发了某种疾病。某些时候随着他身体的摆动，我看到他脖子前面挂着一个黑乎乎的笨重东西，我想到那是他的相机，之前我从门缝里看过几次。终于有一次，他举起相机，对着路边的一棵什么树的顶端按了几下，一只大的黑鸟从树枝上飞起来逃走。我跟着他走了好久好久，直到我的两只脚板儿都有了反应。我有扁平足的毛病，不良于行。

我就这么悄无声息地跟着张展，一次又一次，他在人行道、街边小公园或者胡同里走来走去，有时候又呆坐在咖啡馆、独立书店或者奶茶店里，他的行走是没有方向和目的的。我想起了我坐在电脑前敲字的那些手指尖，它们也行走在键盘上，看起来毫无目的，但是最后总会组成一些由逗号、句号、感叹号和省略号间隔开的看似有什么意义的句子。而张展行走的产品就在他的相机里。他拍下的照片数量，远不止他发在他自己那个几乎等于不存在的社交账号上的。他在街头寻找一张合适的照片,这是我最后得出的结论。

在那时的张展眼里,也许我是一个完美的室友,从不好奇从不打扰,我们就跟所有存在于这个城市里的两千多万个原子化的当代人一样,静止,然后流动,又静止。他对我一直跟踪着他的这一事毫无察觉,至少在我看来是这样的。

有一天,我像往常一样在出租屋外面的鞋架上拿起一个快递,看得出来是一本书。负责这个小区的快递员已经熟悉我的习惯,凡是有快递寄来,不需要电话或者短信问我,放在鞋架上就行。我拆开快递,是本雅明的《单向街》。我愣了一下,这个版本的《单向街》我一直想找,但是并没有找到。我仔细看了一下被我撕掉的快递包装,收件人是"一人",原来是张展的。《单向街》是联系我跟张展的一条线索。我们顺着《单向街》聊了一会儿本雅明,除了《发达资本主义时代的抒情诗人》之外,他还特别提到了"拱廊街研究计划"。这一下子击中了我,我想起他每天带着相机走来走去的形象,张展不是一只"荒原狼",而是一个从巴黎拱廊街穿越到北京的游荡者。

11 初 中

陈秀娴对张展在日记里记载的关于她的事情很好奇,让我接着再讲几件事。我多次翻过那本日记,便凭着印象又讲了一点儿。秀娴说这些事情的细节她大多早就忘了,经我这么一提醒,又都想起来了,张展记下的大部分事情都是真的,但是并不都发生在秀娴身上,从好几个细节她都能听得出来,部分事情是发生在他们同班的另外几个女同学身上,比如在晚自习中间休息的十分钟去操场上散步的,是同班的王宇和杨柳,后来他俩因为早恋被全校通报、记了大过,而在英语老师听写的时候跟她发生冲突的,确实是陈秀娴,但是第二天帮她把书本搬到学校饭堂那里的,是同班的另外一名男同学杨涛,当时陈秀娴就感觉得出来,杨涛有一点儿喜欢自己,但是从来没有对自己表白过。诸如此类的细节,伴随着我的叙述和陈秀娴封存在脑海中的记忆的慢慢复苏,一点点地浮出水面。

随着细节的一点点挖掘,陈秀娴认为张展不可能是通过跟踪她的方式获得的信息,因为在我的讲述里面,如果把张展的日记本当作一本真假夹杂的类似小说的文学作品来看待的话,日记里面的所有细节似乎都是完全真实的(虽然部分陈秀娴不可能得知的细节无法判断,但是以她个人的看法,这些细节有很大可能是属实的),张展不仅仅是以一个跟踪者参与他的记叙,很多时候,他可以换两三个视角来观察同一件事情,甚至可以用一种全知的上帝视角来看待他的记叙。陈秀娴想到了他们的语文老师,也就是班主任,在他们班上推行过的一项"活动"。

陈秀娴说,初一下学期的时候,青港市教育局组织市里部分老师去江苏启东学习先进的教育理念,从江苏回来后,语文老师就开始让全班同学写日记,周一到周五每天一篇,周六由学习委员收起来后随机分发,让他们通过批阅别人的日记这种方式来反思自己的作文能力和技巧,据语文老师说,这一招在启东市早就全市推广了,从初中到高中都是这样,这是启东市多年摸索出来的优秀教学经验。刚开始写日记的时候,全班同学都很兴奋,因为同学们来自不同的小学,无论是同学之间的关系还是初中学习的方式都跟小学很不一样,很多想说的话都不知道该跟谁说，日记是一个很好的抒发方式。经过半个多学期的兴奋期，到初二的时候，多数人都已经很倦怠了，每天都是早自习、早餐、上课、早操、上课、午餐、上课、晚餐、晚自习，从早上六点钟一直到晚上九点半，日复一日毫无变化的枯燥校园生活和处于高速发展的成长期的身心之间逐渐有了矛盾，有的同学在学习中掉队了，开始看漫画、言情小说和网络小说，玩电子游戏，甚至有早恋倾向的同学也不在少数，记日记成为跟数学作业一样的规定动作，已经让多数人提不起兴趣了。到了这一阶段，批阅日记已经发展成了另外一种形式，由之前学习委员统一收、随机发放变成了写完后想给谁批阅就给谁批阅，这一变化直接导致了班上好几对早恋情侣的形成。他们在各自的日记里记录，然后在班上光明正大地换阅，而名义上是在完成语文老师的作业。这种情况持续了大半年，一直到初二快要结束的时候，语文老师才停止了交换批阅日记的实验。

"我怀疑张展看过我们班上很多同学的日记。"陈秀娴说，"不然他留给你的日记里面，那些真实的小细节不会这么详细。"

"但是按照你所说的，你们班上的日记是两人相互批阅，他也不可能看到这么多人的啊。"我说。

"也许是他偷看的。"陈秀娴笑着说。

"趁你们不在教室的时候？"我也笑笑。

"有可能。"陈秀娴说，"张展的日记本跟他的失踪有关吗？难道你是警察？"

我摇摇头。

"那你是为什么？我猜你是通过他的日记本找到我的。"陈秀娴说。

"确实是的。我是一个写作者，我想写一个故事。"我说。

"就跟张展的日记本一样？他的日记本就是个故事啊，可以当小说看。"

我不知道该怎么样跟桌子另一边的陈秀娴解释，我想通过张展的日记本来寻找他的过往究竟是有什么私心，还是真的仅仅作为一个非虚构项目必须的田野调查到竹山来搜集写作素材的。我和陈秀娴就这么静静地坐着，咖啡喝完后又叫了一壶水果茶。水果茶也喝完了，陈秀娴接到她爸的电话，要回家吃午饭了。她离开后，我一个人继续待在咖啡馆。

老板过来给我桌上的水壶加完水，不经意地对我说："你注意到张展他爸了吗？"

我看着老板的脸，这张脸面庞俊秀、棱角分明，胡子也修理得整整齐齐，配上天蓝色的衬衫，看起来很有范儿，像是咖啡馆老板该有的样子。"也是失踪的，据我了解。"

他坐在陈秀娴之前的位子上，说："你刚来可能还不知道，和平的失踪没那么简单，好多人都说他死了，可能就在竹山。"

"你的意思是他已经死了，而不是失踪？"我看着老板的眼睛说。

"传闻，都是传闻。和平之前赚这么多钱，听说靠的都是他老婆。"老板说。

"这怎么说？"老板的话勾起了我的兴趣。

"我也是听来的，说和平他老婆靠身体讨好上面的老板，和平才有的那些工地。"

"不对啊，不是说是因为张展他爸出轨了，才导致离婚的吗？"我说。

"具体究竟是怎么回事我也不清楚，我都是听说的。"老板笑一笑，站起身收拾桌上的杯子，"竹山也有很多人对和平的事

游荡者

137

感兴趣。"说完老板捧着水壶和玻璃杯离开了。

12 分 类

  我的屁股从椅子上离开,我的十根手指终于从键盘上解放。出租屋禁闭着我的身体,也禁闭了我的灵魂。写作,就是要把自己关起来,远离真正的人群,去爱上我脑海中那些或许扁平或许丰富的想象中的人。写作这一行为本身,似乎与《卡拉马佐夫兄弟》里面那位行将就木的长老的理论构成一种对位关系,他敬劝信众要爱生活中活生生的人,而写作者,恰恰要爱虚拟的人。我不知道陀思妥耶夫斯基在写作那一段话时,是否想到了他自己,在长老身后是上帝,在上帝身后,显然就是陀思妥耶夫斯基自己。

  张展带着我走上北京的街道。我们步行,绝大多数时间,我们就是纯粹的游荡者,站在人群之中观察人群,以本雅明笔下在巴黎拱廊街无所事事的那些游荡者的眼光。我不太习惯这种视角,我更习惯于坐在电脑前面,用自己的十根手指来思考"人"的大脑,他们在想什么,他们想要什么,他们为什么想要。而在街道上是不一样的,我既能看到真实的作为单个的人的表情,又能看到作为整体的人所处的不断变化的环境(因为我在行走)。张展说,拍照就是眼光的智慧。(如果是这样的话,那写作就是指尖的智慧,或者是键盘的智慧?)张展和我就这么在街上游荡,走来走去,像是我在写作之前的那些小习惯。前一天写完之后必须将键盘收进抽屉里,第二天又必须故作慎重地将键盘摆出来,按开左手边的台灯,调整到暖黄色的适合写作的光线,右手边放上水壶和水杯,然后去上厕所。做完这一套自己规定的似乎是写作前的准备工作后，就要将自己的十根手指放在键盘上面了。不要认真去通读之前已经写出来的那些初稿，只需要草草读一下上面的那一小段，就可以接着写下去，凭借着一种奇怪的感觉，这就是指尖的智慧？与此对应，张展说每一张照片的形成，其实都有一个"决定性的瞬间"，从表面上看，这个"决定性的瞬间"就是在食指按下快门的那一瞬间，但实际上决定一张照片的，并不是手指（写作当然也不是键盘的智慧了），而是那个和拍摄者内心发生强烈碰撞的场景。至少在张展看来，每一次出现那个瞬间的时候，那一秒钟，他的内心会生发出一种兴奋和喜悦。人群、光线、场景，再加上拍摄者，相互作用。

拍摄一张照片是一件很困难的事情（其难度大概等于我产生了想创作一个故事的灵感），"你需要融合在人群里，但又不能随波逐流，你不能跟着它的节奏走，但又不能把自己和人群隔开，你既在人群的里面，因为你就是人群的一部分，你又要在人群的外面，至少你要保证那个黑色的相机镜头在外面，因为相机本质上是工厂生产的一件商品，它应该作为一种客观而存在"，张展说。在长久地走来走去之后，他会突然在某个地点停住，小心翼翼地挪动，变换双脚的位置，让眼睛处在不同的"视角"。"结构也是在一瞬间成形的，要么有，要么就是没有。"在我看来，张展所追求的那种"瞬间性"就是偶然性，他想将自己对历史、现在和未来的思考融进某一时刻看起来像是很巧合的画面里，现在看来，与其说是张展所拍摄的照片，不如说是"符号"打动了这么多的观看者，最初那九张大范围传播的照片都有着看似一以贯之的创作理念，初看让人忍俊不禁，再细看，每张照片都充斥着倒错的符号关系。有一位评论者的评语我记得很清楚,他说出了我心里想象的关于张展照片的感觉,他说"我们误以为其通俗,实际上,他的作品都在一个相当之窄的频率上,他让我们所有人产生了共鸣,'那些一刹那就会溜走的人情,都会给他准确无误地捡走'"。

我尝试过很多次给张展 U 盘里面的照片归类,但是都放弃了,要不是这个非虚构写作计划的编辑李静媛要连载张展的照片,我可能永远都不会做这件事。这就像整理一间杂乱无章的书房,将书籍整齐地摆进书柜里的方式有很多,按学科门类,按作者国别,按书名的首字母顺序,按图书开本的大小,按日常翻阅的频次……这样的分类法似乎是可以一直继续的。最初李静媛让我把这些照片归类,将它们按类别在栏目上连载,我直接拒绝了。但是她说如果没人来做这项工作,那编辑就只能按照照片的原始序号,即这些照片的拍摄顺序来发布。于是我接受了这项任务。我将他照片里面多次出现的事物进行了区分和说明。

镜子

"镜子和男女交媾都是可憎的,因为它们使人的数目倍增。"(博尔赫斯《特隆、乌克巴尔、奥比斯·特蒂乌斯》)"镜子"是张展照片里我最感兴趣的一个符号。不仅仅是镜子,如果把张展所有照片里出现的物品都转化成商品名,输进一个大数据系统里进行分析,我想象得出来,肯定会有很多"高频词语"。张展喜欢利用镜子来拍摄他自己;在街上,镜子作为一种元素或者符号融入他"瞬间性"的作品里面。希区柯克在他导演的电影里客串,喜欢使用"元"技巧的创作者,在小说里面写小说的作家,他们出现在自己作品里并不是偶然,而是一种思考的路径,一种记录。张展利用镜子来记录他自己的历史。镜子作为承载他身体的容器,有时候被塞进两栋"亲嘴楼"的缝隙里,有时候成为小鞋摊试鞋镜的人物背景,有些时候,镜子又成为摩天高楼的遮光板。镜子里面是张展的人像,但那是反光,是影像,相机在镜子里所捕捉形成的相片相当于影像的影像。

肉

肉的表现形式:车水马龙的空隙里穿梭的一只嘴尖嫩黄的小鸡,血水横流的菜市场里黑洞洞的露天下水道,一只只还未煺毛排列整齐的粗壮猪蹄儿、带血的白色羊排、两眼紧闭的大牛头、穿着肉色丝袜的超短裙、高档写字楼挂出来的一小排土腊肉……在张展拍下的这些"肉"中,主要颜色是黄色、红色、黑色和白色,坚硬的城市和柔软的肉,形成一种猛烈的冲撞,似乎在向观看照片的人表达着一些什么。在张展的日记里记录着这样一段话:"一种开放的心态,将镜头开放给世界,世界变得近在眼前,开放给陌生者,从而得以偷来一张张亲密的瞬间,最终的照片也开放给读者,表面没有任何玄机,却会让人翻来覆去地看,愈来愈多的细节逐渐显现。"在张展失踪之后,他借由我,"将照片开放给读者"。我成为一种功能的存在,是连接张展和世界的媒介。

玩偶

张展最初在那个用户不多的社交网站引起我的兴趣,正是缘于几张玩偶的照片。我记得第一张是在一个上行的电梯上,电梯旁边的二楼廉价服装店店员正在收拾东西准备下班,三只没穿衣服的塑料人形玩偶东倒西歪,像是灾难(下班?)来袭无暇他顾,连衣服都来不及穿,而淡定的店员在一旁熟视无睹,按部就班地干着手里的活儿。三个隐形的受难者。看,和观察有本质的区别。张展的照片让我意识到在真实的街道上具有无限的丰富性和戏剧性。缝纫店气质高贵的人台、散落的（像是被切割）手指，作为道具的人形玩偶出现在照片里的时候，它们和行走在画面里真实的人一样具有同等的生命。

错位

材料和位置关系都能造成错位。五星级的玻璃旋转门，将门外的乞丐"送到"门内妙龄女郎的怀里，网状透明的自行车塑料框成了一位中年人抱头痛哭的发泄场所，水果摊儿老板的脑袋变成了挂在空中用绳子吊着的榴梿，肥胖男子的大肚子变成实心的球形拦路石……各种各样"倒错的符号关系"充斥在张展的照片里。布列松说"天空属于所有人"。物与物之间或许可以产生各种错综复杂的联系，但这种联系只有部分创作者才能嗅到气息。

重复

"城市中单个建筑物的寿命远比我们想象得要短。"在张展的照片里面，有一些是在不厌其烦地重复，同一角度在不同时间不断地拍下去。先是坚固、高大、川流不息的人行天桥，然后是废墟、工地，又建成了人行天桥，依旧川流不息，这就是城市。更多的时候不是这样彻底地被摧毁，而是不断地在进行局部休整。人行道上一块一块被置换的砖块儿，小区健康活泼的大树一夜之间失去了踪迹，诸如此类。忒修斯之船，人行道还是之前的人行道吗？小区还是小区吗？观察者还是观察者吗？

13 失　控

周日，快到黄昏的时候，我坐上去往县城的公交。听卖票的大姐说，这是竹山去县城的最后一班公交车。一个陌生的县城。我只带着自己的手机。

陈秀娴打来电话的时候，我正躺在民宿的秋千上，半睡半醒地打发着这天剩余的最后一点儿时间。我没想到她会找我，约我晚上一起在县城吃饭。上次跟她短暂见面之后，她当天下午就回了县城，说公司有点儿急活儿要赶着回去处理。我当时甚至怀疑陈秀娴是故意躲着我，不想再跟我聊任何关于张展的事情，毕竟在张展的日记本里，她是当事人和主人公，虽然她已经证实有很多事情是张展在张冠李戴，但毕竟都是安在她名下的。况且，我所了解的陈秀娴仅仅是通过张展日记本里"虚构"出来的她。

陈秀娴发给我的地址是一个湘菜馆，我赶到餐馆门口的时候天已经完全黑了。因为是周末，餐馆儿里面人声鼎沸。陈秀娴从窗边的一张小桌子旁边走过来，将我带到那里坐下。她的面前摆着两瓶已经起开的勇闯天涯啤酒和两个乳白色的塑料酒杯，有一瓶啤酒已经喝去了一小半儿。陈秀娴看着我坐下，说菜已经点好了，还没上。她给我面前的杯子满上酒。我端起来喝了一大口，权当解渴。她坐在我的对面，脸颊已经有些微微泛红了，看来她也不胜酒力，喝这么一点儿啤酒就红脸，很可能是酒精过敏。服务员端过来一小盘儿锅巴和瓜子，我们吃了一会儿，两瓶酒就这么快喝完了菜才上来。陈秀娴又叫了四瓶勇闯天涯，我没有制止她。

"上次跟你聊完之后，我一直在想张展的事。"她终于开口了，四瓶啤酒又已经喝下去了一半，"即使张展真的是偷看过我们班上所有同学的日记，他为什么要把其他人身上发生的事情都记在我的身上？我不相信他是记错了，他还记过我一些什么事？"

我自顾自喝着啤酒，之前喝得有些急，我的脑袋已经有些晕了。我不知道该怎么跟陈秀娴说日记本里关于她的事，如果按照她所说的，初中毕业后他们就没怎么见过，那日记本里后来的那些记录，就根本跟她毫无关系，是纯粹虚构的。在日记本里面，他们高中都是在县城上的，也就是我此刻正待着的这个县城，不仅如此，他们的学校还正好挨着，一墙之隔，两人经常互相去对方的学校看彼此。她喜欢喝草莓味儿的酸奶和养乐多，不喜欢吃苹果，心情不好的时候，他们经常一起去县城步行街的那家华莱士吃脆皮烤全鸡套餐。

"你上的高中跟张展他们学校是隔壁吗？"我问。

"是的，他上的实验高中，我上的是二中。"陈秀娴说。

看来张展还是一如既往，日记里面记载的事情是半真半假，两人上的学校都是真实的，就隔着一道围墙，也就是事情的主人公是假的？那些事情并不是发生在张展和陈秀娴的身上？"你们在高中没见过面吧？"我问。

"从来没有。怎么，在张展的日记里我跟他高中还见过？"陈秀娴说。

"嗯。"我点点头，"你们经常去彼此的学校找对方玩儿，还一起去吃烤全鸡。你喜欢喝草莓味儿的酸奶和冰的养乐多。"我说。

陈秀娴瞪大眼睛看着我："哈哈，这个是真的，张展怎么知道，我真的喜欢吃草莓味儿的酸奶和冰的养乐多。"可能是啤酒的作用，陈秀娴的情绪明显比之前亢奋了一些，两只眼睛微笑的幅度也比之前大多了，"我没想到，这个张展还挺有意思的，要是他没失踪，我还挺想见见他的，好多年不见了。"

"对了,他拍过一些照片,我给你看。"我掏出手机,把我最初发出去的那几张照片翻出来,递给她。

陈秀娴看了一会儿,说:"我看不懂,但是感觉应该拍得不错。这些照片底下的评论好多啊。"

看完照片,陈秀娴提议我们出去走走。她带着我穿过餐馆,从后门出去。一出门,之前的那种拥挤和逼仄的感觉就消失了,餐馆的后门对着一条河,朝着河岸两边的灯光看过去,河里的水还在流动。一股清新的活水的气味儿吹进我的鼻腔,瞬间穿透了我的身体,我像是被兜头淋了一桶冷水,之前的那种滞浊之气消失了,取而代之的是全身舒爽。沿着河流往前走,没一会儿,我们又转进了一条大路,陈秀娴指着马路另外一边说:"这就是实验高中,张展的母校。"

"啊?就是这里?"我看着对面马路,张展的日记里对高中的记叙也有很多,它们瞬间翻涌在我的脑海里面:这个学校铺着煤渣的大操场,进门斜着向上的一个山坡,还有山坡旁边一到春天开得遍地都是黄色的迎春花。"我们可以进去转转吗?"

"应该可以吧,我们就冒充校友。"陈秀娴说。

陈秀娴带着我,没几句话就解决了学校门口的保安,放我们俩进去了。校园里面很暗,连路灯都没有全开,影影绰绰的,有三两个人在走动,应该是学校的教职工或者家属。我带着陈秀娴转进操场,径直往里走,那里应该有一些秋千。

我和秀娴坐进秋千里,夜晚的凉风吹在脸上,既轻柔又舒服。"你知道张展高中的时候精神出过一次问题吗?"我看着不远处只剩下轮廓的教学楼问陈秀娴,张展他们之前的班级在左边那一栋三楼的最右边。

"听说过,好像休息了两三个月,后来又好了。"陈秀娴说。

"是的,他的日记里写过,其实精神出问题的是他们班上的另外一个同学,他有点儿像是被传染了。"我说。

"传染?"陈秀娴从秋千上探起身子,"不过也不奇怪,听我们学校的老师说,几乎每年都有类似的同学,高中本来就是这样的吧。"

我在黑暗里点点头,在我迄今为止的人生中,唯一称得上"有问题"的时期就是高中,特别是高二上学期那次跟数学老师,也就是当时的班主任发生的冲突。大学毕业后我回家过年,有好几次家族亲戚一起喝完酒后,我爸跟其他人说过,不知道我那年是怎么了,"像是中了邪"。

在我有限的记忆里,几乎是从学前班开始,我的成绩就很好,在班上一直是班长。现在想来,这可能有很大一部分是因为我姐,她比我大三岁,学习成绩好,爸妈一直把她作为榜样激励我。这样的情况一直保持到高二,即使在当时的班级里我的学习成绩也算得上中上等,但是一选班长,我几乎就成为唯一的人选,似乎我长得就像一个班长应该有的样子,跟学习成绩是无关的。那位新的数学老师到我们班后,我们班的"风格"和氛围就明显不一样了。他提倡的是相互监督和举报,即使是我,也作为被监督者。而他最拿手的就是叫家长来学校:成绩退步叫家长,早恋叫家长,违反纪律叫家长。高中已经脱离了九年义务教育的范畴,无论是开除还是辍学,按道理说都是自由的,上到高二的学生,绝大多数都是想要参加高考上大学的。每次,班上其他同学被叫家长,都是我去学校的门口引导,接到他的办公室,然后跟他站在一起,听他向家长训斥他儿子或者女儿的种种劣迹。之后就是叫来当事同学,轻则家长开始咒骂,重的甚至动手打,然后他们向数学老师鞠躬道歉、说好话。

犹豫几次之后，数学老师原谅他们。走完这一套流程，每次我看着家长和同学战战兢兢地退出办公室，心里都不是滋味儿。直到有一次我没有完成语文作业。按照之前的惯例，没完成作业还够不上找家长，但是当天竟然有十几位同学都没完成。语文老师找了班主任，班主任才大发雷霆，在班上宣布这十几个人都要叫家长，当然也包括我。在这之前，我似乎跟班主任才是一伙儿的，现在连我都被叫家长，我感觉得出来，全班同学的目光都在注视着我。

下课后，我一个人走进班主任的办公室，询问他能不能这次不叫家长。很显然，我觉得既然同学们都觉得我和他是一伙儿的，即使是包庇，一次也不算多。班主任当场拒绝了我。我也不知道当时是怎么了，突然就爆发，我说我不想跟他玩找家长的游戏，叫家长，训斥，道歉，然后原谅，我不叫家长。说完这通话，班主任突然站起来，一脚踢向身边的一把办公椅子，椅子背撞在我的小腿上。巨大的疼痛加重了我的逆反心理，就在那一瞬间，我把椅子踢了回去，班主任措手不及摔进椅子里面，半天没爬起来。

我爸还是被叫到了学校，不过不是跟班主任谈，而是跟年级主任。在这之前，我主动去找过年级主任，我想换个班级。年级主任高一时教过我，他同意了。听我爸说，他是当着年级主任的面向班主任道歉了的，代替我。事情发生之后，我并没有很惊慌，要么换班级，要么换学校，要么辍学，这就是我当时自己分析的三个解决方案。换班级后我偶尔在学校还会碰到之前的班主任，我们心照不宣就当作陌生人。读书这么多年，我第一次失去了班长的"身份"，我感觉到浑身自在。要不是那一次冲突，也许高三我的学习成绩不会提升得这么快，高考的时候超水平发挥，考上了北京的211高校。

我和陈秀娴一直在操场待到很晚才离开，她走回银行的宿舍，我决定去学校旁边的网吧待一晚上。张展曾经多次在这间网吧前驻足，但从未走进去过一次。

14 高 中

我迷迷糊糊地从网吧里醒来，不远处，在网管的柜台附近有六七个年轻人架起了一张桌子在打麻将，吵吵闹闹的，好几个人嘴里的烟雾在往头顶上飞。我摸出手机，一晚上没充电，剩余电量已经见红了，才三点半过一点儿。我换了一个姿势，让眼睛正好从椅背的空隙处穿过去，正对着年轻人的方向，让他们看不到我。仔细看他们的脸，稚嫩的脸上显现出无法被收敛的激情。他们应该比我要小很多，他们抽着烟，打着牌，打打闹闹，在周末的凌晨，毫无疲倦之色。我能想象得出来，他们会一直打到早上天光大亮，一伙人一起去附近吃早餐，然后该上班的上班，该回家的回家。看着看着，我开始羡慕他们，如果张展在这里，他应该也会有这种感觉吧。我突然有一种感觉，是张展留存在我脑海中的记忆让我走进这间网吧熬通宵的，他没做到的事，由我帮他完成。我被这种没来由的想法吓了一跳。

再次醒来的时候，周围已经光线充足了，远处有拖动桌椅的声音。我从椅子上爬起来，一位五十多岁的大姐正抱着拖把，在一个个座位间移来移去，空气中一股消毒水儿的味道。我走出网吧，马路上已经有三三两两穿着蓝白校服的年轻人在走动，朝学校的方向。没隔多远，有一个露天面摊儿，简易的塑料椅子上坐了一些人，看穿着像是建筑工人。我点了一碗牛肉汤面，坐下的时候看到这些人的手边除了面之外，每人都拿着一瓶二两的二锅头，一口一口津津有味地喝着。我走过很多地方，似乎还没听说过就着早餐的面条喝酒的。塑料桌子旁边有一个已经熄灭的剥落了一半的招牌，上面写着"早堂面"。

吃完牛肉汤面，我不知不觉就顺着学生的人流往前走，站在了实验高中的门口，仿佛是我的两只脚想去那里。就像写作顺利时，我老是感觉我的指尖想打出某句话一样。门卫认出了我，但是他的眼睛还是带着疑问。我脱口而出，找姚晓明老师，想看看他。门卫笑着对我点点头，热情地给我指出了姚老师办公室的位置。如果命运给我机会的话，也许我可以当上一个好演员，至少我的临场反应出乎我本人的意料。张展在实验高中读书已经是十年之前的事情了，十年，世界上会发生多少事，而张展当年的班主任还在这个校园里，坐在一间办公室里。

昨天晚上陈秀娴第一次指出这个实验高中时，我的脑海里就出现"张宁"这个名字，是"张宁"而不是"张展"。张展当年高二的时候突然出现精神问题，按照他在日记里面后知后觉的自我诊断，算是受到刺激后的一种应激反应，源头就在张宁身上。张宁是当时他们班上的物理科代表，每次理综考试都排在年级前三名。在一次普通的模拟考试中，不知道为什么，张宁发挥失常，只考了一百多分，算是大失水准。成绩出来之后，他不仅不沮丧，反而面带微笑看着每一个人。有同学向老师反映，张宁考试的时候睡了很久，还自言自语。事情在这之前其实就是有征兆的，张宁算是班上少有的几个性格活泼喜欢讲话的人，在紧张的高中生活间隙，他甚至经常放弃吃晚饭，跑到运动场跟人打篮球。那次模拟考试之前的一段时间，他私下找了好多位同学，让他们小心校园里的"流浪狗"。刚开始的时候，同学们以为他是在开玩笑，后来听说他找的人越来越多，次数也越来越频繁，甚至不再出教室，连打饭都让其他同学帮忙，每次放学都会紧紧贴在男同学的背上。他的异常传到班主任姚老师的耳朵里，姚老师找他私下谈话，他才终于解释，说他有两个哥哥，都是在高二的时候得狂犬病去世的，他担心自己也得了狂犬病，活不过高二。姚老师跟张宁的家长联系，他确实有两个哥哥都在高二时去世，但并不是狂犬病，一个是意外溺亡，一个是得急性白血病，跟狂犬病完全没关系，三兄弟唯一跟狗的联系是很小的时候，三个人一起被流浪狗咬过，当时没有打狂犬疫苗，但是三人都没有任何患病的迹象。

　　模拟考试后不久，姚老师就在班上宣布张宁同学身体不适，需要回家休养，接下来会在家里学习，到时直接回来参加高考。所有人都知道，事情不是这样的。张展算是跟张宁走得比较近的同学，他几乎是全程见证了张宁从开始有些胡言乱语到最后不得不休学的过程，张展自己分析，就像流行性感冒一样，有一种病毒在班上传染，不仅仅是他自己感觉有问题，班上还有好几个同学都有问题，但是他们没有表现出来。

　　姚老师身高不足一米六五，一头花白的头发被剪得整整齐齐。当我说出我是张展的朋友时，他短暂地愣了一下。寒暄过后，我问他还记不记得跟张展同班有一位叫张宁的同学。姚老师点点头，说这孩子可惜了，当年出了点儿问题，没参加高考，第二年学校又帮他报名，但是他家的一个叔叔已经带他出去打工，不愿意他回来了。姚老师给了我一个手机号码，说是当时张宁的电话，他也不知道还能不能联系上。

　　离开姚老师后，我在微信里输入手机号码，搜索到的是一个叫"星空的仰望者"的账号,男,地点显示就是青港市。我在添加好友的申请备注里写"我是你高中同学张展的朋友",我刚点完"添加好友"的按钮,手机自动关机,没电了。

我回到竹山镇的民宿时,已经到了下午。一到房间,我赶紧把手机连上充电线,没一会儿手机开机了。微信里有十几条信息,其中有八条是"星空的仰望者"发来的。几条视频聊天请求之后是语音聊天请求,然后是一大堆问号。我回复他:"你是张宁吗?"

张宁发起视频聊天,我不好意思拒绝,因为是我首先找到他的。视频另外一边浑身脏兮兮的这个叫张宁的男人,跟张展日记里面的那个"张宁"可以说是有天壤之别。他在浙江的一个小县城修车,"顺便研修哲学"。他甚至没有过多地向我打听张展,似乎我的出现是自然而然的,我并不是因为寻找张展而找到他,而是本来就是找他的。当他听说我是一个写作者的时候,执意要将他的"作品"发给我看看,让我"雅正"。我说我是写小说的,哲学我不懂。他说我谦虚,都是写作者嘛,"相互探讨"。他发过来一个链接,是从一个知识类的APP分享过来的。标题是"时间的本质"。

时间的本质　　星空的仰望者

65 关注　95 粉丝　193 文章　191089 字数　605 收获喜欢

2017.03.18 21:43:35　字数 976　阅读 113

如果空间的本质是时间,那么时间的本质是什么呢?时间是变化还是不变?永恒不变的不是时间,时间是流逝的,所以时间是变化的。

但是观察静止的存在或者封闭感官,依旧可以感受到时间的流逝,所以时间虽然是变化,但不是运动。时间是主观的还是客观的呢?空间属于客观的范畴,因为空间是存在的空间。客观存在的变化是物体的运动,运动不属于时间,或者说速度不是时间,时间又不是空间,时间是主观的感受,时间属于意识的范畴。

时间是主观感受的时间,时间和运动及空间具有怎样的关系呢?如果光速不变,那么空间越大,时间显然越长,时间与空间成正比关系,空间越大,时间越膨胀,比如主观感受过去单位的时间,但远处的存在是过去多个单位的时间,距离主观的存在越远,相对的时间变化越快。

时间和运动又成反比关系,运动速度越快,时间越慢。时间是变化,运动也是变化,但是两种变化却是相逆的。运动是客观,时间属于主观,或者说运动是客观存在给予主观存在的感受,而时间是主观存在自我的感受,时间的本质是时间的意识。存在——无论主观、客观都具备相同的性质,客观存在也具备时间的意识,由此可见一切存在都具有意识性。

质量也是存在的自我性质,显然时间和质量成正比关系。物体的质量等于空间乘以物质密度,那么时间的本质就是物质在单位空间的质量,物质密度越大,时间越收缩。同样单位质量的物体,空间越小,时间越慢。单位密度的物体,质量越大,时间越快。

时间是存在的内在形式,而运动是存在的外在形式。外在形式是其他存在对于目标存在的感受,而内在形式是存在对于自身的感受。运动和时间相逆，所以运动速度越快，相对时间越慢，质量越大。而距离主观存在越近，时间越慢，那么自我的存在质量无穷，同时外在的运动速度就无限吗？如果这样的话，自我就是黑洞，或者说是宇宙的奇点。

是不是这样呢？如果时间与空间成正比，那么就是如此，显然时间和空间不是反比关系。自我的质量无穷，按道理来说，自我的存在是永恒不变的，但是依旧可以感受到时间的流逝。很显然，这种永恒是相对的，自我相对于非我永恒，但是自我面对自我是否定的，凡有所相，皆是虚妄，一切驻留的都是正在逝去的。时间的流动是刹那到刹那的变化，而自我的刹那，却是非我的永恒。

时间表现在外是自我的外在运动。这种运动和客观感受的运动不同，没有确定的方向，是全息的运动。自我的存在是奇点，所以这种运动生成的是宇宙万物。

15 请 客

我跟何研说，我要去陈秀娴家里吃饭。何研愣愣地看着我，让我有些不好意思。

有好几次，在民宿的小院儿里吃完午饭后，何研找我一起出去散散步，或者邀我在小院儿二楼的阳光房里喝茶，就我和她两个人，几次下来，我感觉这似乎是一个讯号，但也可能是我想多了。我不懂画画，但是通过何研微信朋友圈发出来的信息,她的好多水彩画和丙烯画都挂在一个艺术品交易APP上,卖得似乎挺不错的,从几千到几万块一幅都有。跟何研经常外出画风景画不一样,挂在网站上面的画大多是蓝色、红色、黑色的,都是一些克苏鲁、殉难、神秘主义、宗教这样的题材,还有一些明显受到日本艺术家的影响,像寺山修司之类。总之,我个人觉得她在这些画里面还是表现出了一些自己的想法的。我们天天见面,但还是陌生人,这种感觉有点儿奇怪,既跟我在北京时一起合租的那些上班的人不一样,又跟纯粹出去旅游时有一面之缘的游客不一样。刚来的时候,我有意跟这里所有的人都保持一定的距离,哪怕是何研,她是完全跟张展无关的人。我从未问过她是哪里人,年纪轻轻怎么就可以用这样一种"云游"的方式生活着。"云游"是她自己在一次饭桌上提到的,不知道是谁先引起了关于她的话题,她似乎并不抗拒讲自己的事情。她从国内一所排得上号的艺术学院辍学后,便一直四处"云游",画不同地方的风景。对于何研来说,相对于我们目前这个年龄段,无论是读过的书还是行过的路,何研都算是阅历丰富,但是在跟她接触的过程中,我又能明显感觉得到她那种无法掩饰的天真。

跟陈秀娴在县城的那次晚餐后,我和何研在之前的咖啡馆又一起见过一次陈秀娴,不是提前约好,而是偶然碰上的。在这之前,因为何研对张展的事情好奇,我把张展日记里面记载的"陈秀娴"和不符合事实的"陈秀娴"都告诉了她。我们在咖啡馆待了一整个下午,陈秀娴捧着她的kindle(一种电子书阅读器),我和何研读各自带来的纸质书,要不是再次遇到,大概我跟陈秀娴不会再联系了吧。

不知道为什么,我觉得去县城是陈秀娴带领的,我在网吧通宵，然后去实验高中拜访姚老师，似乎也只能是我和陈秀娴才能知道的，不足以告诉何研。从咖啡馆回去的当晚，我在微信里跟陈秀娴聊天，说了上次跟她分开后我去过实验高中的事。冥冥之中，我就是觉得陈秀娴具有知情权。我还把张展那个在浙江修车的高中同学张宁，也就是"星空的仰望者"的两篇哲学散文转给了陈秀娴。那一晚，我和陈秀娴在微信上一直聊到了凌晨两三点，直到我的眼皮完全撑不住自然闭合，除了小学的时候刚在网吧里申请了 QQ 号码，偷偷用爸爸的手机跟人聊天之外，我再也没有跟任何人一次说过这么多话。第二天快到中午我才醒来，我在床上翻看手机，要不是有那些聊天记录，真像是一场梦。微信上的陈秀娴跟我真实接触的陈秀娴"性格"有一定的差异，现实中她并不是特别喜欢讲话的人，而在微信里她的滔滔不绝和幽默风趣是我认识的人里面少有的。我们仿佛形成了默契，每天一到晚上的那个点儿就开始聊天，一直聊到某一方不再回复。

陈秀娴说她周末回来的时候，我随口说请她吃饭，她回复去她家吃吧，请我做客，正好他爸喜欢喝酒，家里没人陪。他爸我见过一次，有一次他来咖啡馆儿喊陈秀娴回家，一个普通的老头儿，有点龅牙。

我究竟怀着一种怎样的心情去吃这顿饭，仅仅是无法拒绝陈秀娴的提议，还是我也想跟她有真实的进一步的发展？直到坐到陈秀娴家堂屋的饭桌上，我都还没想清楚。

最初陈秀娴向她爸介绍我是张展在北京的朋友时，他爸并没有表现出过多的兴趣，随着酒越喝越多，以及对我来竹山的目的搞得越清楚，他爸的语言也越聚焦。看得出来，他对酒是真的热爱，就像陈秀娴说的那样。据他说，平时中午和晚餐他一个人都至少要喝三两。我看着他的龅牙，似乎他的脸色也变得更加柔和，也许是在酒精的作用下变得红润了一些。我提到张展的妈妈是他的心结，在日记本里他很少提到妈妈，而且提到他妈妈的时候用词也冷淡。在张展看来，他爸妈的婚姻完全就是一个错误的结合，而错误的产物就是他自己。在这场错误里，要负主要责任的是他妈。陈秀娴她爸则表示事情似乎没有这么简单，按照他听来的消息，张展爸妈离婚的直接原因是张展他爸出轨，而且还跟小三生了一个儿子，但是在这之前，传言张展他妈还跟张展他爸的金主，也就是承包商"玩儿过"，甚至还有说是张展他爸送过去的等乱七八糟的传言。

吃完饭我准备回民宿，陈秀娴也跟着我出门，说一起走走。陈秀娴说，也许我应该跟张展他妈妈聊聊，对我的写作也许有帮助，她明天问问她爸，看看有没有熟人能联系上。我点点头，跟陈秀娴一起往前走，似有若无的，我感觉我垂下来的右手似乎擦到身边陈秀娴的手。她的手没有动，两只手就保持着这段若即若离的距离。

我俩一路往前走，小心翼翼的。

16 电 话

在张展的日记本里，经常会出现一个女性的第三者——她。她想来看我；她终于离开了；听说她去了南方；她有女儿了，不知道跟她想象中的女儿是不是一样；我感觉她是恨我的，即使这么多年过去了……

她，他，甚至是它，与"我"的区别，在写作中看似只是视角的不同，故事还是那个故事，情节的冲突和发展，并不因为人称的变化而变化，但是Ta（她、他、它）作为第三人称的指代，至少在写作者本人这里有本质上的不同，使用"Ta"而非"我"除了全知视角本身的限制之外，也客观表现出写作者跟笔下故事的距离，"Ta"是一种想要表现他理智、客观、冷静的标志。而"我"，在很多写虚构作品的人看来，是一种想要"偷懒"的标志，似乎使用"我"就是毫无节制，甚至往往有用力过猛的嫌疑。但是按照张展本来的想法，他写的是日记，并不是小说，虽然他的很多记叙已经被证实是虚构的，但是他日记本里频繁出现的这个"她"，明显是有所指的，"她"就是我手机里这十一个数字，陈秀娴她爸辗转了好几个人才帮忙拿到的号码。我不知道她是否已经得知儿子失踪的消息，根据我看过的一些新闻，我觉得警察也许会通知她——这位年过五十叫杨桂莲的女士。根据陈秀娴她爸联系到的那位知情人士的说法，杨桂莲与她后来的丈夫目前在浙江的一个小城市生活，"经营一点儿小生意，有一个已经上小学的女儿"。这位知情人士在一两年前路过那个小城市的时候还跟杨桂莲和杨桂莲丈夫见过一面。我握着手机，在心里做了好半天的建设才终于拨过去，我不知道在对方"喂"过之后该怎么说出第一句话。

　　我打第二通的时候她才接，她最开始可能以为我是搞推销的，但是我的手机号码是北京的，北京的推销员不可能打到浙江，所以她才接的？我说我是张展在北京的朋友。她回了一个疑问句："张展？"似乎这个名字有点儿陌生，最多就是一位久未联系的故交。从她发出的这个疑问我就知道，还没有任何人通知她儿子已经失踪这件事。我说张展不见了。她问不见了是什么意思。我说就是字面上的意思，失踪了。她沉默了一会儿，问我究竟是谁。我说我是张展的朋友。她问打电话给她有什么事。我说没什么,就是想告诉她一声。她又沉默了。

"他是不是死了?"她突然说。

"没有没有,警察还在找。"我说。我听得出来,在这次漫长的沉默之后,她的情绪有了明显的波动,跟张展日记本里记载的那位冷血的"她"不一样。

"你告诉我是什么意思?"她说。

我不知道该怎么应对,有点儿后悔听了陈秀娴的建议,打这个电话。我告诉她张展留下一个日记本,里面记载了一些事情,有一些事情提到了她。

"他一向讨厌我,他记的肯定都是我的坏事。"杨桂莲的声音在轻轻哽咽,"他其实什么也不知道。"

张展在日记本里,从未以"妈"来称呼"她",写到"她"的时候,明显能感觉得到张展那种冷冰冰的感情。有好多次,他反复提到那个有些不伦的场景。

每年暑假,张展都会被接到父母所在的城市"度假"。最开始的记忆里就是青港市的市区,后来是省会,再后来还去过内蒙古的一个部队,最后就去了郑州,他爸在这里遇上贵人,走上发迹之路。就是在爸妈到郑州的第二年,有一天午后,按照之前的安排,张展会在一个游泳馆里度过一整个下午,然后回家吃晚饭。但是那一天游泳馆设施维修、闭馆,张展出门还不到一个小时就回家。他进门后在冰箱里还拿了一瓶汽水儿,坐在客厅的沙发上喝,喝着喝着就听到了一种含混不清的奇怪的声音,是主卧那边传来的。张展往前走,爸妈的房间门敞开着,一个赤裸的男人压在一个赤裸的女人身上。看到那个男人的第一眼,张展就认出来那不是他爸,他就这么一声不吭静静地站在门口。她闭着眼睛,两只手紧紧抓在男人的后背上,把男人身上的肥肉都抓红了,有一条条红抓印。男人在女人的身上卖力地弄着,对身后的张展毫无察觉。最后还是她睁开眼睛看到了张展。那一瞬间,她把男人紧紧地拉过去压在身上,对着门外的张展大喊一声——"滚"。

在张展成长的很长一段时间里,他对母亲的情感是远胜于父亲的,这无从解释,也许只有弗洛伊德的理论可以借以阐释。他与父亲同性,所以相似,而相似引起认同,使男孩以父亲为榜样,向父亲学习,模仿父亲,把父亲的心理特点和品质吸纳进来,成为自己的心理特征的一部分;他与母亲不同性,两性可以互补,取长补短,相依为命,这就是恋爱或对象爱。于是,男孩与自己的父母形成了最基本的人际关系,这种人际关系可以用恋母仿父来概括。恋母和仿父常常相互促进。父亲爱母亲,而男孩模仿父亲,他就会越来越爱母亲;母亲爱父亲,男孩为了获得母亲的欢心,必须让自己越来越像父亲。弗洛伊德认为儿童常以父亲或母亲作为自己的性欲对象,父亲爱女儿胜过儿子,母亲爱儿子胜过女儿。孩子也相应地做出反应,若是儿子就想占有父亲的位置,若是女儿就想占有母亲的位置。这些亲子关系和孩子间的相互关系所产生的快感不仅带有抒情的意味,而且带有敌对的色彩。

如果不是那几声没来由的"笑",杨桂莲可能也没那么生气。张展站在门外,看着男人被捏红的肥肉压在赤裸的杨桂莲身上,不知道为什么会大笑起来。连张展自己在日记里面对此都含糊其词,他自己都搞不明白当时自己的大脑里的那些突触和神经是怎么连接起来发出声音的。这笑声成为张展心目中一道隐形的伤口,多年之后还经常折磨着他。

"他是不是还恨我？"杨桂莲说。

"也没有。"我说。我摇摇头，好像这样才能让电话那头的她信服。

"他长大后，我一直在想，要是有一次机会，我想跟他坐下来好好聊一次，有好多话我都没来得及跟他说。"她说。

打电话给杨桂莲之前。我并没有抱太大的期待，无论她是否知晓张展的失踪。她虽然作为一个"人物"偶尔出现在张展的日记本里，占据"原生家庭"这个话题的回忆部分，但对于我来说，她也仅仅是我想写的那篇非虚构作品主要人物的"来处"，她生下了张展，这是一个事实。我读过很多关于出生决定论的文章，在一个人出生的那一瞬间，他睁开眼睛第一次呼吸到的空气、看到的场景、嗅到的气味，都已经决定了他一生的命运走向、运气，甚至死亡，塔罗牌、星象测算、占卜算命、周易，我都沉迷过。无论是哪一种预测，似乎都像中医一样，是鲁迅所说的"一种有意的或无意的骗子"。

杨桂莲说生张展的那一天，婆婆端给她一整碗煎鸡蛋，这是只有生儿子才有的待遇。但是她没吃，她更希望这是一个女儿，她以为她还有机会，却多年再也没有怀孕，直到最后离开张展他爸，才有了现在这个意外的惊喜，一个健康的女儿。

如果我想要电话那头的人说更多的话，我可能得提到张展的那一次毫无来由的笑声，但是我觉得那是不道德的。"你觉得张展如果找一个地方躲起来，有可能去哪里呢？"我问。

"我不知道，我连他现在长的样子都不敢肯定，在大街上遇到他，我都不一定认得出来。"杨桂莲说，"你提到他留下了一个笔记本，可以给我看看吗？"

我本可以直接拒绝她，因为本子是张展留给我，由我全权处理，但是对方是张展的母亲，是给予他生命的人。"可以，等我把本子里的资料整理完我寄给你。"我说。

"谢谢你。"她说。

17　城市研究

到 2017 年 11 月中旬，我和张展已经在北京南边的街道游荡了近半年。我和张展都已经形成了很规律的作息时间，每天清早我和他一起出门，他拍照，我跟着他。

最开始吸引我的是大街上的人脸。因为工作的关系，有很长一段时间，我很难准确记住一个人的脸，即使我已经跟对方见过两三次甚至四五次，在我看来，他们的脸无非就是形状上有区别，胖一点或者瘦一点，又有多大的不同？在工作和职场中，我们需要的信息并不在对方脸上，而是在我们手里拿着的资料或者演示出来的 PPT 里。和我对接的是一张漂亮的脸还是一张丑陋的脸，我根本就不在乎，甚至这张脸在思考，在犹豫，在生气，都是在可控的范围之类，我没必要去仔细记住这张脸的细节。在我们这次见面分开之后，可能在我人生接下来的几十年里，我们再也不会相见。北京，就是一片巨大的海洋，两千多万人在这片海洋里无序地游动着，两千多万张脸在我们的面前晃过来晃过去。

"脸是一个人的门面"，有很多医美广告喜欢用这句话，但我并不认为最初说出这句话的人真的像我这样仔细观察过脸。白净的脸，疲惫的脸，忧郁的脸，倦怠的脸，油汪汪的脸，粗糙的脸，皱巴巴的脸，干硬的脸，纵欲的脸，内分泌失调的脸，苍老的脸，死亡的脸，喜形于色的脸，幸福的脸，冷峻的脸，高傲的脸，红扑扑的脸……

在一个普通人的一生中，会跟多少张人脸频繁打交道？这个数字是 10 的一次方级，也就是几十人。一个人生活的圈子里有多少张人脸？ 10 的二次方级，也就是几百人。一个人能记住多少张脸？ 10 的三次方级，也就是几千人。我研究关于脸的一切数据，到后来，通过一个人的脸，我几乎可以准确地捕捉到这张脸此时此刻的状态，脸是坚定的还是游移的，脸是健康的还是亚健康的，脸是轻松的还是压力重重的，"脸是一个人的门面"，我读脸就像在读一段描述性的文字，脸上的颜色、光泽、弹性、细小的褶皱，一个小小的被粉底遮住的痘粒，它们都是标记在脸上的形容词。当然，对于脸的美我也建立了一套自己的评判系统，虽然这件事早就有人做过。他们先取得大量脸的照片，再将每张照片的五官（耳朵除外）轮廓提取出来，然后将它平均，例如一个大眼睛加一个小眼睛就是一个中等大小的眼睛；然后将得到的平均轮廓，用对应位置的平均肤色将之填充。只要拥有足够数量的样本，就可以给该群体一张比较精确的"平均脸"了。我的判断标准就没这么复杂，一张漂亮的脸必然是一张让人舒服的脸，在我看来，以某种程度来看，以貌取人是看一个人比较准确的方式。

除了脸之外，我对街道上的植物也进行了持续性的研究。我下载了一个拍照识花的 APP，把我在街上遇到的每一种叫不出名字的植物都拍下来，留档，识别，分类整理。

常绿乔木：

雪松、油松、北京桧、白皮松、淡竹、西安桧。

落叶乔木：

馒头柳、旱柳、金丝柳、垂柳、刺槐、国槐、窄冠毛白杨、杜仲、香花槐、紫玉兰、白蜡、美国红枫、朴树、楸树、速生法桐、千头椿、银杏、椴树、五角枫。

花灌木：

黄栌、山桃、山杏、山楂、西府海棠、柿子树、枣树、石榴、山茱萸、紫丁香、暴马丁香、樱花、连翘、榆叶梅、丛生黄金槐、紫叶矮樱、紫叶李、美人梅、金银木、丛生紫薇、紫叶碧桃、珍珠梅、糯米条、六道木、天目琼花、木槿、紫荆、蔷薇、郁香忍冬、凤尾兰、绣球、白丁香、醉鱼草、小叶女贞球、大叶黄杨、寿星桃。

地被花灌木：

瓜子黄杨、迎春、棣棠、红雪果、紫珠、金山绣线菊、美人蕉、月季、爬行卫矛。

地被植物：

五叶地锦、金银花、假龙头、蛇鞭菊、八宝景天、鸢尾、萱草、波斯菊、荷兰菊、紫花地丁、石竹、二月兰、金鸡菊、玉带草、金盏菊、红花酢浆草、玉簪、观赏狼尾草、细叶麦冬。

水生植物：

香蒲、水葱、黄菖蒲、芦苇、荷花、睡莲、千屈菜、水生美人蕉、慈姑、黑藻、金鱼藻、旋覆花、球穗莎草。

我像一个植物学家一样，利用这个APP，不仅拍下每一株植物的照片，还详细记下拍摄的日期、时间以及地点。做"城市研究"的时候，是我到北京这几年感觉最充实也最健康的一段时间。我毫无目的，但是格外充实，我心里明白，我观察街上的脸，整理这些植物资料都是对这个世界毫无用处的，但是做这些事情对我而言，却是至关重要的。我喜欢马克斯·韦伯在《新教伦理与资本主义精神》里面写的那句话，"人是悬挂在自己编织的意义之网上的动物"。网,无处不在,而盛放自我意义的网,需要我们每一个人自我编织,这是我所知道的最朴素也最深刻的哲学。

在我观察脸和植物的时候,张展就在我旁边转来转去,这样看来不是我跟着张展,反而变成了张展在跟着我。我俩各自干着自己的事情,互不干扰。偶尔,在往回走的路上,他一边翻着自己的相机一边伸给我看。在那个时候,我想的都是脸和植物,对他的街拍已经提不起兴趣。直到我打开他留给我U盘,看到他竟然拍下了这么多的照片。

11月中旬,距离我们住处不远的西红门发生了严重的火灾,当天我就在网上看到了报道,有死有伤。城市里的一场火灾固然是惨烈的,但我只是这两千多万张脸里最普通的一张,我并没有觉得这场大火跟我有什么关系。

过了一周左右,附近的一些老旧小区明显不太平,我和张展每天出门都能在小区外面看到越来越多拖家带口、拿着锅碗瓢盆全部家当在寒风中等待的人。我问过其中三个人,他们告诉我,他们在等待前来支援的四川老乡、新的中介和私人小货车。张展拿着相机在这些家当中间晃荡着,像是一只饥饿的狗对着不明的食物在转悠。很快,我们住处的附近开始大范围地动起来,很多中介都开始赶人,说是上面开了会,有文件和政策,所有地下室都不准住人,因为消防不达标。事态的发展超过我们的想象,没几天,一波大的"安全隐患大排查大清理大整治专项行动"从南边蔓延到整个北京,不只是地下室,连隔断也不允许住。我和张展还是每天出门,遵守着我们形成的默契,但是我们都知道,一种离别的气氛在蔓延,也许是今天,也许是明天。张展住的就是一个隔断间,我们合租的房子本来是一个标准的一室一厅，那个"厅"就是张展当时住的房子。走在街上，我们已经有些心不在焉，我们在等待消息，如果一直没消息，那就是好消息。

那天我正在厨房煮面，外面有人敲门。我几乎没认出门外的人，我跟房东老头儿也就见过两面，一次是我住进来，一次是张展住进来。他把张展叫出来，说居委会下通知，今晚就要拆隔断。他拿出随身携带的圆珠笔和算术本，在那张小小的饭桌上计算应该退给张展的押金和没有住完的房租，还郑重其事地让张展在一份居委会帮他草拟的解约合同上签字。

关上门后，张展对我别有意味地笑了一下，进屋开始收拾行李。因为他屋里的书实在太多，就全部清理出来暂时堆在我房间的那个飘窗上，一直快堆到房顶，其他的一些带不走的生活杂物也就扔了。张展说他联系到了一个之前的同事，可以暂时在那位前同事那儿将就一下。他出门的时候就带着一个小的行李箱，脖子上挂着他的相机，显得很轻松，像是准备去赶从首都国际机场T3航站楼飞往国外度假的航班。我看着张展走下楼梯，心里有一种无形的失落，他的离去也代表着我个人的一段美好时光的结束，在那一瞬间，我就是这么想的。

张展走后的那段时间，我们还在微信上联系，他继续去街上"捡照片"，说等他找了稳定的房子就过来搬书。我心想，在北京哪里有什么"稳定的房子"。我开始写之前烂尾的小说，我打算一鼓作气把手头上的那部小长篇写完。为了激励自己，我决定向"职业作家"村上春树学习，并在网上下载了一张村上正在凝神思考的黑白头像，以及一段他自我激励的"鸡汤"："我超越了昨天的自己，哪怕只有那么一丁点儿，也更为重要。在长跑中，如果说有什么必须战胜的对手，那就是过去的自己。"

我在 Word 里面将照片和"鸡汤"排好版，去小区门口的打印店打了三张，一张贴在洗脸镜上，一张贴在书桌上，一张贴在床头对面的墙上。这一次，我找到了写作的节奏和感觉，真的靠着村上的这三张自制海报，第一次写完了一部勉强算得上长篇的小说。

小说写完后，我银行卡几乎已经空了，不得不先去找一个工作干。我计划一边工作一边修改这篇小说。朋友圈刚好有人转发了一条招聘文字编辑的信息，是一个还不错的出版品牌，一家大出版社设在北京的子公司。

张展的那一堆书就这么一直占据着我的飘窗，我几乎都忘了它们的存在。

18 案　件

我在民宿里整理收集到的关于张展的素材，将它们按照时间以及事件在他生命中的重要性（已经刨去了和相关人物访谈之后证实是虚构的那一部分），以 Excel 横纵坐标排列（这有点儿像某种自创的推理小说的套路）。某件事有可能发生在他上小学之前，但是这件隐秘的小事有可能会在他高中做出某个决定时起到推波助澜的作用，这种作用，即使是在当事人张展来看，都不一定联系得上，但我是一名写作者，我应该发掘到这种贯穿一个人生命的线索。我目前所掌握的关于张展的资料当然是有欠缺的。我将所有能收集到的对张展有一定影响的人物关系都列出来，按照影响的轻重次序，用软件生成了一张带有权重的思维导图，以思维导图中节点和线图距离的长短来区分。

如果把我"寻找张展"的过程作为一本悬疑小说的动因，

而将我类比为一名侦探，按照范达因在1928年编写的"推理小说二十条法则"（简称"推理二十条"）所规定的，必须让读者拥有和侦探平等的机会解谜，所有线索都必须交代清楚，而且谜题真相必须清晰、有条理，可让锐利洞察的读者看穿。如果读者跟侦探本人一样聪明的话，就不必等到最后一章就可以自己破案了。在张展已知的大事件和人物关系都理清之后，一个显然的缺口自然就暴露出来。张展的失踪，和他爸张和平的失踪，经过我的这一番"追查"，似乎有某种共性。如果按照经典的悬疑小说的套路设计，我应该是一名真正的刑警（一般都会设置为刑警队长），张展是我身边的一个朋友。朋友离奇失踪，我通过追查张展失踪的真相，全面梳理张展的社会关系后，发现多年以前张展的父亲张和平也是以同样的不知所踪的方式消失，于是案件转向，我开始调查张和平失踪案，张展的失踪可能仅仅是触发张和平案件重启的一个开关。张和平失踪案才是这部悬疑小说的重点。

随着张展的照片陆续公布，关于张展个人的讨论所波及的范围也越来越大，有好多文化名人和微博大V也加入了这场讨论之中。照片的发布方，也就是李静媛所在的公司顺应网民意见，为张展建立了一个个人网站，将张展的照片以及网友的讨论全都汇集于此。对于很多张展的粉丝来说，张展已经成为"一代宗师"式的摄影师，他们喜欢张展这种高手出自民间扫地僧式的故事，更重要的是，讨论不仅仅局限于作品，甚至张展的生活和失踪，都已经成为另外一个重点。李静媛偶尔会问我一下素材整理的情况，按照合同约定的时间，一半儿还没到。我知道，是因为上次关于我的非虚构写作计划公布之后，不断有网友在等待着进度，他们急切地想要了解关于张展的一切。

我把整体概括张展过往人生的 Excel 表和思维导图发给李静媛看，她征询我的意见是否可以发布在张展的个人网站上，也算是将我的非虚构写作的初步进度同步给那些关心张展的人。我觉得这么做挺有意思的，有点儿金庸在报纸上连载他的武侠小说，先公布初步的大纲，让读者参与进来，让他们的讨论和意见进入故事之中。

在张展的父亲张和平失踪案里，根据"推理二十条"的法则，我作为"侦探"，和读者一样是平等的，我们有平等的机会去解谜。我所在的这间民宿的老板，林哥，在我看来，显然跟张和平的事是有关系的，他要么是参与者，要么是知情者。不然的话，明明我在饭桌上多次提到过到竹山就是为了调查张展相关的事情，为什么他从来对他与张展他爸张和平曾经是合伙人，他入股过旅游庄园这一层关系避而不谈？我决定在林哥面前先装作什么也不知道，避开他。

要是没有何研的帮忙，在林哥身上的进展没有这么快。因为何研在镇上待的时间长，加上她拥有画画技能，镇上很多本地的大爷大娘都知道她，有她在，我很快就能接触上应该接触的人。

林哥当年带着从深圳做生意赚回来的第一桶金，先是在竹山本地投资建养鸡场，以饲料喂养，卖出来的时候却变成了"土鸡蛋"。他养鸡的时候正赶上养鸡热的末尾，赚了一些钱，但是市场很快就饱和，开始走下坡路。就在这个时候，张和平回竹山张罗着弄旅游山庄的事情。两人一拍即合，按照出资比例，张和平占大部分股份，林哥做小股东。山庄的前期规划和法律手续很快就弄好了，整个村庄都动了起来，开始了田园牧歌式的乡村改造。由于两人都缺乏经验，加上前期对工程量有重大的判断失误，两位股东投进去的钱几乎只能当作这项庞大工程的启动款，张和平开始将家里的存款和工地上的钱往山庄建设里面塞。这引起了张展他妈的注意，她开始频繁回竹山，名义上是监工。根据当年多位在庄园打零工的村民透露，张展他妈在城市生活多年，已经沾染上了城市女人的一些习惯，衣服裙子都跟时尚，跟本地女人的穿着打扮很不一样。"会勾引人"，其中一人说。究竟具体"勾引"了哪些人，很难说清楚。但她跟镇上的很多男人都走得有些近，这是所有人都承认的。有时候她去镇上的棋牌室打牌，人还没从棋牌室的桌子上下来，棋牌室外就会有三四辆免费摩的停在外面，供她选择。

张展他妈来竹山后，张和平便需要经常回工地。由于是山庄的合伙人这层关系，林哥和张展他妈经常见面商量一些事情是肯定的。有传言说张和平在床上不行，让老婆跟其他人乱来；也有人说张展他妈天性在男女关系上开放，主动招惹了包括林哥在内的很多男人。那件事的真实性已经毋庸置疑了，有好几位工人当时在场。张和平和工人从外面回来，碰到还在床上的老婆和另外一个男人。工人们都义愤填膺，说要打断那男人的一条腿，张和平却沉默着站在原地抽了大半包烟，让那个男人从窗子逃走了。有人说，那个男人很像林哥。但是没看到正脸，又是别人的家事，没人敢肯定。

没过多久，山庄的建设出现资金断裂，张展他爸继续投入资金，和张展他妈离婚。离婚的原因是张和平有了小三。之后山庄彻底停摆，他自己也无缘无故失踪，村里很多人传言，张和平是被杀死埋在了山庄里的某一个地方，甚至连埋尸地点都有好几个备选，一个是杜鹃花林，一个是公共厕所，一个是当时工人的工棚旁边的空地。这几乎成为竹山当地的一个有些都市传说式的惊悚故事。随着山庄的逐渐荒芜，这传说也被慢慢淡忘了。

我问了好几个人，如果真的像传言所说，林哥有嫌疑，甚至埋尸地点都有，为什么警察不追查？据他们说，上面定的是"失踪"，所以没有这个必要。现在算来，这已经是十几年前的事情了，我应该去追查到底，把这几个传言中有可能埋尸的地方都去挖一遍吗？如果我是侦探小说里面的刑警队长，我可能真的会这么做，但是我只是一个写作者，这些素材对我来说，最直接的作用也许就是让故事变得更加有悬念。就我每天和林哥接触的感觉，我并不认为林哥有任何犯罪的倾向，怀疑他是凶手，除非我真的将小说与现实弄混淆了，神经错乱。

在后来的这段时间，我几乎每周都去县城和陈秀娴晚餐，并在某天晚上喝多了一点儿之后，我俩的关系有了真正的决定性的进展。不知道为什么，在我进入她的身体后冲刺的那个关键时刻，我似乎听到她在呢喃着叫我的名字——"张展"。也许是我的幻听，我有好久没找女朋友了，出现幻觉是完全有可能的。

离开竹山前的一天下午，我跟林哥坐在后院儿里喝茶，一杯接一杯。距离过年越来越近，因为是在乡村，已经不时能听到模模糊糊的鞭炮声。我觉得林哥应该知道，最近这段时间我一直在他的四周调查他。但是他没问，我也没说。

我告诉他我要走了，他说等明年开春，4月份杜鹃花开了再来，竹山就是另外一个样子了。他坐在我面前，在他端起茶杯的某一个瞬间，我感觉到有一种刻意的云淡风轻，有点儿小说里面一个侦探面对一个嫌疑人的路数。嫌疑人知道侦探拿他没办法，侦探也知道嫌疑人知道侦探拿他没办法，所以两人只能安安静静地坐在警察局的拘留室里面,静静地听着拘留室正上方的挂钟一秒一秒嘀嗒嘀嗒,等满 24 小时。

19 展 览

到竹山镇头一天,晚饭后散完步回到民宿里我的房间,不知道为什么,我有一种想要记录的感觉。可能是因为新鲜的环境和陌生人的刺激,加上突然脱离了像是一个大蒸笼的北京,而且不是旅游三五天,而是带着一种隐秘的刺探已经失踪的张展的生活的任务。虽然我接受的任务是非虚构写作计划,但是本质上,我是一个小说写作者。张展跟我合租在一起的时候具有的神秘性,和他以拍照为媒介作为另外一名创作者,再加上他的失踪,共同构成了一部小说的各种因素。甚至连我的调查和事情的进展,都是这部小说的一部分。我既是在现实生活中寻找我曾经的室友的过去——这是非虚构的部分,又是在我真正想写的小说的故事情节中穿梭——我是作者,也是小说主角。这有点儿像阿瑟·柯南道尔爵士在创作那些探案故事的时候,为自己取了一个叫夏洛克·福尔摩斯的笔名,这样一来,故事虽然是虚构的,但是在读者这一方来看,这些故事又是作者本人亲身经历的。

我重新开始记日记。我曾有好几次试图养成写日记的习惯,电脑里还有我上一次记的日记,那是在跟张展合租之前,我试图用记日记的方式抓住所谓的"写作灵感"。

11.3

不要尝试去掩盖,任何事情都不要。

不要试图去解释。时时提醒自己,作为一个普通人,虚荣心这一关没这么好过，这不重要，重要的是，以自己的方式过自己想过的生活，这就是最大的幸福，也是成功的定义。必须是这样的，无论是路径还是结果，都要保证是自己想要的。这很不容易，但是值得费力去追求。重要的不是结果，而是过程和经历，没有什么是必须要达成的。

11.5

一个朋友在微信上发来一条消息，是一些奇怪的文字和乱码链接，我没有理会。他随后又发来一条消息解释，说上一条不是垃圾链接，是一个青年作者写的文章，很好，值得一读。我点进上面的那条链接，里面什么也没有，是空的。我退出链接，再看我和朋友的对话框，聊天记录是空的。我猜测是微信系统故障，即时的信息不同步造成的。于是四处寻找，手机、电脑、平板都找了，还是没找到。没办法我只能问朋友。他很诧异，说没有给我发信息，他有四五个月没跟我联系了。

于是上面的这件事是一场梦。

11.14

自由，是世界上绝大多数人都无法承受的，更多人寻求的是束缚，亲人、土地、财产，在紧缚中会有一种贴心的安全感，也许是幻觉。一个习惯紧缚的人，是不可能享受自由的，他会发慌，无所适从，于是再次去寻找某种东西束缚自己，把自己转化为不自由。

不自由是常态，自由是无法稳固的。

11.17

古代的摩梭人把生命分为三个阶段：出生一次，13岁成年礼一次，死亡一次。每一次都是新生。摩梭人都来自传说中的地方，死去之后也会回到那个地方，再由天神把人的灵魂降落到人间。摩梭人 13 岁成年礼的背后有一个隐藏的故事：人狗换寿。本来人的寿命是 13 岁，狗的寿命是 60 岁，交换之后人才会长寿。摩梭人信奉万物有灵，最重要的是水神，这恰恰迎合了保护环境的需要，所以泸沽湖周边几乎没有被污染。

11.20

做梦的人，梦到自己在别人的梦中。

11.24

潮水永远没有错。融入它，或者拒绝进入，都可以，但是别抱怨。

11.26

对喜欢做梦的人来说，醒来就是残忍。

12.4

作家，都是世间可怜人。世间的一切都是为了他笔下的素材而存在的。如果除了一名书写者之外，你谁也不是，那就不要成为作家。

12.6

要理解一个人，必须要吞下整个世界。

12.12

一种失落。

梦到突然置身在一场婚礼的出发现场。跟我玩得最好最亲密的一个堂妹突然说今天结婚。她上过大学，长相良好，性格良好。而她决定嫁的对象我居然也认识，是一个亲戚的亲戚，早早辍学后在外面混，不知道做什么。在车上，我问这个马上就要成为我妹夫的人，你是做什么的？他对另外一个人说，他是在发明洗发精。

发明洗发精？是发明吗？

未来妹夫什么也没说，只是很奇怪地笑。

车上的另外一个人，说我抓住了文字。发明？为什么叫发明？

之后车上安静下来，我一个人在静静地思考。

我和堂妹一直玩得很好，我以为彼此是无话不说的好朋友，她为什么从来没把男朋友介绍给我，而突然宣布结婚？她为什么有眼无珠选了这样一个人？她是不是被蒙骗，根本就不知道她要嫁给的人是个什么样的人？我很生气。

我转念又在想，我失落什么？我失去了什么吗？没有。她嫁给谁不是自己的权利吗？我有什么资格要求她告诉我，或者要求她嫁给怎么样的人？也许她走在大马路上随便找一个人，跟他上床，然后就把自己嫁出去了，跟我有什么关系呢？

我在失落什么？是我和她若即若离的那种暧昧的说不清的兄妹关系的断裂？还是之前我一直觉得她有一点儿漂亮，也很理性，我和作为女性的她之间还存在着某种微弱的可能，现在这种可能性消失了，所以我失落？我不知道。

12.15

想要去"追寻"意义，是一件很扯的事情。赋予意义，沉浸之中自我赋予意义才是应该做的事情。

12.27

失落。

一个你熟悉的人死去，就是我的一部分死去。我的记忆，我与她相关联的记忆就在世上消失了。或者说，这世上只剩下我一个人知道这些记忆。它们是真实存在的吗？还是我自己想象出来的？我不确定。

她为什么自杀？而且是自己吊死。趁着她的儿女都在家上吊死亡。有人说她平日里就不合群，有抑郁症。当然，这其实完全是一种无端的猜测，也许还有更深层的原因。她的健康，她的婚姻，她的经济状态，这些我都一无所知。

一个人会无缘无故地自杀吗？我不知道。也许她有更形而上、更哲学化的理由，但是没有人可以验证关于她的任何问题了，因为她不再存在。

为什么在此之前，我从来没有过这种想法？我的一部分会跟着另外一个人的消失而消失？我不知道。

我为什么失落？

12.28

死亡，又是死亡。

一个不熟悉的朋友意外离世。我跟他从未谋面，但是知道他是一个写作者，虽然没看过他的任何书。

我的失落已经远超一个熟悉的朋友的失落，为什么？仅仅因为在心底里，我认定他是一个写作者？一个写作者死去，跟一个不写作的人死去，有什么不一样吗？我是在怜悯自己吗？

12.29

朋友：能够直言指出优缺点的人。

偶像：用来学习并超越的小目标。

家人：人生的大部分意义。

爱人：彼此心灵的依靠。

老师：扩展认知边界的人。

宠物：自己身体的一部分。

……

我认真读了好久日记里的某些情节，有一些已经在我无意识的时候融进了我之前写的一两个小说，有些纯粹是无用的碎碎念。总体来说,我已经将这些日记完全遗忘,要不是硬盘的记忆比我更加牢固的话。

重新写日记的每一天,我都会想起张展。我把他的日记本放在我的手边,我一边读他的日记,一边试图还原他在写下这些日记的时候所处的出租屋的环境,心理状态,甚至鼻腔里吸进的空气的味道。离开竹山的车上,除了我来的时候所携带的行李箱,我的脖子上还多了一个相机,是我在网上刚买的,跟张展那台长得差不多,我只记得张展相机的大致外观,并不知道具体的型号。秀娴跟我约好,过完年她辞职来北京找我。

张展留下的照片已经在网站上全部发布,在李静媛和张展粉丝的要求下,年前在北京宋庄的一个画廊里会举办一个小型的张展摄影展,其实就是将喜欢张展的这些人联络在一起玩闹一番。李静媛已经向公司申请将张展这件事持续地办下去,甚至还有成立一个民间基金会的想法。在展览之后,李静媛安排了一个"答疑"环节,就算是我这个非虚构写作计划的阶段性成果的首次展示。

去县城的公交车开动了,我第一次举起相机,对准在向后退的竹山。按下拍摄键的一瞬间,我的手上突然有了一种异样的感觉。

白莲浦

1　红舌头

　　早晨，暖暖的太阳从玻璃窗外射进来，照在墙上新贴的年画上，照在我的小衣柜上，照在我身上厚厚的棉被上。我醒过来，睁开眼睛，隔着房门听到旁边的堂屋里有人说话。是伯娘和妈妈，还有姐姐。伯娘讲起话来叽叽喳喳的，声调比其他人要高，所以很好分辨。我从床上坐起身来，从我的小屋敞开的门缝刚好可以看到背身站在门口的妈妈。妈妈上身穿着一件浅灰色的西服，两边的肩膀垫得高高的，我知道那里面有一团海绵，之前它挂在妈妈大衣柜的时候，我偷偷摸过。妈妈穿一条黑色的灯芯绒棉裤，从后面可以看到棉裤后面那一条笔直的裤缝。而鞋子呢，我其实不必看也知道，必然是那双黑色的半坡皮鞋，虽然我只看得到这双鞋的一小截儿从裤沿儿伸出来踩在地上的鞋跟儿。我一下子坐起来，慌慌张张从我小床旁边那个矮矮的木头小凳子上捡起自己的衣服，麻利儿穿上去。这可是妈妈最珍视的一套衣服，既然穿上了这套衣服，就必然是要出门走亲戚的。

　　穿好衣服，我轻轻走到门口，想听听她们在讲些什么。刚听了没几句，就被眼尖的姐姐发现了。"弟儿又在听话儿。"姐姐往我的方向指了指。

　　"出来吧，都在等你呢，快去洗口，我们去领红鸡蛋。"妈妈说话一向很温柔好听，她摸了摸我那像鸡窝一样乱戳戳的头发。"有空带你去剪个头发。"她又说。

　　"红鸡蛋？什么红鸡蛋？"我来了兴趣。我家里养了四只母鸡、一只公鸡，鸡窝就在后头的柴屋里面，我每天早上都会去鸡窝里捡鸡蛋，每天至少两个，有时候三个，最多的时候一次捡过五个。但是里面有一个是假蛋，妈妈说那是"引蛋儿"，必须有"引蛋儿"才能引来母鸡在鸡窝里生蛋，不然它们全都会把鸡蛋生在别人家的窝里，或者前面打谷场上的草垛里。我捡到的鸡蛋都是白色，或者土黄色，有的蛋上还带着一点儿鸡屎，我从来没捡到过红色的鸡蛋。

"就你问题最多。"姐姐朝我努努嘴。

我蹦蹦跳跳地跑开了，到灶屋的大水缸里舀水洗口。哼，我其实已经听到了，是张文超家里生了小弟弟，妈妈和伯娘这是要过去送礼。

张文超是我最好的朋友，跟我同年生，今年也是六岁。他家在后垸，到他家去需要穿过东边的一大片竹林，我俩经常在竹林里玩儿。不知道是从什么时候传下来的规矩，附近的小伙伴儿都会在竹林里"领养"一棵竹子。竹子在刚长出来不久的时候是软的，竹身可以随意弯曲，做成不同形状。我和张文超的竹子挨着，都做成板凳形，在离地半人高的地方弯成一个"U"形，我和他可以各自坐在自己的竹子上。他跟我说过好多次，他爸爸一直想要一个女儿。但是生下张文超之后，连续怀了两胎都是男孩，都没要。看来这次他妈终于给他生了一个妹妹。我很开心，也不知道为什么，好像是我自己多了一个妹妹。

我其实也很想有一个妹妹，小女孩放在摇窠儿里面笑嘻嘻的样子，可爱得很。但是妈妈说她生不了了，生我姐和我落下了病根儿。哎，我等不及想看看张文超的妹妹长得怎么样。我看到过好几个刚生下来的孩子，有的孩子生下来就有黑黑的头发，白白胖胖的，跟年画儿上那个系红肚兜抱着胖鲤鱼的小孩儿特别像，但是有的小孩儿生出来的时候皱皱巴巴的，像一只掉进过水桶里的小老鼠，一点儿也不好看。

我拿着牙刷蹲在屋后的水沟边儿胡思乱想的时候，我姐闯进来了，朝我招招手。

"快点儿快点儿，妈和伯娘要走了。"

我赶紧喝了一口水，丢下牙刷就往外跑。一不小心，把嘴里还有牙膏沫儿的水囫囵一下全咽进去了。幸亏我姐走在前面没有看到。我怕我姐看到笑我，赶紧伸手用袖子擦了擦嘴角的白色沫子。

我们一行四人走到东边竹林地的时候，红彤彤的太阳已经完全升起来了。迎着太阳的光看过去，水田路上那两排水杉笔直挺拔的身姿还是那么好看。在水杉上空，有几只大大的白鹤扇动着翅膀在向着白莲浦的方向飞动。因为这时候还未出腊月，水田里空空荡荡的，白鹤需要到白莲浦旁边的众多小水沟或者水荡里找食吃。从远处看，宽阔的白莲浦就像一面镜子，安安静静地躺在地上，似乎还没有醒来。后来听黑能爷说，"白莲浦"这名字是一位得道高僧赐的，是一个叫几祖的人，我忘了。他是从西边来到白莲浦的，那里自古就是一大片莲塘。也不是人种的，它自己就能长。每年秋冬时节，垸里会组织大人一起在水库里捕鱼，然后分给垸里的人。捕完鱼后，他们会顺手到旁边的藕塘里把藕挖上来。说来也蹊跷，这一块藕塘里出产的藕都是九孔，而其他地方的藕都是七孔或者八孔。但是这位几祖应该还不知道这里出产的藕有神奇之处，因为传说他走到这里的时候是夏天，正是满塘的荷花盛开的时节。几祖看着眼前的荷塘，立马发现了荷塘的另外一个神奇之处，这里的连着荷花叶片的茎秆是纯白色的。于是高僧便给莲塘赐名"白莲浦"。听黑能爷说，这位高僧后来南下，成为佛教哪一门的圣僧。而

"白莲浦"这个名字，渐渐地取代了勾连着这片莲塘的水库，以及水库里的水滋养着水田的这一个小村子的名字。

"弟儿，快点儿啊，发什么愣？"我姐拉了一下我的手，她的手软软的，跟妈妈的手牵起来感觉很不一样。我跟着姐姐，不自觉加快了脚步。

"姐，早上我听到你们说什么鱼舌头，那是么事啊？"

"就知道你爱听话儿。"我姐牵着我的手摆动起来。她只比我大两岁，但是在我面前，她说话总是像个大人一样，可我一点儿也不怕她，她对我也不凶。

"我也只见过一次，好像很不容易的，得好大的鱼才能取得到舌头。"

我不自觉地张开嘴，使劲地伸出自己的舌头，使劲儿地盯着。鱼的舌头？我还真的从来没见过。我甩开我姐的手跑了起来。这几天都没见到张文超了，以我和他的关系，他肯定能把鱼舌头给我瞧瞧。

张文超家里吵吵闹闹的。我出了好大的力气才挤进他家的卧室里。我远远地就看到张文超坐在床沿儿上，靠着他妈，他妈的身边放着一个包得严严实实的红包裹，包裹里应该就是他妈给他新生的妹妹。我扒开前面的一条条腿，从腿与腿的缝隙间往前艰难地移动着，终于移到了最前面。

"张文超，快把鱼舌头给我瞧瞧。"

这么多人围着他，张文超好像有点儿不好意思，他的两边脸蛋绯红。

他指了指他妈："在我妹妹手管子上戴着。"

他妈看到了我："称意儿来了啊，吃红蛋儿没？"他妈的脸上比张文超还要红润，透亮透亮的，散发着油光。

我有点儿想要凑近那个红包裹去看看,但是那里一直围着人,我没什么机会。就在这个时候,我看到伯娘和我妈站在我身边。我赶紧抓住我妈的衣角:"妈,妈,鱼舌头在她手管子上。"我妈把我领到床前,我终于看到了包裹里的小孩儿,果然皱皱巴巴的,像一只掉进了水里捞出来的小老鼠。但是我什么也没说,我还想看她的鱼舌头呢。

趁着我妈说话的当口儿,我赶紧把头凑近了红包裹,找了半天也没看到啊。

"哎,鱼舌头呢?"

我妈把我从红包裹前面拉了回来。

张文超钻到他妈怀里摸了摸,终于拿出来一块用红色粗绳子系着的像石头一样的东西,但是它整个儿是红色的。"妈,称意儿想看看。"

他妈笑了笑:"看看吧。"

我赶紧把那块儿"石头"接过来。原来这就是鱼舌头,比我想象的要大很多。鱼舌头圆鼓鼓的,呈饱满的椭圆形,上面有一个小小的桃子尖儿的形状,就是在那个桃尖儿的顶部钻了一个小孔,穿了红绳子的。鱼舌头身上的那种红颜色好像是指甲花儿染的。我姐的好朋友夏露去年夏天曾经给我染过一回,趁我睡着的时候。我洗了三天才完全洗下去。我捏了捏,硬邦邦的,真的跟石头一样。

"这真是鱼舌头?"

我把它交给我妈。

"是青鱼舌头,其他鱼没这么大的舌头。"

"为什么青鱼就有这么大的舌头?"

"十万个为什么又来了。"我姐伸手接过妈妈手里的红绳儿,也捏了捏那个鱼舌头。

"这东西辟邪的。水里的青鱼什么都吃,污秽的东西都逃不过青鱼嘴,戴在小孩儿的身上,邪气都近不了身。"伯娘理了理我的头发。伯娘最爱我,她总是摸着我的头叫我:"我家的苕儿哦。"伯娘家里生了三个女儿,没有儿子。听妈妈说她很想要一个儿子,但是现在已经生不了了,她过了生育的年纪,说是"上了环儿"。我不知道"上了环儿"是什么意思,但是听得出来那不是一件好事,所以也不敢再接着问。大伯跟伯娘都把我当儿子,我爸跟我说过。

张文超的奶奶拿进来一盆红鸡蛋,一路发过来。我拿着红鸡蛋,感觉还怪好看的,有点儿舍不得吃。

"快吃快吃,趁热吃,还有。"张文超的奶奶热情地招呼着大家。

我把手里的红鸡蛋偷偷塞进了荷包里,准备待会儿找个地方再好好看看。

张文超牵着我的手把我拉了出来,他情绪有点儿低落,问我家里有没有准备读书的事。我回答说还没有,我还没满六岁呢。

"我也没满六岁。我爸说我妈现在没时间管我了,要照顾小妹妹,准备今年开春就把我送到学前班去,先读半年再说。"张文超说话的时候有点儿慌张,我知道他是听别人说学校的老师很严厉。他一向胆子有点儿小。

"别怕,也不是所有老师都厉害,垸里的陈老师就不厉害。"我安慰着他,其实心里也有点儿怕。

中午吃喜酒的时候,我感觉心里有些发酸。跟早上刚起来的时候相比,情绪明显低落了很多。我也不知道是怎么想的,在吃席的酒桌上,我突然特别想试试大人喝的酒,于是偷偷在汽水儿里面混了大半杯白酒,然后一仰脖儿一口喝完了。当时就觉得晕乎乎的,坐在张文超他家的门槛上,感觉眼前的酒席在慢慢旋转,一点儿一点儿失去了颜色、光亮。

2 何仙姑

妈妈早上走到我的小床旁边,对我说,最近几天很不安宁,让我躺在床上好好休息,不要起床。爸爸把带盖子的木马桶也搬到了我房门后面的那个旮旯里。在这之前,哪怕是冬天的夜晚,不管多冷,爸爸都不允许我使用木马桶,他说这是老到动不了的老人的"专利",我胳膊腿都年轻,多动一下对身体好。

我猜快要吃中饭了,窗外的阳光晒得小床前面的那一块空地上暖烘烘的,空气中有些细小的像绒线头的小毫毛在飘动着。我记不清今天我有没有吃过早饭,脑子里晕乎乎的,右眼也还是痛。

昨天妈妈按伯娘说的老方子,用干茶叶掺上生的白米,再用蒸包子的白布包好,放在蒸笼里面蒸热了,凉一会儿,然后放在我的右眼上敷。伯娘说这个老方子很管用,百试百灵。我是小孩儿,本来就没有拒绝的权利,而且想到去年夏天,爸爸的眼睛被电焊给打伤了,两只眼睛绯红,还鼓得很高,看起来就很痛。也是伯娘说的方子,让妈妈去上垸里刚生孩子的王姨那里讨了小半碗儿的奶水,放在小瓷碗里煎热,凉凉后滴进眼睛里,用黑布蒙上眼睛,好好睡上一晚,到第二天早上,竟然真的就好了。爸爸的两只眼睛消了肿,似乎还变得更加清亮一些。我也想找王姨讨点儿奶试试,让自己的眼睛变大一点儿。

我有一只眼睛是单眼皮儿,但是妈妈说那是"内双",等我长大了,长开了,自然就成双眼皮儿了。但是我等不及了。

伯娘说这方子不能乱用,天地万物相生相克,水克火,火克金,金克木,要是乱用,会造成乱子。就拿这人奶来说,要是眼睛没病的时候滴进去,弄不好会成瞎子。于是我便不敢再试。

在我眼睛害病的前几天,我还被吓到过一次。

那天是二月二,龙抬头。爸爸送我到村里剃头铺剃了头。回来的时候时间还早,我便去后山上转一转。过完年这段时间天天忙着拍画片,也有些腻了。

我刚上山,还没走到半山腰的那块大青石那里,突然一只火红的什么东西从上面朝我迎面冲下来,我一下子没站稳,倒向后面,滚了好几个滚儿。倒下的一瞬间,我只感觉到有一条毛茸茸的大尾巴扫在我脸上,有些痒酥酥的。我惊魂未定地四处看了看,什么也没有,只有满坡刚刚冒出青茬子的草地。我甚至以为自己的眼睛出了什么问题,这条尾巴跟我拍的《封神榜》画片里有一张九尾妖狐的样子很像。我摸了摸脸,越来越痒,挠着挠着好像起了一些疹子,于是回家让我妈看看。妈妈在我脸上搽了一些清凉油,说没什么,问我在哪儿惹回来的。我说在后山。妈妈让我少去后山,前坑和后坑加起来已经有三个小孩儿在山上吓着了。吓着了?我不信,还有东西能吓着我?说是这么说,我还是有点儿后怕,那只火红的动物,看来不是我的想象,真的差一点儿就扑在我身上。我有点担心。

晚饭过后,我感觉有点儿不舒服,呆呆地坐在那条油污污的灶凳上。妈妈走过来拉我起来去洗脚,一碰我的手就叫了起来,赶紧过来摸我的额头。

"怎么这么烧？吃饭的时候还没看出来，下午是不是又玩了冷水着凉了？"妈妈看着我的眼睛。

我有些委屈，自从年前下雪那次玩雪玩久了发烧，我就再也没有疯玩什么了。我告诉妈妈我下午就去了一趟后山，看到了一条火红色的大尾巴。

"不好，真中了。伯娘今早还说垸里有人在后山吓着的事，就是看到红色的大尾巴。你先坐着别动，我请伯娘来看看。"

不一会儿伯娘就进来了，还围着一条格子围兜儿，看得出来她正在做饭，或者是刚做完饭还没来得及脱下围兜儿就赶了过来。伯娘仔细看了一会儿我的眼睛，然后也摸了摸我的额头。

"是吓跑了魂儿，没事儿。"

我一听差一点儿就跳起来了，跑了魂儿？那可怎么办？这还叫没事儿？我眼巴巴地看着伯娘，眼泪水儿在眼窝里打转儿。

"你是在哪儿看到那东西的？"伯娘问我。

"在后山的半坡上，大青石前面。"

"月枝儿，你赶快准备好茶花米儿，等我待会儿吃完饭，我俩带上苕儿到那里去烧一下。"伯娘说完脱下了围兜儿，匆匆忙忙退了出来。

妈妈立即行动起来。我看着妈妈打开米缸的盖子铲米，拿出茶叶盒儿倒茶叶，还要找纸钱和三根红香，用一个白色的塑料袋装好。我靠在灶凳上，灶门里的火虽然熄灭了，但是因为烧的是硬柴，灶腔里的热气儿还是暖烘烘地打在我脸上，很舒服。我眯着眯着，没一会儿就睡着了。

也不知道过了多久，妈妈走过来叫醒了我。我牵着妈妈的手，迷迷糊糊地一步步地朝后山上走。伯娘吩咐我，待会儿她叫到了我的名字，我一定要马上答应，就说"回来了回来了"。

我懵懵懂懂地点点头。

到了地方，伯娘先点着了纸钱，然后点着三炷香，最后点着了茶花米儿，一边烧茶花米儿一边嘴里念念有词：

"床帮神，床帮神，小孩儿没魂你去寻，远的你去找，近的你去寻，遇山你答应，隔河你应声，称意儿，回来吧。"

我马上答应："回来了回来了。"

伯娘又喊："称意儿，回来吧。"

我答应："回来了回来了。"

如此反复叫唤了估计得有十遍，把我的嗓子都喊累了，伯娘才停下来。

"没问题了，回去洗个热水脚，好好睡一觉，明天准能退烧。"回去的路上伯娘对妈妈说。

果然，叫完魂的第二天我醒得特别早，头也不晕了，感觉身上充满了劲儿。那天早上我破天荒地就着妈妈腌的咸鸭蛋吃了三碗白粥。本以为这么折腾了一次，接下来就顺遂了吧，没想到刚好没几天，又赶上眼睛痛。

我听到爸爸在堂屋里跟妈妈说话："这孩子，看来今年要受点儿苦，还没出二月就闹两回。"

"伯娘说好像不是吊针儿。"妈妈说。妈妈一般都顺着我叫，她也叫伯娘。在我们鄂东地区，小孩儿要是看到了什么不该看的东西，就会长吊针儿。而那些不该看到的东西，一般都是坏东西。所以小孩儿长了吊针儿是一件丢脸的事情。

听到妈妈的话我有些伤心。

"我估计会不会是碰到了么事？"爸爸说。

爸爸刚说完，伯娘也走进了堂屋。

"昨儿黑的我细看了，不是吊针儿，我也估计是不是最近家里碰了什么，要不今天去何仙姑那儿问问米。"伯娘说完轻轻推开了房门，看到了我的眼睛。但是她看一眼就滑过去了，并没有跟我说话。

我一听到"何仙姑"这三个字就有些怕，他是这附近有名儿的"大仙"，据说是男是女都没人知道，但是他只有一只手一只脚这事儿是肯定的，因为所有人都是这么说的。他常年住在一栋黑魆魆的木屋里，等着各种人来问米。想发财的，想生儿子的，想解事儿的，反正各种稀奇古怪的事儿都可以问。问一次最少要两升米。我之所以知道，是因为去年张文超他妈就为给他生妹妹的事去问过，给了两升米加十块钱。当然，钱是他妈自愿给的，不知道是不是给了钱会更灵。听张文超说，他妈问完米回来按照何仙姑的吩咐，在药铺里抓了几服中药。结果当然所有人都看到了，上个月就生了一个像老鼠一样的小妹妹。我对何仙姑一直都不太有好感，也不知道为什么，可能是因为传说中他住的屋子，总感觉有些装神弄鬼。我不知道这个何仙姑会给我的眼睛一个什么方子，会不会要我吃一些奇怪的东西，我有些担心。

屋外的谈话停止了，我赶紧闭上眼睛装睡。我感觉得到是妈妈轻轻推开了房门，肯定正看着我。

"让他睡着吧。"伯娘说，"准备准备，我们就去。"

"好。"妈妈关上了房门。

我睁开眼睛，似乎何仙姑那服还没开出的方子已经灵验了，我的右眼好像没有昨晚那么疼了。我有点儿想起床告诉妈妈别到何仙姑那里去了，我的眼睛不痛了。但是我又有些不敢，为什么不敢，我也不知道，仿佛那样做会触怒何仙姑。终于我还是静静地躺在床上，什么都没说，眼睁睁地看着伯娘和妈妈从床前走过,到何仙姑那里去。

这一天剩下的时间我都没有睡着,看着窗外太阳光的颜色慢慢变化,从惨白,到淡黄,再到血红,屋外才终于有了动静,是伯娘和妈妈回来了。

一进门她们就直接闯进了我的屋子。

妈妈摸了摸我的额头。

"何仙姑果然厉害,你看病根儿一找到就好了大半儿了。这个春生,挂什么劳动手套?!"

妈妈提了爸爸的名字,我不明白她在说什么。

"称意儿,起来穿衣服做饭给你吃,待会儿等你爸回来好好说一下他,都是他给害的。"

"我爸害的我?"我睁大了眼睛,不相信我爸会害我。

"是啊,前几天他的劳动手套不是丢了吗?新买了一双,他怕又丢了,在大门上钉了一只钉子挂在那里。"妈妈边说边动手帮我穿衣服,在我的记忆里,她可有一两年没帮我穿衣服了。爸爸挂手套的事我知道,我还试着戴过他的大手套呢,大得很。但是我还是没搞明白,挂手套跟我的眼睛害病有什么关系。

"何仙姑一看那米,就问最近是不是在门上动过铁器。我想来想去,终于想到了你爸挂手套的铁钉。你是木命,这你知道,金克木,铁钉又刚好钉在了妨你的位置,你说好巧不巧。我去找个钉锤,你自己把那根铁钉取下来,取下来就好了。"妈妈几下就利索地帮我穿好了衣服,到后面的收捡屋里找铁锤去了。

我走出房门,脚下还是感觉轻飘飘的,不自觉地就走到了堂屋门后爸爸挂劳动手套的地方。一根小小的铁钉,还闪着最后一丁点儿太阳的黄光。真的就是它弄得我的眼睛害病的?我将信将疑地看着它。妈妈已经把钉锤放在我手里了。

"快取下来,丢到后面的沺水沟里。"

我拿起铁锤,虽然身上软软的,却也没费多大力气就把那颗小铁钉起出来了,按妈妈说的丢到屋后的沺水沟。

我坐在灶门口帮妈妈烧火,饭还没熟爸爸就放工回来了。妈妈把何仙姑说的铁钉的事告诉了爸爸,爸爸好像有些不好意思,把我抱起来放在他的腿上,连连说他也不知道,他怎么知道那个方位刚好妨着我了。爸爸的大手很粗糙,还有水泥和石灰的味道,但是摸在我脸上的时候我从来都很享受的,我感觉很厚实、温暖。

第二天,我的右眼真的就完全好了,一点儿也不痛。我心想,看来这个何仙姑还真的挺有本事的,我以前不该没来由地就讨厌他。当然,现在我知道,这不过是封建迷信,但在我的童年记忆中,那年的二月份一直都是蒙着一层神秘的面纱的,让我一直记忆到如今。

3 引路旗

3月份,是山的季节。

比那时的我还小的时候,我就迷迷糊糊地感觉得到"季节"的意思。1月、2月是太阳的季节,我总是端着自己的小板凳坐在土屋窗前的那一小片水泥地上晒太阳,这一招我还是跟我家的大花狸猫黄枪枪学的。可能因为那是水泥地,我总觉得那一小块儿地方的太阳比其他的地方要暖和一些。花狸猫最爱睡觉了,从早上一直睡到天黑,有时候它连碗里妈妈倒的剩汤剩水都懒得起来吃。

说到黄枪枪,它的全身都是由灰黑色和白色的条纹组成的,唯独尾巴的后半段儿不知怎么的变成了橙黄色，走起路来尾巴像是一根黄色的标枪，一摆一摆的。我连标枪是什么都不知道呢，还是之前在部队当兵的大伯告诉我的。听妈妈说，大伯当的不是要打仗的兵，而是做饭的兵。我在伯娘的相集里看到过大伯穿着"将军服"骑着一匹白马的照片，威风得很。不过大伯现在不去部队了，而是在大队里上班，是算账的。"黄枪枪"这名字就是大伯给取的。

现在到了3月，沉睡了一个冬天的后山已经活过来了。首先是山脚下的那一块野地，蒿子秆都长起来了，青绿青绿的一片，可好看了。但是这种东西人不能吃，只能采来喂猪。听兽医说，蒿子秆儿有一定的药效，猪吃了不会生病。但是蒿子秆不能代替猪食，猪吃了是不长肉的。它的另外一个奇特的地方就是，绝对不能给鸡吃，鸡吃了就会死掉。我一直想试试，但又不敢。只有一回我采了一小片儿叶子装在荷包里，给刚破壳的"九斤黄"吃过，也没什么事。后来我便不太相信了。

从蒿子秆儿开始，再往山上走，野草莓、地茅根，还有让人退得远远的鲜红的蛇果，都冒出来了。听别人说蛇果相当于土地蛇生的蛋，绝对不能采食，不然肚子里会长小蛇。但是蛇果是真好看，刚长出来的蛇果是透明的粉红色，然后是桃红，慢慢变成"可怕"的鲜红。我总是会望着蛇果发呆，想把它们弄开，看看里面的小蛇是什么样的。当然，这样的事情我从来没有做过，还是胆子太小了。山坡上最多的还是一种叫"六叶草"的植物，这种植物的叶片是很细小的，但它是可以玩儿的。如果你小心翼翼地将草叶对半撕开，会看到叶片断裂的地方有的变成半圆，而有的变成锋利的锯齿。锯齿能打败半圆，这是我们小孩儿最常玩儿的游戏。

在牛棚里窝了一个冬天的老牛大黑早就待不住了。这一整个冬天，它都是靠着去年收的"二季稻"的干稻草熬过来的。每天下午，我都会给它打一盆井水，拖过去一捆草。这么干的草，它怎么吃得下去！因为草不好吃，所以大黑吃得很慢，用它那两排黄板牙慢慢地磨。磨着磨着就会有黄绿色的汁水流下来，然后它就会一咕噜咽进肚子里去。我观察过，甚至它在没草吃的时候也会磨它的那两排牙齿，大概是想把自己的牙齿磨锋利一些吧。

　　到了3月，大黑就会开始叫，虽然它被木头做的鼻圈子系在地上的铁桩上，但是它会用后腿踢墙壁。墙壁都是用黄泥巴粉刷的，经不起它踢。所以妈妈就指派我把大黑带到后山上吃青草。

　　听妈妈说大黑已经很老了，作为一头牛，快到了退休的年纪。但是大黑见了青草，还是那么兴奋，每天早上到了后山上都会蹦蹦跳跳地左跑右突，先跟我玩耍一阵子再说，并不急着去吃那些嫩得出汁的小草。

　　去年奶奶还在我家的时候，我跟着奶奶一起去喂大黑。那是奶奶住在我家的最后一天，第二天奶奶便被大姑接到她家住。爸爸这边兄妹七个，有五个在老家，两个到江西的农场去了。五个人都想留奶奶住，于是轮流着来。奶奶摸着大黑的黑脸，要不是那双清亮亮反着光的牛眼，还以为她摸的是一块儿黑色的布。奶奶摸着摸着，大黑庞大的身躯竟然躺倒在地，用牛头轻轻地蹭着奶奶的脚踝，就跟黄枪枪老在我脚边磨来磨去一模一样。

　　"老小老小，你老了怎么还学会撒娇了？"

　　奶奶蹲下来把大黑的头抱在怀里："大黑通人性，看来它知道我今天要走。称意儿,我不在,你要看好大黑。"奶奶把我也抱进怀里。大黑的身上暖烘烘的,还有草的香味儿。我心想,我一定会看好大黑的,我也爱它啊。

后来发生的事,让我不得不怀疑,大黑可能知道那是它最后一次跟奶奶相见。对农村各种稀奇古怪的风俗了如指掌的奶奶怎么就没有想到,家牛是能够闻到不祥的味道的,要是奶奶当时就能够意识到大黑的反常,决定不去姑姑家,就不会发生后面的悲剧了。大黑啊大黑,你活了这么多年,怎么就是没学会说人话呢?

那天上午似乎特别漫长,我玩也玩累了,就躺在半山腰的那块大青石上晒太阳,那里既能看得到大黑,又能看到我家的后门,妈妈做好饭就会在门口招手。大青石是最好的睡觉地方,我经常在那上面一睡就是半天,直到妈妈走上山坡把我摇醒。

我不知道睡了多久,一阵凉风把我吹醒的时候,我看到刚刚还在头顶的太阳已经偏西了很多,太阳光的颜色已经开始发黄了。我的肚子也咕咕叫。看来妈妈是把我搞忘了。我情绪有些低落,既是因为肚子饿,也是因为妈妈把我搞忘了,她可从来没忘记叫我吃饭的。我牵着大黑往回走,周围连空气都是安静的。更加奇怪的是,一路上我一个人也没有碰到。从牛棚出来的时候,才终于看到了王三叔顶着那颗光光的脑袋从白莲浦的那条石子路上走过来。我站在牛棚前面,有一种预感,王三叔在朝我走过来。

果然,王三叔一见我,像是不认识似的看着我:"哎,称意儿,你怎么还一个人在这里?赶快去你大姑家,你奶奶走了。"

我一下子愣在那里,还没太搞清楚"走了"是什么意思,奶奶"走"哪里去了?看着王三叔匆匆忙忙的背影,我关好牛棚，把那根光滑的木杆儿插进门上的铁闩上，这还是去年秋天的时候，奶奶拿菜刀削的。我的心里充满了悲伤，虽然我不能完全明白"走"的意思，但是我知道，肯定有一件不好的事情发生了，而且很可能是最不好的事情，这件事让妈妈连叫我回来吃饭都忘了。但是我从来没有一个人去过大姑家。大姑家在村里的林场，离我家很远，以前我都是坐在爸爸的"二八大杠"自行车的前面去的。但是现在爸爸和妈妈都不在，连伯娘家里的门都锁上了，我只能一个人走过去了。虽然我没有太大的把握，但是去大姑家的路我大致是记得的，有两个向左转的岔路，还有一条特别长特别陡的上坡，每次爸爸都要站起来踩他的"大杠"自行车。

我一个人穿过石子路，穿过白莲浦旁边的藕塘，里面黑魆魆的，几乎什么也没有，只有一些从泥巴里面戳出来的已经干掉的荷叶秆儿。我抬头看着宽阔的白莲浦水面的上方，连一只白鹤都没有，空气安静得有些怕人。凉风从水面吹过来，我感觉有些冷，便把手插进衣服的荷包里面。天也渐渐黑了，远处的山岭像是一幅巨大的水墨画的剪影，而我就像一个走进画里的小人儿，一点点移动着。终于上到了那个陡坡，终于依稀地看到了林场的轮廓，终于听到了林场前面红旗在风中扇动的呼呼的声音，以及渺茫的哭声。四周已经变得漆黑，那种哭声让我心头一哽，差一点儿也跟着哭出来。

我推开大姑家木门的时候，看到屋里挤挤攘攘地塞满了人。有一个不太熟悉的爷爷把我领到房里，我看到爸爸妈妈、大姑大姑爷都在，妈妈和大姑是跪在地上的。妈妈的眼睛哭红了，回头看到了我，也没有问我是怎么来的，直接把我拉到她的身边跪下。我看着面前门板上的人，脸上用一张黄表纸盖着，纸面似乎还在微微摆动。我知道，这就是奶奶了，是"走了"的奶奶。我像是明白了，像以前供祖先一样，朝奶奶磕了三个大响头。

这天夜里我们都没有回去。听大姑说，奶奶是白天的时候去阁楼上拿干柴火摔下来的，院子里本来就有新柴，她是舍不得旧柴放在楼上沤烂了。妈妈说肯定是捡柴的时候发头昏，才从楼上摔下来的。去年奶奶住我家的时候，有一次帮忙喂猪食，突然发头昏，差一点儿摔进猪圈里。当时幸亏妈妈及时发现了。而这一次，大姑和大姑爷都进了林场里，没有人及时把奶奶扶起来。他们回来的时候奶奶就已经"走了"，连医生都没来得及叫。

第二天一大早，就有一辆拖拉机停在了门口，一群人把奶奶连门板带人一起搬上了拖拉机。因为大伯是长子，按照习俗，奶奶必须在大伯家出殡。我也被大人拉上了拖拉机，他们让我坐在奶奶身边。拖拉机开动，我盯着粘在奶奶脸上的那张黄表纸，它随着风慢慢飘动着。有好几次，黄表纸都被完全吹开了，我看清了奶奶的脸。除了下巴上有一点点擦伤之外，那张脸显得特别慈祥和蔼，甚至比她活着的时候还要红润。有一次，我甚至看到她的睫毛动了一下，像是一次没有成功的微笑。

拖拉机到大伯家门口的时候，大伯家门前已经聚集了很多人，门上也贴了白色的对联。他们都是过来祭奠奶奶的。妈妈跟我说过，奶奶以前是远近闻名的接生婆，我们村至少有一半儿人都是奶奶接生的。我当然也是，连我的名字"称意"也是奶奶取的。因为妈妈先生了姐姐，然后生了我。爸爸一直都想要一儿一女，于是奶奶当场就给我取名"称意"，意思是称了爸爸的意了。

在大伯家停棺两天之后便是葬礼了。葬礼那天下午，陈家所有后辈都按大小次序排队，有一个主持葬礼的老人拿着一把斧头站在棺材前面，走到棺材前面的人需要撩起自己衣服的一个角，那人会用斧头割下衣服角，放在一个准备好的白色的小纸包里面。割完衣服角后，白色纸包会跟着奶奶一起下葬。

　　在大伯家门口，我看到了一个从来没见过的人。他穿着一套中山装，坐在门口的一张大桌子上写大字儿，写在一条条白色的条幅上。写完了大字儿之后便封包，把各种各样的往生钱、纸钱、救护钱封在包里面。我趴在桌子上看他写字儿，他写得很快、很熟练，一点儿也没觉得他有什么毛病。他抬头看我，拿起一包纸钱说："这包是你的。"我用手摸了摸那个纸包，因为是白色的东西，我有些害怕。

　　他又举起一对大字，对我笑了笑："别怕。看，这就是引路旗，待会儿你就举着这对旗子送你奶奶上路。"

　　我看到他的笑脸，不知道为什么突然变得厌恶起来。虽然没有人告诉我，但是我知道，现在是不应该笑的，看来这个人真是有点儿病的。于是我就跑开了，去给已经停在大门口的奶奶上香。

　　他果然没有说错，下午葬礼的时候，主持的人把一对竹子上绑着对联做成的旗子放在我手上，让我走在送葬队伍的最前面带路。我一看那对联，正是上午那个人给我看的。我举着那一对旗子，像是接受一项艰巨而光荣的任务，我有一种感觉，这是小小的我能为那么疼爱我的奶奶做的最后一件事，我一定要做好。按照主持人的吩咐，我一定不能回头看，否则奶奶就会迷路，进不了我家的祖坟山。我担心走路的晃动会移动我的脖子，而让奶奶迷路，于是我让自己的脖子变得僵硬，一路引领着送葬的队伍到达祖坟山。

奶奶你看，我没有让你迷路，我没有回过一次头，连我的脖子都一点儿也没动过。

我看着奶奶的棺材被放进了墓室，铁锹扬起一锹锹新鲜的沙土盖在棺材上。我的心像是被刀刮的一样，我知道我再也看不到奶奶了。我想起了跟奶奶一起晒太阳、跟奶奶一起逗黄枪枪玩儿、跟奶奶一起喂大黑的情景。我深深地跪到了地上。

4 做媒记

奶奶的葬礼后，我一直没忘记那个在大伯家写大字儿、封包的人。但是我一时没找妈妈问那人是谁。我猜是其他垸的人，请过来帮忙的。

有天晚上，我们一家四口人正围在灶间吃晚饭，本来就狭小的空间里突然站进来一个高大、白净的男人，屋子顿时显得拥挤起来。他头上戴着一顶灰色的平绒帽，鼻子扁扁翘翘的，脸色很白，很像一个中学教师。我半天才反应过来，他就是我在奶奶的葬礼上遇到的那个人。

妈妈显然没有预料到这个人会在这个时候站在这里，她机械地站起来想把凳子让给来客，手却停在半空中，愣愣地看着他。好半天后，爸爸竟然伸出一只手握住了那个人的手。这是我第一次看到爸爸和别人握手。

爸爸把客人请到堂屋，拿出不久前过年吃剩下的一点儿花生米。我和姐姐有些害羞，退到我的小房间里面，贴着木门偷听。他们谈话的声音是很小的，几乎到了窃窃私语的程度，我和姐姐好不容易听到了几个词儿，"海南""刮风""回来了"，拼凑在一起实在不知道是什么意思。

那场无边无际的谈话不知道持续了多久，反正第二天早上我和姐姐从床上醒来的时候，谈话还没有结束。爸爸看我们起来了，把我和姐姐叫到面前，让我们叫人。我和姐姐都呆呆地望着爸爸，不知道该叫这个人什么。爸爸望着对面的帽子，说："你比我大，那应该叫伯。叫二伯。"我和姐姐并排着朝平绒帽鞠了一躬，叫一声"二伯好"。

这就算是认识了。

这个二伯在被更多人谈到时，都被称作"黑能爷"，为了叙述方便，我索性也在这里叫他黑能爷。

那几天白莲浦的闲人们全都在谈论着黑能爷的还乡，有人说他发了，靠着投机倒把狠狠地赚了一票，还说政府现在连这些人都管得松了，这样下去可不行。有人还绘声绘色地描述了黑能爷是穿了一身乞丐装混回来的，大家都不解，为什么要穿乞丐装。只见那人从烟盒里抽出一支游泳牌卷烟，慢吞吞地含在嘴里，用手拍拍荷包，说："来，借个火。"马上有心急的人划着一根火柴递到他的嘴前："快说快说。"

"你们都不知道吗？现在有钱人坐火车都这么干，穿一身乞丐装，多少钱都能安安稳稳地带回来。"说完，长长地吐出一口烟雾来。周围的人都赞叹起来："哎呀，狗日的就是有心空。"说着还使劲地拍击自己的大腿。我们这里把"心计"说成"心空"。

记忆总是有偏差的，但是黑能爷是实实在在地回到了白莲浦，他住进了他家仅剩的那间小芭茅屋里，年纪大的人说，那是他爹做地主时用来养牛的牛棚。

也许是出于对远方的向往，你想想啊，海南、边境、椰子、军舰，这样一些词语对于一个还没走出过镇子的六岁小男孩是怎样的一种诱惑。几乎一有空儿我就会跑到后山上找黑能爷，他总是坐在山顶的那块大青石上，曲着腿，把两只手交叉着叠在膝盖上，也不牵牛绳，任那几头牛一路从山坡上吃到山脚下，又从山脚下吃回来。等到牛们都甩着尾巴围着大青石转起圈，西边的山冈上就会出现一个橘红色的大火球，漫天的彩霞给山坡披上了一件绚丽的外衣，这时就是牵着牛去饮水的时候了。我最喜欢这时的牛，肚子两边气鼓鼓的，一个个都显得很健硕威风，而且很听话，慢吞吞踱着步子的神态就像凯旋的将军。

到了晚上，吃完晚饭，就是我缠着黑能爷讲故事的时候了。在那间低矮的牛棚里，我头一次见识到了世界的广阔，他的每一句话都将我所以为的世界扩大了一圈。而那时的我就渐渐明白了，像爸爸这样的人，一生都无法走出家里的那几块田地了，我小小的心灵很为爸爸感到悲哀，而在我的内心深处，也暗暗地有了一种对远方的憧憬。现在想来，也许这就是所谓最初的梦想吧。

如果没有妈妈后来的好心，也许黑能爷会在队里安安静静地放一辈子牛吧，但是这世上的事，谁又预料得到呢？

有一天晚上我去找黑能爷，他竟然反常地穿了一套蓝色灯芯绒的新衣服，还一本正经地戴上了那顶灰色的平绒帽。他站在一块巴掌大的三角形小镜子前面整理着翻出来的领口，或者把帽子取下来整理一下被压塌了的头发，我在他身后站了大约有一刻钟，他竟然一点儿都没发现。

我偷偷地走过去抢下他的帽子，把他吓了一跳。他凶狠地扑过来抢回帽子，那一瞬间我吓得差一点叫了起来，我完全没想到他的反应会这样激烈，整个脑袋都蒙了。他回过身来定定地盯着我看了好久，仿佛这么半天才认出来是我。他伸手把我鸡窝似的头发捋平，然后很郑重地把帽子戴在了我的头上。我把帽子取下来放在他手里，一步一步地退出了那间小芭茅屋。

在往回走的路上，我竟然一边走一边哭了起来。这种哭跟爸爸用细竹条儿把我打哭是完全不同的，我用手按着自己的胸口，仿佛听到了胸腔里的心脏一片片碎掉的声音，我觉得我失去了一种什么东西。

第二天一大早我就被妈妈叫醒了，她捏了捏我的鼻子，叫我把家里的那几个搪瓷杯子找出来洗一下，待会儿有客人来。我洗着杯子，突然想到昨晚黑能爷穿新衣服的样子，感觉这两件事情存在着什么关联。

太阳刚刚从白莲浦的东头露出半个脸，一行陌生人就喜气洋洋地奔进我家。妈妈变戏法似的摸出一小袋白糖，用搪瓷杯子泡了水分给每一个客人喝，我坐在门槛上眼巴巴地舔着嘴唇。就在大家谦让着喝白糖水的时候，黑能爷照着昨天在镜子里演示的样子出现了，他一进门就大方地把我牵在手里。妈妈把他拉过来坐在一个女人旁边，跟他俩说着什么话，我也懒得听。那个女人瘦瘦黑黑的，很矮，还穿着一条大红色的灯芯绒裤子，看着有点不伦不类。妈妈反复强调要他们自己好好看看，谈一谈，但是那个女人始终都没抬起头来，所以不存在看一看。他们好像也没什么好谈的，就这么干坐着，黑能爷时不时偷瞄一眼那个女人。

大伙儿一窝蜂地到屋檐下晒太阳，妈妈把我也拉出去，我不愿出去，又回到门槛上坐着看屋里的那两个人。坐了大概半个小时，这一行人就起身走了，妈妈和黑能爷把他们送出了村口。

回到家，妈妈把客人没喝完的白糖水拢在了一个杯子里，我一口就吞下去了。"看来是成了。"妈妈对黑能爷说，"我看桂枝的眼睛就知道，她是看中了。"我很是怀疑妈妈的话，那个女人从头到尾都没抬起头来，根本就不可能看得到她的眼睛，我甚至怀疑她都没有眼睛。黑能爷听了妈妈的话很兴奋，使劲地搓着手，一副不知道接下来该干点什么的样子。妈妈看着孩子一样手足无措的黑能爷，说："要准备准备了。"黑能爷慌慌张张地往外走，嘴里念念有词："是要准备准备，是要准备准备。"

算起来，那年黑能爷应该有四十多岁了。

那次相亲是黑能爷这一生的一个转折点，妈妈曾经多次懊悔自己当年的多事。

据说女方是看上了他的，爸爸带着黑能爷送了中秋节礼，礼也收下了，双方的生辰八字也问了。但是不久女方又反悔了，听说还破口大骂起媒人。对方是嫌弃黑能爷的家庭成分。家庭成分当时虽然在法律上是取消了的，但是农村人还是会讲究这个，贫农找贫农可以，贫农找地主"狗崽子"说得过去吗？

黑能爷的脑子就是从那时候出现问题的。他闷头在家睡了好几天，起床后就谁也不认识了，光对着墙壁唱歌，而且都是一些没人唱的老歌："大海航行靠舵手，万物生长靠太阳……"

我最后一次看到黑能爷是小学快毕业的时候，那是一年里最热的三伏天。不知道他从哪里弄来了一套洗白了的旧军装，裤子看起来新一点，还能看出来一条隐隐约约的裤缝。他把上衣的每一个扣子都扣得工工整整的，头上戴的还是那顶平绒帽，只是在原先空空荡荡的帽额上用红墨水画了一个规整的五角星。他穿着这套衣服在垸里这里坐一坐，那里看一看，神情就像是在梦游。

先前别人都对他很有兴趣,围着他问这问那的,比如海南那边的人睡的是床还是炕,吃的是米还是面,他都老老实实地回答。有人起哄问起找老婆的事,他就变得非常唠叨,说先前别人是答应了的,后来听说成分不好,就反悔了,不仅反悔了,还大骂帮忙做媒的大阿婆,要别人以后怎么做人呢?又说老婆还是应该找一个的,不要学他,连老婆也不找一个。又有人问,老婆为什么应该找一个?他的脸一下子就红了,好像做了见不得人的事被当场捉住了。

从那以后,我再也没有见过黑能爷,这个在新世纪到来前一年陪我最多的人。

5 起手夜

听妈妈说,爸爸年轻的时候去过很多地方打工,近的有黄石、武汉,远的有沈阳、乌鲁木齐、西双版纳。我一直很羡慕垸里其他的小朋友,他们的爸爸每年过年都会带回来一个大皮箱,皮箱里有各种各样的零食和玩具,但是我爸爸从来没有拿回过这样一个皮箱,因为妈妈说,她生下我之后爸爸就不再出去打工了。我心里有些小小的失落。

爸爸是干"瓦工"的,也就是建房子。也是因为爸爸的职业,自从我有记忆以来,家里就一直有人进进出出的,从来不会冷淡。爸爸算是一个小包工头儿,在白莲浦附近小有名气。据爸爸自己讲,白莲浦的楼房至少有一半儿是他建成的。爸爸带着工人们建房子,妈妈就为工人们做饭。所以每天上午,妈妈都要去后垸的小集上买一些菜。买菜、洗菜、择菜、炒菜、蒸米饭,会花掉妈妈的整个上午。我还没上学的时候,就像妈妈的一条小尾巴一样整天跟着她。但是，一年之中，总是有几天我是跟着爸爸的。

在我们这里，楼房封顶是一件大事。封顶意味着楼顶完全闭合，也意味着一栋房子算是建成了。在封顶的那天，主家都会鞭炮礼花齐鸣，以示庆祝，也是图吉祥求平安。这道手续是万不可少的，似乎不完成这道手续房子就是不合法的，即使它高大结实，也不被划入房子之列。

在头天晚上吃过晚饭之后，爸爸总是会拉住我，笑眯眯地说"明天封顶"。我一下子就会跳到爸爸的膝盖上，问："在哪儿在哪儿？"什么"陈垸""夏垸"这种常见的名字，也有一些"瓦铺冲""骑龙地""石龙庙""石佛山"这种听起来很奇怪的地名儿，反正我都是坐在爸爸自行车的大杠上去的，管它在哪里呢，我只是单纯地想问问罢了。

第二天一大早，我就会爬起来穿好衣服刷好牙，站在家里的"二八大杠"自行车旁边等爸爸。清早，白莲浦还未完全醒来，我家门前的石子路也没有醒来，自行车的轮胎从路上碾过，一点儿声音也没有。栖息在石子路两边水杉上的白鸟很容易惊醒，倏忽一下就从瘦长笔直的树干上弹开，飞到前方白莲浦广阔的水面和四周密集分布的小支流水荡里找吃的。我最喜欢这样的早上。当然，要不是爸爸建的房子封顶，我最喜欢的还是我的小被窝。

一般都是在下昼，在封顶仪式鞭炮齐鸣万物欢腾的间隙，会有一道所有人都翘首以待的程序，而这也正是我起大早跟着爸爸的目的。作为封顶仪式的指挥者，也就是这栋楼的包工头，我爸爸必然会在一片欢呼中出现在楼顶那片最浓烈的烟雾之中。他的怀里定然会抱着满满的芝麻烧饼、烟以及各类糖果，在这个仪式上，没有哪个主人家会吝啬的。看到爸爸站上楼顶，底下的孩子就骚动起来了，一个个摩拳擦掌，伸开双臂，同时将身子低下来，随时准备着用力地冲向某个方向。而这时的我则端着一顶空草帽，安静地站在某个不起眼的角落里（这个位置是前一天爸爸告诉我的），淡定地等着天上掉下来的"馅饼"。

一阵由糖果、烧饼、香烟组成的"暴风雨"过后，混乱嘈杂的现场顿时安静下来，封顶仪式就算结束了。楼底下的小孩子们则表情不一，有喜笑颜开的，全身的荷包全部塞满了，还把衣服的前襟挽起来装了一满兜；也有默默抬头望着爸爸的方向的，似乎意犹未尽，抓在手里的那仅有的几颗糖果也显得楚楚可怜，心想，要是再撒一次糖就好了，自己肯定能抓到很多。无论结果如何，都只能等下次了。

这时，爸爸从楼上下来了，将房屋主人特地留下的那袋烧饼递给我。看着我手里端着的草帽里满满的糖果，爸爸总会拍拍我的头说："回去跟你姐分一下。"若是周围有因没抢到糖气得快哭出来的小朋友，爸爸便从我的草帽里抓出一把糖递过去，也拍拍他的脑袋："快回去吧。"

因为这些事，附近的同龄小孩子们是有些嫉妒我的。

和封顶相对应的，也有一项仪式，叫"起手"，算是一栋房子正式开建的标志。跟封顶的热闹相比，起手就显得有些孤单，甚至怕人。但是我自小就好奇心特别强，跟爸爸一起起手的事，我也干了好多次，每次都像是怀揣着一个大秘密，既满足了男孩子的虚荣心，也得到了刺激。

在起手之前的三天，建房的主人会把我们这儿的一个"地仙"——叫马爹的人请到我家，和爸爸一起商量起手的事。在这之前的一天，马爹已经到房主准备建房的地基处看风水。在这次会谈中，马爹会算出起手的具体方位和最好的时辰，根据起手的方位和时辰，会让主人家准备好相应的东西，有铜钱、生米粒、炒熟的茶叶、侧柏、米筛、镜子等等，具体准备哪些东西，会根据方位和时辰的不同而有所变化。然后他会将操作方法教给爸爸，爸爸都一一记下。

除了起手现场要进行的操作之外，这次会谈最重要的事情是算出要避哪些年出生的人。按照我们这里的习俗，天空、土地、山脉、河流，都归于大自然，全都有相应的神。而这位马爹，之所以叫"地仙"，就因为他所代表的是"地神"。人要想在地上建房子，就必须挖开土地打地基。而挖开土地，无疑是对地神的一种冒犯，所以必须对地神进行祭奠。主人家准备的米、茶叶这些东西，就是给地神准备的。有了这些东西，地神才会准许。但是这还不够，地神毕竟是神仙，也有自己的脾气，他可以不追究，要是人自己撞上了，那也就不能怪神仙了。

我们当地传说，当土地第一次被挖开的时候，必然会跟十二个生肖之神中的一个相冲，若是属相相冲的人当时正好走过挖开的土地，他的魂魄有可能会被压进土地。所以马爹的一项重要工作，就是综合所有因素，算出每次起手的时候会跟哪个属相的生肖神相冲。算出来之后，马爹会在红纸上用墨写四张告示，告知×年出生的人需要避开，在起手的前后三天不要经过新房的地基。四张告示当天就会被分别张贴在房屋地基东南西北的四个方向。

三天之后的深夜，按照马爹算好的时间，我跟爸爸就会去往需要起手的地方。一般是凌晨两点到四点。我帮爸爸打着手电筒，爸爸总是会嘱咐我，千万不要吭声。我看着爸爸一步一步走到地基的一个角落，整个世界都是安静的，一丁点儿声音都没有，我只能听到自己的呼吸声。直到爸爸烧了纸钱和供奉的东西，念完了一串儿什么话之后挖开几锹土，将一块大大的石头放进挖开的土坑里面，砰的一声回荡在周围，像是一种宣告，我才终于放下心来。我像是在为爸爸提心吊胆。

也许我正是因为参与过起手这样极度安静又刺激的仪式，所以总觉得自己对封顶有一种比其他人更特别的感觉。也自认为对做房子这件事，我甚至比很多大人都要了解。因为在他们的整个生命里，可能都没有机会参与一次这样的仪式，而我却跟着爸爸见证了这么多次。

6　牙仙子

有一天吃晚饭的时候，我抱着碗好半天没有伸筷子，妈妈问我怎么了。我说牙疼。爸爸说肯定是吃糖吃多了，下次再封顶，那些水果糖、牛奶糖和烧饼我就不拿回来了哈。我知道爸爸这是在逗我，哪次主人家的房子封顶，爸爸不是带着满满一草帽的这些吃的送给我？我艰难地一粒一粒地吃着米饭，妈妈把我这种吃饭的方法称为"数饭"。

爸爸吃完晚饭，把起夜用的手电筒拿出来，让我张大嘴巴，帮我看看是不是蛀牙了。我闭上眼睛，感觉到手电筒的光圈在我嘴巴里晃来晃去。爸爸没找到一颗蛀牙。

"牙齿长得挺好啊，是哪一颗牙疼？"爸爸关上手电筒。

"这颗。"我摸着下面的一颗大门牙。

爸爸打开手电筒，又细细地看了起来。看了好半天，也没看出那颗牙有什么问题。

妈妈把爸爸的手电筒接过来说："我看你是喝酒喝昏了，称意儿这是要换牙了。"

爸爸直起身来看着我,恍然大悟一般:"是呀是呀,今年就六岁了,快要吃七岁的饭了。有点儿迟了哈。"

我接过妈妈手里的手电筒,按开,把手电筒的光圈圈在自己的手掌上。这是我和姐姐最喜欢的游戏。手电筒白色的光被圈在手心里之后会变红,整只手掌都会变得红彤彤的。我和姐姐总是会比赛谁的手掌更红。听姐姐说,越红就代表血越多,身体就越健康。

"哈哈,弟儿要变成缺巴齿了。"姐姐抢过手电筒,也在她的手掌上照起来。

听了姐姐的话,我差一点儿就哭起来。垸里有好几个跟我差不多大的孩子,都成了缺巴齿,我看着他们的嘴巴,感觉丑得很,我可不想变得那么丑。我拉着妈妈的衣裳角:"妈,妈,能让补桶的给我粘起来吗?我不想变成缺巴齿。"我见过好几次来垸里补塑料桶的,家里的塑料桶砸破了或者漏洞了,那人会用一小块儿铁烧红,在塑料桶上烫几下,塑料桶就补好了。

爸爸笑着说:"这牙齿补桶的可补不了,等着做缺巴齿吧。"我抱着自己的小板凳坐到灶膛门口,想着自己的心事。

晚上睡觉前,妈妈到我的小床上对我说:"换牙就代表要长大了,每天睡觉前记得要摸一下你那颗动了的牙齿,会掉得快一些。"我点点头,既然这颗牙齿一定要掉,那就掉得快一点儿,快快长出新牙来吧。听爸爸说,明年就要送我去上学前班了,我可不想带着缺巴齿去上学,那还不被同学们笑话啊。

接下来的一段时间,我每天都在等着这颗门牙掉下来。当然,每天睡觉之前我都会摸一下它,有时候急了,还会轻轻摇动它。明明已经感觉它晃动得越来越厉害了,但就是掉不下来,像是一棵被霜打蔫了的稗草，表面上虽然软塌塌的，但是它的根扎得可深呢。整个六月，这颗牙齿成了我最大的心事。到后来，我几乎每隔几分钟就会用舌头舔一舔，用手摇一摇，那颗牙齿实在是太多余，既没有了咬合的功能，还不断地顶着牙床里面的肉，刷牙的时候它还会出血。

功夫不负有心人，门牙终于掉了，在饭桌上。我感觉心底的一颗大石头终于落地了，嘴巴里似乎变得特别轻松。我把牙齿吐出来放在饭桌上。小小的乳白色的一颗，长得还挺可爱的，底下是尖尖的，有些扎手。

妈妈拿起那颗牙齿看了看，神秘地对我说："走，把牙齿送给牙仙子。"

我看着妈妈，牙仙子？我听说过土地神、灶神、观音菩萨、玉皇大帝等各种各样的神仙，还从来没听说过"牙仙子"，没想到这小小的一颗牙齿还有神仙管。

姐姐连忙让我张开嘴巴，她看了看说："是下面的牙齿，要丢到屋顶。"姐姐早就开始掉牙了，看来她已经很熟悉"牙仙子"的事情了，怎么我以前就从来没听说呢？

妈妈笑着对姐姐说："就你晓得的多。"说完，妈妈把牙齿放在我手心里，牵着我的另外一只手走到了大门前面。我家住的是砖瓦屋，屋顶是大片的青瓦，在顶上的屋脊的中间，有好几块透明的"亮瓦"，太阳光就是从那几块"亮瓦"里透进来的。妈妈让我正对着屋门，对齐双脚。

"为什么要对齐双脚啊？"我捧着牙齿看着屋顶上的"亮瓦"射出来的朦朦胧胧的黄光。

"不对齐双脚，牙齿就长不齐。"说着，妈妈让我捧着牙齿对着屋顶三鞠躬。

"这就是求牙仙子收留你的牙齿,只有牙仙子收留了,你才能在她那里换来一颗新牙。"

原来是这样啊,用一颗掉下来的旧牙就能在牙仙子那里换来一颗新牙,这位牙仙子真不错。我像模像样地对着屋顶上看不见的牙仙子三鞠躬。

"赶快,闭上眼睛,把牙齿扔上屋顶。"

听到妈妈的命令,我赶紧闭上双眼,使劲地将握在手心里的牙齿甩了出去。只听见轻轻的一声砰,然后是几声小小的滚动的声音。我闭着眼睛弱弱地问妈妈:"这样就好了吗?"

"嗯,可以了,睁开眼睛吧。"

妈妈也对着牙仙子鞠了一躬,咕咕噜噜地说了一句什么话。

我还是有些怀疑,不知道自己丢的位置好不好找,这位牙仙子能不能找到我的牙齿。有时候又会怀疑自己当时双脚对得不齐,会不会长出来的牙齿是歪的,就跟垸里的有些老人嘴里的那样,黄黄的,歪七扭八的。

伯娘最喜欢逗我玩儿。她看到我的牙齿掉了,碰到我就会说:"称意儿,我打个歇后语你猜啊,缺巴齿吃面条的下一句是什么?"

我红着脸摇摇头。

"——两头拉扯啊。"她捂嘴笑了起来。伯娘笑起来总喜欢捂嘴,她有一颗金牙。

过了两天,伯娘又看到我,又会说:"称意儿,上回的歇后语记住了吧?再打个新的你猜,缺巴齿吃西瓜下句怎么说?"

我还是摇摇头。

"——条条是道啊。"

我对着伯娘笑了笑。我知道伯娘是在逗我,也没什么不好意思的了。

伯娘看着我在笑:"来,再唱首歌儿给你听。"

> 嫌皮脸括锅刀,
> 困到半夜 lao 粑烧,
> 粑冇熟,眼泪个 cou,
> 粑泡懂了,
> 眼睛哭肿了。

我哈哈哈地笑起来。这首歌小时候我姐总是唱给我听。

伯娘又唱:

> 磨点麦,
> 做点粑,
> 大伢儿吃大粑,
> 细伢儿吃细粑,
> 大伢儿坐圆椅,
> 细伢儿坐队杈……

伯娘边唱边伸手掏我的胳肢窝,她的手还没有伸过来,我已经咯咯咯地笑得全身都缩起来了。

"这以后是个怕媳妇儿的种。"伯娘会说。在我们这里,凡是怕挠胳肢窝的男孩儿,以后长大了都是怕媳妇儿的种。

伯娘虽然名义上跟我妈是妯娌,算是同辈儿,但是在我们小孩儿眼里,伯娘好像是跟奶奶一辈儿的老人,其实她年纪并不大。我学来的很多儿歌童谣都是伯娘教给我的,伯娘的婆家就在白莲浦旁边的周下垸，跟我们这儿离得很近。而妈妈所在的婆家却离白莲浦很远，远到我根本就叫不出那地方的名字。伯娘还教过我很多不知道是什么意思的歌谣，比如：

> 黄鸡公儿尾巴拖，
> 三岁伢儿会唱歌，
> 不是爷娘教的我，
> 自己聪明咬来的歌。
> 梁山伯，祝英台。
> 花大姐，做花鞋。
> 公一双，婆一双，
> 细姑儿细叔两箩筐。
> 尖嘴巴姑儿她有得，
> 躲在门洞儿哭一场。
> 细姑儿细姑儿你莫哭，
> 再做双花鞋你看屋。
> 大雪纷纷，
> 脚踏冰凌，
> 丈人丈母，
> 快发善心。
> ……

我跟着伯娘学过很多奇奇怪怪但是很好听的歌儿，跟姐姐比赛对歌儿的时候，我从来都不会输给她，她老是跟伯娘告状，说伯娘偷偷教歌儿给我而不教给她。有一次姐姐为这事还在饭桌上哭了出来。

在以后的日子里,我的牙齿换得越来越多,一年里大部分的时间都是缺巴齿,虽然自己也觉得丑,但是也没有什么办法,就随它去吧。每次掉牙后,我再也不会像第一次那样胆战心惊了。到后来我都不需要妈妈陪我了,下面的牙齿掉了就并齐脚扔到屋顶,上面的牙齿掉了也并齐脚,扔到爸妈的床下。我好几次爬到爸妈的床下打着手电筒找过,里面连一颗牙齿也没有,看来真的是被牙仙子收了去。所以我的新牙长得也很顺利,长得快,而且很齐,都是我脚并得齐的功劳啊。

7 抓大田

7月份是一年中最忙碌的时候,因为有"双抢"。每年到了6月底,大人们都会把"搞双抢搞双抢"挂在嘴上,像是即将面临一场严酷的战斗。我心想,"搞双抢"有什么好怕的?到六岁这年,我都搞过好几次双抢了。

所谓"双抢",就是抢割稻谷、抢插秧苗。因为白莲浦属于丘陵地带,每年可以种两季水稻,头季稻五一前插秧,7月中旬开始收割;而二季稻秧苗,必须抢在八一前插下去,否则受霜期影响,就会减产,甚至无收。因此,每年7月中下旬,就是我们这里传统的"双抢"季节。为了应付即将到来的"双抢",家家户户都会做足准备,提前买米买面买肉,安排好各家的农事。

双抢的时间很紧,不然怎么叫"抢"呢?伯娘说"人老一年,田黄一夜",田里一黄就要到田里把谷子抢回来,又说"千犁万耙不如早插一夜",谷子抢回来后又要把秧苗儿抢到田里去。这么短的时间,靠着自家夫妻两个人肯定是赶不上的。所以每到双抢之前，白莲浦会分成大大小小由三五家组成的小队，小队内部会互相帮工，根据各家田里稻谷成熟的情况，按先后顺序割谷插秧。这样分配，干活儿会快很多，而且人一多就可以相互"扯话皮儿"，叽叽喳喳的，干起活儿来也有劲一些。

真正干农活儿，我们这些小孩子肯定是帮不上忙的，但是打打下手还是可以的。姐姐也放了暑假，我和姐姐就负责烧开水、送开水，或者把爸爸提前泡在井水里冰着的西瓜送到田里。当然，我和姐姐也会跟着一起吃。从我家到水田还蛮远的，也许是因为经过了路途上的长途跋涉，我总是觉得在田埂上吃的西瓜特别甜，比在家时吃的要好吃很多。

送了水和西瓜，我和姐姐就坐在田埂上看大人们割谷，或者插秧。他们弓着腰站在谷穗中间，左手握住谷穗的上部分身子，右手持镰刀，一下一下，又快又准。我和姐姐有时候也会趁着大人们休息时，拿起镰刀到田里试一下，却发现只能一棵一棵地锯。看到他们全身都被汗水汗透，一粒一粒的汗珠往田里滴的样子，我们心里挺不好受的。但是看着他们有说有笑的样子，好像也不是很累，大概他们都是大人，这样的劳动对他们来说算不上什么累。

"双抢"不光累，也好玩儿。

大人们在田里割谷的时候经常会捡到一些东西，我记得的就有兔子、刺猪儿和蛇。那天我坐在田埂的树荫里找茅草根，这是一种白色的一节一节的草根，有点儿像缩小版的甘蔗，也是甜的，甚至比甘蔗还甜，但是不好挖，因为它们长得太细，而且完全在土里面，需要用手指去抠。妈妈突然用草帽端过来一团白白的东西，哎呀，是几只白白的小兔子。我兴高采烈地接过小兔子，把它们从草帽里面拿出来，它们走起路来都有些晃悠，好像还站不稳。它们用那张动得飞快的小嘴在地上拱着，真是太可爱了。我看着它们走起来都困难的样子，也懒得一直看着了，于是去玩儿。等我想起来的时候，兔子早就没影儿了。后来听妈妈说，兔子是一种特别聪明的动物，会假装跑不动让人掉以轻心，然后趁人不注意时飞快地跑掉。唉，跑掉就跑掉吧，想到几只小兔子又会回到它们妈妈的身边，我心里也挺开心的。

我记忆最深的是那两条大蛇。也是在割谷的时候，是爸爸抓到的。爸爸用镰刀打死了两条蛇，把它们举起来给我看，真长啊，差一点儿就赶上爸爸了。我也不知道为什么，我从小就一点儿也不怕蛇。爸爸说那两条蛇都是白线蛇，没有毒的。

当然，在田里遇到的也不都是好玩儿的，也有一些讨厌的东西，比如蚂蟥。水田的蚂蟥很多，不管是割谷还是插秧，它们都会趁人不注意爬进人的鞋里，或者顺着裤腿往上爬，找个小小的缝隙就能钻进裤腿，偷偷吸人的血。被蚂蟥吸血可是一点儿感觉也没有，等你反应过来，蚂蟥已经吸饱了血跑掉了。这还是比较好的情况，最糟糕的情况是蚂蟥直接咬破了皮，钻进了人的小腿肚子里面。听说蚂蟥可以在人的身体里面靠吸血存活、产卵，然后整个人身上的血都会被蚂蟥吸干。所以在田里干活的人都会趁着站起身歇息的时候，时不时四处检查一下身上有没有蚂蟥。要是看到蚂蟥，就赶紧把它从身上弄下来。只要我去了田里就会捡一个小塑料瓶子装抓来的蚂蟥。因为蚂蟥的身体柔软，用脚踩用巴掌打都是打不死的，它就像是一小团肉肉的棉花，不一会儿就会恢复形状，继续吸血。能彻底杀死蚂蟥的只有两样东西：盐和尿液。当着这么多人的面撒尿，我当然是害羞的，所以我一般会带回家用盐杀死它们。只需要一点点盐,撒进装满蚂蟥的小瓶子,没一会儿工夫,瓶子里那一条条刚才还生龙活虎的蚂蟥就会变成一摊血水,连一点点肉都不会剩下来,真是神奇。现在想想,也是有些残忍的。其实尿液也有同样的功效,不过这样的游戏一般只有都是男孩子在场的时候,我们才会玩儿。

在割稻子和插秧之间,还有一件专门属于爸爸的工作——犁田。在整个"双抢"中,我最喜欢的就是犁田,因为那是属于大黑的时刻,也是属于爸爸和大黑的时间。身躯庞大的大黑每年要吃掉好几垛干草,还不算上我日日带着它去后山上吃的那些青草。"养牛千日,用牛一时",犁田就是大黑发挥自己能力的时候。

听爸爸说,买大黑的时候它还很小,就在我出生的那一年,算起来我跟大黑是同年的。但是它怎么就长得这么高这么壮了,还能拉动那么重的犁铧?爸爸会用一套带绳子的牛具套在大黑脖子上,绳子的后面连着铁耙。铁耙上面有一块小小的、刚好够一个人站立的大铁片,爸爸就站在那上面,被大黑拉着围着田一圈一圈地转。爸爸拿着一根细竹条边走边吆喝,但那根竹条只是用来指挥方向的,从来不会落到大黑身上。因为是水田,为了防止大黑跑得太快导致耙不平稳,爸爸总会在铁耙的最前面放上一块较大的土块,用来稳住铁耙。

7月份雨水多,但我还是会跟着爸爸,站在岸边看爸爸和大黑犁田。天上下着雨,雨水顺着爸爸的草帽边缘流下来,把爸爸的头发贴在额头上。我总会坐在田埂上的那棵酸枣树下躲雨,天空中电闪雷鸣,很多黑色的大蚂蚁也会爬到酸枣树这里躲雨,它们会把我的身体当成可以躲雨的地方,于是爬到我身上来,不时地用小钳子一样的尖嘴咬我一下,像是在试探一下我的肉能不能吃。它们的钳子只会让人觉得痒酥酥的，并不痛，我也懒得用手把它们弄下来。不远处的稻田里水声哗哗，在铁耙的身后，是不断涌动的黄色的泥水。大黑在雨里会特别兴奋，有时候还会疯跑。田里的水多了，它跑起来会更快。我看到爸爸似乎玩得很开心。我会一直等到爸爸把全部的田犁完，然后帮爸爸牵着大黑，两个人一头牛，慢慢往已经亮起了星星点点灯光的白莲浦走。

　　因为在田里玩了大半天，总是又累又饿的，还没走到一半儿我的速度就会慢下来。爸爸总是会笑着说，谁让你的手气这么差呢？我就会打起精神，又走得快起来。我跟我家的这块水田一直关系都很好，因为这块田可是我亲手"抓来的"。这大概是我记忆里第一件自己记住了的大事。

　　四岁那年，白莲浦要重新分田，采用的是在玻璃瓶里用筷子抓阄的形式。前一天晚上，爸爸准备了玻璃瓶和小纸阄给我，让我练习着抓。爸爸说小孩子"手红"，肯定能抓到一块好田。我也想为爸爸抓一块好田，所以我一直练习到深夜，把使用筷子的方法练习得熟熟的。在我家下面那两排水杉的旁边就有一大片好田，爸爸想要我抓到那里的一小块，因为挨着水库，不会干旱，而且离我家也近。

　　一大早，白莲浦的人都聚在一起，很多小孩子也来了，都是跟我爸爸一样想的，小孩子"手红"，容易抓到好田。先抽签，我记得我抽到的是第三个抓，算是个好签儿。没想到的是，我竟然抓到了离白莲浦的水库最远，离我家也最远的一块水田。我以为爸爸会骂我，回家的路上我垂头丧气的，心想我的手怎么这么臭，怎么就没有为爸爸抓到一块好田？但是爸爸和妈妈却都没有批评我，我也不敢主动提这件事。第二天，水田全都分好了，爸爸妈妈带着我和姐姐第一次去看我家的田，我亲手抓到的田。我看着那块水田，一下子就喜欢上它，因为它不像我家附近的田，是一块块规整的矩形，而是一个不太规则的椭圆形，而且在田埂上还有好几棵小树。我一爬上小树就抓到了一只红白点的大天牛。

我们四人围着田转了一圈儿。妈妈说我的手不错，这块地肯定不止四分，可能是这个形状不好量，所以面积只是估算的，我们占便宜了。听到妈妈的话，我心里积压着的包袱算是放下来了，于是更加喜欢这块水田了。在这之后的很多年，爸爸妈妈就是在这块我亲手抓来的水田里劳作，产出了供给我们一家四口吃的口粮。每年第一次吃到田里产出的新米，妈妈都会先供奉天地，然后给家里养的猫和牛盛上米饭，感谢猫捕鼠守护粮食和牛耕田的辛苦劳累。看着它们吃得吧唧吧唧的样子，我心想，这里面也有我的一份功劳呢，这块田可是我亲手"抓来的"。

8 月亮歌

等到"颗粒归仓"、家里吃上新米的时候，也是差不多要开始准备"送节"给家婆的时候。"送节"又叫"拜八月半"，是白莲浦地区出嫁的女儿一年一度感谢父母的习俗。这时候水库里面的鱼也肥了，田地里该收获的东西也收获得差不多了。妈妈每年都要准备很多东西送给家爹家婆，因为妈妈说老辈人看养她们不容易，以前的日子多苦啊。

"拜八月半"一定不能缺的大概是活鱼、猪肉、糕点、月饼、酒，其他的像烟、茶叶、红糖、瓜果这些东西则是有什么送什么，不是太讲究。一大早，爸爸骑上他的"二八大杠"，妈妈坐在自行车后座上，我和姐姐坐在前杠上。以前我一个人坐的时候很轻松，跟姐姐一起坐就有些挤了，但是很好玩儿，所以也挺开心。

家婆的家距离白莲浦很远，在一条河的旁边，听妈妈说那条河是长江的支流。去年（1998年）长江发大水的时候，河里涨水，还剩下一米多就涨到屋里面来了。去年夏天的那段时间，妈妈、姐姐和我每天都提心吊胆地盯着我家那台十四英寸的黑白电视机，看新闻节目里面报道的抗击洪水的新闻。在这之前，爸爸响应号召，作为抗洪志愿者去了江西九江的大堤上。之所以去九江，是因为爸爸的两个哥哥——三伯和四伯就在九江的农场。听说他们的农场和房屋全都在长江旁边的平原上，一发大水就全淹，什么都没了。我从小连一次都没有见过爸爸嘴里的"三哥""四哥"，但是既然是爸爸的哥哥，当然不想他们有任何事，况且爸爸也去了那里。后来洪水退去之后，三伯和四伯带着两家人，跟爸爸一起回了一趟白莲浦，因为实在是没地方去了，当地虽然有安置点，但是条件很差。于是我一下子又多了三个姐姐两个哥哥。不过他们在白莲浦没住多久，就回到九江住进了政府统一安置的楼房。因为有免费的楼房可以住，我挺羡慕的。

到1999年，长江倒是挺平静的，一点儿大水也没发。妈妈说，她小时候一到夏天就会到河里捉小鱼，用一小块蒸馒头的白布，或者用蚊帐，做成一个肚兜儿的样子，拿长竹竿系住，在网里放上一点儿用面粉揉成的疙瘩，然后伸进河水里，每隔两三分钟把网从河里提起来，不到半天就能抓到大半桶的小鱼儿。这样的小鱼最好吃的方式就是用面粉糊住炸着吃，连小鱼的小刺和鱼头都炸得酥脆鲜香。白莲浦也靠着一个大水库,我好几次让妈妈教我也去抓一点儿小鱼,但是妈妈说小鱼只有河里的活水才有,白莲浦里面都是大鱼。到了中秋,我们就是提着在白莲浦里面长成的大鱼送给家爹家婆,一般是草鱼、胖头鱼或者花鲢。

中秋节最大的主角当然是月饼。最常见的月饼就是用桃仁、杏仁、榄仁、瓜子仁、松子仁这些果仁加上各种糖包成的,但是我最喜欢的是本地一家自己制作的月饼。这家并不是商店,只是白莲浦下垸的渔民,只在中秋节前才会做一些,也不会拿到垸里初一、十五的集市上卖,附近知道他家做月饼的都会提前过去订。每年还没到8月份,我就会吵着要吃"肉月饼",让妈妈提早去订。这种月饼包的馅料是用糖腌制的肥肉膘,里面加上冬瓜糖,吃起来软黏黏,但是并不会甜得过分,口味十分适合小孩子和老人。但是爸爸不喜欢吃甜的,说太齁人了。听伯娘说,这家人做月饼的手艺是老一辈传下来的,据说有上百年了。但是很久之前因为月饼的事惹过大祸,于是不再做月饼,改当渔民了。究竟是什么祸我可不知道。但是这么好吃的月饼不做了可真是太可惜了。后来那家的晚辈也觉得可惜,于是每年便按照需要自己做一点点。每年中秋节的晚上供月亮的时候我总是用这种月饼,我想,既然我喜欢吃,月亮肯定也喜欢。

供月亮需要等到吃过晚饭,月亮升到半空之后。垸里打谷场上的谷堆已经全部打过了,只剩下一垛一垛干燥的稻草堆在空地上,那是给各家各户牛棚里的耕牛预备的一年的口粮。当然,稻草也有其他一些用处,比如扎煮饭用的"把子",还是冬天做臭豆腐的必需品,鲜豆腐必须躲进稻草堆里才会变成长满白毛的臭豆腐。在走到打谷场之前,我们每个小孩儿手上早就端好了供月亮需要的圆搪瓷盘，里面会放满月饼、糖果、苹果、糕点，反正自己喜欢吃什么就选什么，先要供奉给月亮吃，然后才会作为饭后点心塞进我们的嘴里。

等到月亮完全升起来之后，打谷场附近已经聚集了很多手里托着白搪瓷盘的小孩儿，每个人嘴里都念念有词："月亮月亮，吃我的，莫吃他的；月亮月亮，吃我的，莫吃他的。"一边举着盘子，一边随着月亮的移动而移动。

而月亮总是不会乖乖地待在原地，会一直在天上飘动着。所有的小孩儿都在四处走动着，争着把盘子举得高高的，免得没有被月亮吃到。有时候还会遇到乌云遮月，那跑得就会更远了，需要走很远很远，才能找得到被遮住的月亮。每年的中秋节夜晚，都是白莲浦的小孩子的节日，没有哪一家的父母会在这一天管自己的孩子在外面玩儿得太晚。

月亮供得差不多，我们小孩子便会坐在稻草堆里找月亮上的"小白兔"，据说嫦娥飞到月亮的时候把她最爱的小白兔也一起带上去了。小白兔喜欢玩儿，平时就被嫦娥关在房子里，只有到了中秋节的晚上，嫦娥才会放小白兔出来玩儿一晚上。所以在中秋节的晚上，我们是可以在月亮上找到那只蹦蹦跳跳的小白兔。但是小白兔跑得很快，需要很仔细很认真才能在月亮上找到它的身影，而且它还会一直动。所以每个人找到的小白兔可能都不在同一个位置，很多小孩儿还会因为这只小白兔的位置而打起来呢。

供完月亮，所有的小孩儿就会找块空地聚在一起，将自己的盘子也聚在一起。这时就不必区分盘子里的零食是谁的，大家可以随便拿起来就吃。经过一晚上的奔波，这时候大家肚子也都饿了，供过月亮的零食吃起来味道特别好，比自己在家吃的时候要好吃很多。

盘子里的食物都吃完,各回各家,爸妈肯定也都没睡,一家人还可以在自家门口的竹床上坐着继续赏月。这时候大人们就会说"十五的月亮十六圆"。我总是会想,既然十六的圆,那为什么我们十五就过中秋节?搞不懂。要是当天的月亮变得模糊不清了,他们便会说"月亮起了毛,有雨在明朝";要是起了风,也有说法,"秋前北风秋后雨,秋后北风干死鬼"。反正都有对应的话来说月亮。于是全家人一起收拾收拾桌椅板凳,趁早回床上睡觉吧,明天该上学的上学,该上工的上工。

就这样,每个人都会带着满嘴的各种食物的香味儿进入梦乡,即使在梦里,心上也是甜的。每个人都盼望着日子赶快过赶快过,等到明年中秋节,又可以供月亮啦。

9　大胆爸爸

家爹最喜欢菊花,一到重阳节前后,我就惦记着他家门廊前的那两排菊花。他的花圃里有常见的黄菊花,也有很小朵儿的白色菊花和殷红的菊花,还有些菊花的花瓣是双色的,靠近花心的地方是一种颜色,最外层又是一种颜色。而所有人都知道,家爹最喜欢的是纯白色的菊花,连我也知道。

家爹的白色菊花花朵不大不小,但是花朵的气味儿非常浓烈,比其他品种的要呛人得多。听家爹说,这些菊花都是从最开始的一棵培育而来的,而那一朵是他很多年前亲自从深山里采来的,有野性,所以格外不同。

从我记事开始,每年重阳节,我们一家都是在家爹家过的,因为妈妈是家爹家婆的长女。站在家爹家院墙的外面就能闻得到熟悉的香味儿。家爹总是喜欢卧在那张老藤椅上，眯着眼睛看着院子门前的那一小块空地，里面种满了各式各样的新鲜蔬菜，那都是家婆的功劳，而家爹的爱好在花儿上。

妈妈说家爹年轻的时候在当地的村小学当校长和语文老师，"运动"的时候受过一些苦，两只眼睛都不太好，右眼几乎是全盲的，但是单从外面看是看不出来的。妈妈说从她小时候起，家爹就喜欢花儿，在她老屋的门前摆满一盆盆用塑料桶装着的花儿。家爹对花儿是很爱护的，不允许任何人折花。但是有时候遇到家里哪个小孩子有什么喜事，比如考试得了第一名，或者写了一篇好作文，家爹就会自己折几朵花拿细口的小瓷瓶插好，送到小孩子的手上。得到鲜花自然是高兴的，但是折断的鲜花在瓷瓶里是活不了几天的，看着枯萎的花瓣和发黑的花茎，想到这是家爹如此珍视的花儿就这样败落了，又觉得自己是做了不好的事情，感到有些伤心。

家爹的书房里挂满了他自己写的大字和一些发黄的线装书，特别是一些本地的老医书，更是家爹的心头好。我在读书认字之前就记住了李时珍《本草纲目》里面提到的很多中药的名字，像什么半夏、龙葵、白芷、沉香、桔梗、杜仲、降香，还有一些奇怪的不知所以的名字，像六月雪、菟丝子，最奇特的一种药材叫"王不留行"，每次听到这个名字我就发笑。之所以留意《本草纲目》，是因为作者李时珍就是我们本地人，当地有很多李时珍在附近尝药材试配方的传说。外公还教给我很多配方，但是我全都不记得了，唯独对"白菊花"记忆深刻，"性味归经辛甘苦微寒，散热清风清肝明目，风热感冒目赤肿痛"，我至今还能像唱歌一样唱出来。

每年重阳节除了赏菊过节之外，还有一个必定不会漏掉的环节就是温习一遍爸爸年轻时的"英勇事迹",而这件事不仅广泛流传于家爹家婆所在的村子,在白莲浦的几个村子间也流传着。

那是1989年,刚满二十岁的爸爸在武汉的工地当小包工头,二十二岁的妈妈在爸爸管辖的工地上已经做了半年的饭。这时候他们俩已经相爱了,但家里人还不知道,按老家风俗,爸爸必须托一位德高望重的媒人上门提亲。当时爸爸家里很穷,虽然爸爸知道妈妈是愿意的,但他对家爹家婆的态度还摸不清,不知道他们会不会反对。于是趁着重阳节放假的短暂假期,爸爸想自己先来摸一下家爹家婆的态度。

爸爸到家爹家婆的家里,先不说自己是谁,也不说是来干什么的,开口先问两位大人家里是否有待嫁的女儿,家婆说有,大女儿已经到了待嫁的年纪。

爸爸问是否说了人家。

家爹说还没有。

爸爸接着说,他想给她女儿做个媒。

依我们当地的风俗,要是自家的女儿没有说媒,有好心人主动做媒,没正当理由是不能拒绝的。

家婆说:"那可以。他长得怎么样?"

"跟我差不多高。"爸爸答。

家婆说:"他壮不壮?"

"跟我差不多壮。"爸爸答。

……

爸爸和家爹家婆聊了一下午,扯东扯西的,也基本了解到他们的态度和家庭条件。临到走了,爸爸也没有说出真实目的。

当年底,爸爸妈妈到底是成亲了。但爸爸第一次上妈妈家为自己说媒这一段小插曲，却流传了出来，时不时被提起，特别是被用来鼓舞那些第一次去见女方家长的小伙子。

妈妈是在当年腊月二十那天过门的，从此两人过上了"菜炒在锅里去隔壁借盐"的生活。

10　黄枪枪

进入 10 月份后，天气渐渐变冷了。每天午后我都想坐在自己的小板凳上晒太阳，在我家门前的那一小块儿水泥阶沿儿上。

家里的大花狸猫黄枪枪本来就喜欢睡觉，到了这个季节，更是整天都趴在我身边一动不动。有一天，我看着趴在我脚边的黄枪枪，感觉它有些不一样，最近好像越来越肥，叫得也少了，根本不跟我玩儿，也不往我身上蹿、在我身上磨它的爪子尖儿了。我把黄枪枪抱给妈妈看，说，它越来越不爱动了，是不是生病了？

妈妈抱着黄枪枪，伸出手在它的脸上和脖颈上轻轻摸着，不一会儿，黄枪枪就发出呼噜呼噜的响声，这是它觉得舒服的时候才会发出的声音。摸了一会儿，妈妈把它抱到屋外的空地上，轻轻放下，让它继续晒太阳。妈妈放下黄枪枪后并没有回屋，而是盯着黄枪枪的肚子，说："它的肚子怎么好像胖了很多？"

我赶紧说："是的是的，最近它都不跟我玩儿了，也不往我身上跳，从早上睡到天黑。"

妈妈又抱起黄枪枪，轻轻摸它的肚子。本来已经睡得很舒服的黄枪枪突然惊醒，猛地一下子头就朝妈妈手上赶过去。张开的嘴巴已经碰在妈妈的手臂上了，但是它并没有咬下去，而是蒙眬地睁开眼睛看着妈妈,像是认出妈妈了,赶紧轻轻地松开了嘴巴。妈妈轻柔地在它肚子上摸了一会儿,笑着对我说:"黄枪枪要当妈妈了。"

我愣了一下,没有反应过来:"啊?"

"它的肚子里有小猫了。"妈妈指着黄枪枪露出来的白白的肚皮。

"它还这么小就当妈妈了啊。"我看着黄枪枪的肚皮,不敢相信,它这么小就有自己的孩子了。

"猫一岁相当于人十五岁,今年枪枪三岁多了,那就是……"

"那不就是老人了?"

"也不能这么算,反正它已经是一只成年猫了。"妈妈把黄枪枪轻轻地放在地上,"黄枪枪要当妈妈了,要给它补补身子。"

"妈妈,去白莲浦抓一条胖头鱼炖给黄枪枪吃吧,它最喜欢吃鱼头了。"我蹲下来摸着黄枪枪的头。

"嗯。这段时间你别跟黄枪枪打闹了,让它自己好好休息,当妈妈是很累的,我摸了一下,它肚子里的小猫还不少。"

我点点头,想着除了鱼之外,还能找点儿什么好吃的东西给它补补身体呢?按照妈妈的说法,黄枪枪在一岁的时候就能生小猫,不知道为什么它一直到今年三岁了才第一次怀上小猫。

眼看着黄枪枪的肚皮越来越大,到后来,肚皮都快拖到地上了,它起身的时间也越来越少。妈妈在厨房放柴火的一个角落里面做了一个舒服的小窝,窝里面铺上了晒干的稻草,以及包含有棉花球儿的小被子。等到黄枪枪不再吃喝的时候,妈妈说:"快了快了,随时都可能生了。"

为了黄枪枪能顺利生产,爸爸还专门扯了一条新电线接了一个新电灯放在黄枪枪旁边,他担心到时候夜里生小猫时灶房的灯太暗。我在门口玩耍,每隔几分钟就要跑到灶房里看一看黄枪枪,它看起来很累,但是又没有好好躺平。妈妈说快要生了,难受,跟女人生孩子是一样的。我问妈妈生我的时候也难受吗?妈妈摇摇头说不难受,笑还来不及呢。我也看着妈妈笑。但是我知道,妈妈生我的时候吃了很多苦,听接生我的奶奶说,我在妈妈肚子里是脚在下头在上的,妈妈生了十几个小时都没有生出来,最后是找了一个很大的吸筒吸出来的。

一直到第三天的夜里,黄枪枪终于开始生小猫了,而这个时候距离它没吃没喝已经三天了。我已经睡着了,躺在床上听到屋里有人走动、说话的声音,然后一下子惊醒过来。声音是从厨房那里传来的。我跳下床跑过去,看到爸爸和妈妈都蹲在柴房的那个角落,新电灯已经点上了,屋里灯火通明。我第一次看到柴房里这么明亮。我挤过去看了看,只见黄枪枪喘着粗气,肚皮快要翻了过来,但是没有小猫。我看向妈妈。

"别急,还没生下来,你回去把外套披上,天冷。"

我趁着回房穿外套的工夫,去把我姐叫起来了,她每天都要上学,睡得很早。

我们一家四口就这么蹲在黄枪枪的小窝前面,也帮不上忙,听着它呼呼喘气的声音,我觉得自己的心里像是有细针在扎,希望黄枪枪能顺利把小猫生下来。

这是我第一次目睹动物出生。

6月份的时候,家里也生过一堆小动物,是小猪。今年年初的时候,爸爸不知道从哪里买来了一头猪婆,说是生小猪卖可以发财,正好赚点儿钱在镇上做房子,那时候爸爸妈妈已经在计划建新楼房了。那天母猪生小猪的时候也是在晚上,因为头一天在外面玩得太晚，当晚我睡得很香，什么也没有听到。第二天起床的时候，猪棚里面已经多了一大堆小猪，我仔细数了一下，有十只。后来小猪养了两个多月卖掉了，但是听爸爸说，当时小猪的价格已经降下去了，并没有赚到什么钱，于是把大母猪也顺带着一起卖了。

黄枪枪生出第一只小猫后，开始变得很快很顺利，四只小花狸猫没一会儿就全都生出来了。刚生下来的小猫肚子上有一根细长的带子跟黄枪枪连着，虽然黄枪枪已经很累了，但是它闭着眼睛就能准确地咬住那根带子，一口就咬断了。妈妈也早就在灶上炖好了一锅鱼汤，晾凉了用小瓷碗盛好，就放在黄枪枪的嘴边，它闻到鱼汤的鲜味儿大口喝起来。我看着黄枪枪大口喝汤的样子，喉咙也动了动，不自觉地吞了几下口水。

刚生下来的小猫连眼睛都睁不开，但是知道爬到黄枪枪的肚皮底下吃奶。妈妈说三只公猫一只母猫，在屁股底下就能看得到，我也伸着头过去看，却什么也看不到，哪里写了公的还是母的啊。四只小猫长得一模一样，根本就分不清谁是谁。妈妈就学着之前养小猪的样子，用灶门前的黑炭在小猫的背上写上了"1、2、3、4"，这样做是为了避免有的小猫吃不上奶，会被饿死的。

有了小猫后，我每天最开心的事情就是找小猫玩儿。但是黄枪枪好像不太高兴，每次我把小奶猫拿出来放到外面的太阳底下走，它总是会趁我不注意，就咬住小猫的后脖子，一溜烟就把它的孩子抓回了它们的小窝，就像是老鹰抓小鸡。

有一天妈妈说，小猫可以断奶送人了。

我问为什么要送人，就养在家里玩儿不行吗？

妈妈说新生养的小猫必须送到别的人家，去帮别人捉老鼠，不然对母猫和我家都不利。

　　我也不知道什么利不利的,但是要送走日日陪伴我的小猫,我怎么舍得啊!我的眼睛里有眼泪水儿在打转儿。妈妈牵着我的手说,我今年六岁了,明年开春就要去读书了,可不能像小女孩儿一样哭了,因为我是男孩儿。我强忍着把眼泪水忍了回去。

　　按照白莲浦的习俗,猫只能被"送",是不能谈"买"或者"卖"的。伯娘说"猪来穷,狗来富,猫儿来了开当铺"。

　　送小猫必须要趁着黄枪枪不在身边。看着窝里的小猫一只只减少,不知道黄枪枪是怎么想的,它好像没注意到似的,也有可能是它数学不好,数不清。但是最后一只小猫被送走以后,黄枪枪终于知道了这个事实,开始绝食抗议,连妈妈特意为它炖的胖头鱼汤也不喝了,一动不动地趴在它的小窝里,只是时不时地伸出爪子在稻草上摩擦着,好像是在做某种准备。

　　"总会有这么一回的,下次就好了。"妈妈坐在灶房里那张油污污的小凳子上,摸着母猫的脖子说。

　　第三天深夜,妈妈突然叫醒我,说黄枪枪不见了,要一起出去找。妈妈的面色凝重,现在想来,我也像是被妈妈的情绪感染,一路上一句话也没说。

　　有些事就是无法解释的,我至今想不通,妈妈怎么会梦到出事地点的。

　　妈妈牵着我,她的头上戴着舅舅从外地带回来的矿灯,直接就赶到了事发地点。那是白莲浦附近唯一的一家铁匠铺的门口,靠着通往县里的公路,铁匠家的孙子叫何超,弹玻璃珠总输给我。妈妈径直就走到了已经完全熄火的风箱旁边,黄枪枪就躺在风箱旁边的一块沾满污垢的破布上,奄奄一息,似乎是在撑着,要见妈妈最后一面。我看到母猫肚皮间淌出来的内脏,脑袋里完全是空白的,似乎是被即将溜走的生命给惊呆了。

"是一辆东风车。"妈妈说。

"它是自己撞上去的。"妈妈说。

"它应该想开点儿的,总会有这么一回。"妈妈说。

妈妈摸着母猫的后脖子,那是它最喜欢的抚摸方式,只要摸着那里,母猫就会发出呼噜呼噜的声音。妈妈说那是开心的声音。但是那一次,母猫没有发出任何声音。

在白莲浦,传说猫有九条命,死去的家猫不能埋进泥土里,那样会阻断它重生的道路。死去的猫身必须尽快挂在高高的树枝上,挂满七七四十九天之后,猫才会重新顺利投胎。

妈妈带着我,连夜把母猫带到我家屋后的一个山洼里,选了一棵笔直高挺的杨树,将母猫挂在了树上。从那以后,我家里再也没有养过任何一只猫,即使邻居多次将花色和性格更好的一些小猫送到家里给妈妈挑选,妈妈也只是摇摇头,喂上两块当天早上刚刚煎好的两面金黄的曝腌鱼。猫自此成为一个无言的禁忌,没有人再提出养一只猫的建议。

11 搬新家

春天刚过的时候,爸爸就带我和妈妈、姐姐一起去镇上后街的那块空地上看过。

近几年,村里有些人赚了钱就到镇上去买地基建楼房,身为包工头儿的爸爸不知道已经帮别人建起了多少栋二层小楼房,但我家还是住着爷爷分给爸爸的土砖瓦屋。爸爸从去年就开始张罗着要建楼房,我听爸爸和妈妈为这事儿吵过嘴,主要是钱不够，但是爸爸已经找到了能借给我们钱的人，就等妈妈同意。可是妈妈不同意借钱建楼房，她觉得可以再等等。爸爸说再等临街的地基都卖完了，想做也没地方做。经过爸爸和妈妈好几个月的商量，最后还是借钱买了一块地基，就这么放了快一年。今年，爸爸终于宣布要动工了。

那天正好是星期天，所以姐姐也在。我们一家四口早早地坐爸爸的"二八大杠"到了那里。虽然我早就知道我家在街上有了一块地基，但是我一次也没来过，姐姐也没来过。这块地在镇上后街的后面，周围有的楼房已经建起来了，有的还在建，四周堆满了一垛一垛的红砖块儿和用油布遮起来的水泥堆儿。

爸爸说，这里就是我们以后的新家了。我和姐姐漫无目的地在这块空地上转着。

昨晚吃过晚饭之后，爸爸把他亲自画的新房设计图铺在桌上给我和姐姐看，一楼是堂屋和爸爸妈妈的卧室，后面是一个餐厅，还有厨房、放杂物的小房间，以及我们自己的厕所。二楼的楼梯上去之后也有一个小客厅，是属于我和姐姐的，跟客厅连着的是一间小书房，以后姐姐就不用趴在妈妈的梳妆台上做作业了；客厅旁边就是我和姐姐一人一间的卧室，我的卧室在前房，姐姐的在后面。姐姐房间外面是一个小阳台，可以晾衣服。爸爸红光满面地指着那张大白纸上画着的一条条横竖线和格子，向我和姐姐介绍。早上起来的时候姐姐说她一晚上都没睡着，太高兴了。其实我也是，不过后来太困了，也不知道什么时候睡着的。

我和姐姐一边走动一边想象着昨晚那张纸上画的楼房的样子。姐姐早就想要一张属于她自己的书桌，而在这栋楼房里，爸爸给她设计了一间书房。

看过地基后没多久，天气渐渐暖和起来的时候，我家的楼房就动工了。妈妈说因为是我家的房子，跟着爸爸干活儿的工人们都格外卖力，还提前说好要减免一半工钱，作为给我家的贺礼。爸爸对妈妈说那可不行，工人们赚的都是血汗钱，帮我家干活儿也愿意出力，工钱肯定是不能少一分的。妈妈点点头。

夏天快过完的时候，我家楼房终于封顶了。这是唯一一次封顶的前一晚爸爸没有跟我"合谋"。在这之前，别人家的房子封顶的时候，我和爸爸总是会约好站在哪个位置，在楼顶的爸爸就会把烧饼和糖果往哪个位置多扔一些。我看着小伙伴们在我家的楼房前面兴高采烈地抢着从楼顶扔下来的零食，心里充满了高兴，好像当天就能住进这新楼房里。

接下来是装修，就是粉刷墙面、搭灶台、做橱柜、做厕所这些活儿。妈妈能帮得上手，所以每天下午妈妈都带着我走到新楼房去帮忙。拿一下铲刀，递一把锤子，甚至忙起来的时候费力地帮忙提一桶搅拌好的水泥石灰。我每天都要在新房子的楼上楼下转好几遍，看着楼房在一天天完善、一点点变好，心里有一种说不出来的兴奋。全部装修完之后的房子也不能马上住，要晾一段时间。爸爸找了"地仙儿"算出了搬家的时间，是腊月二十四，正好是过小年当天。拿到"地仙儿"写着日期的红纸条，爸爸很高兴，这是最适合的一个日子了，正好接了祖先到新楼房里过年。

从新楼房装修完成的第二天，妈妈就开始准备搬家的事情了。该扔的扔，可以送给其他人的就都送走了，为了搬家的时候方便，还找垸里其他有大木箱子的人家借了好多箱子。我看着屋子里的东西一点点收进箱子，用红绳子捆好，准备搬走了，心里还是有些舍不得。爸爸是在这间房子里娶的妈妈，妈妈又在这间房里生的姐姐和我,我熟悉这间房里的每一个角落。从屋前面的水泥阶沿儿,一直到灶屋里面最隐秘的角落,我都熟悉。

清理不要的东西的时候,爸爸差一点儿就把我每天坐着晒太阳的那张小木凳扔了,因为它太矮了,我坐着已经不舒服了,而且它的一只脚快要断了,连接凳脚和凳面的接口也都松动了,不小心就会从凳子上摔下来。但是我太喜欢它了,每天睡觉的时候我都会把它放在我的鞋子旁边。

爸爸说替我做一个新的,这个就扔了。而我坚持着要带到新楼房里,爸爸也笑着应允了。

到搬家的前一天,腊月二十三的晚上,全家都没睡觉,因为连被子和床板都已经捆好了,没地方睡。更重要的是搬家必须要起早,越早越吉利。所有该归置的东西都归置好了,我们一家四口坐在灶屋里面等时间,早上五点,帮忙搬家的垸里人才会来。我们安安静静地眯着眼睛,打瞌睡。

很快,还没眯一会儿就有人敲门,屋外已经停放着好几辆扎着红布条的板车,屋里一下子热闹起来,出出进进的人塞满了屋子里的角角落落。

我从昨晚上起就把那只小板凳放在脚边。时间一到就开始放鞭炮,我抱起自己的小板凳就跟着搬家的大队伍走,朝我家的新楼房、新生活走去。

经过石子路,我看到两边的水杉上有一些白鸟在扇动翅膀,这些树就是它们的家,而我的家,不在白莲浦了,在镇上的后街上了。我再也不能每天站在家门口就看到远处闪着钻石光泽的水面了。我抱着小板凳,有些失落。但是我知道我应该高兴,从此我家就住进楼房了。

搬新家是白莲浦人家里最大的喜事之一，新房门口已经挤满了手里提着鞭炮卷儿的附近同乡。一进后街，就有连续不断的鞭炮声响起，一直响了一整个上午。新房门口前面的那一块空地上已经看不到泥土的颜色，密密麻麻地铺上了厚厚的一层红红的鞭炮屑儿。

热闹一直持续到深夜。喜宴散去，看着家里白白的墙壁和被整理得干净利落的家具，我们四人突然一下子不约而同地笑了出来。这是1999年的年末，在新世纪即将到来的日子，我离开了出生的屋子，这就像是一个预示。

因为奶奶的去世，这一年我家的对联不是红色的，而是绿色的，表示对奶奶的怀念。妈妈说，贴了绿色的对联我们是不能到别人家去串门儿拜年的。以前一到腊月三十的下午，我就开始兴奋，因为晚上可以光明正大地"玩火"。"三十的火，十五的灯，过了十五光光子尽"，三十晚上是必须玩火的。但是今年我家的大门上贴了绿色的对联，不能出门去玩耍了。想到奶奶，我也没有什么心情去玩。这是我家最安静的一个除夕。

一到零点跨年，爸爸还是像往常一样带着我去屋外"出天方"，放一挂最长的鞭炮。然后回屋，全家人一起喝一杯用今年炒的米泡的红糖水。妈妈总是在喝糖水的时候说一些吉祥话儿。

我躺在了自己的小床上，听着屋外的鞭炮声一点点熄灭，真的就感觉到旧的一年过去，新的一年真正开始了。回想这一年，我家发生了好多好多的事情。有好的，也有不好的，但是都过去了。明年，不，今年我就七岁了。姐姐已经把她的学前班的课本借给了我，过完年我就会成为一名学生。新的世纪，我会长成一个大人，是什么样儿的一个大人呢？我不知道。

12　千禧年

因为是第一次在新楼房里过新年，我第一次除夕的晚上没有睡着。我二楼的窗外就是镇上的公路，虽然公路上跑的车不多，但是鞭炮声和烟花爆炸的声音听起来好像跟在老房子的不一样，很炸耳朵。我睁大了眼睛躺在床上，脑袋里七想八想的，竟然连一分钟都没有睡着。

早上起床的第一件事照例是给爸爸妈妈拜年。我下楼的时候看到隔壁姐姐的房间门敞着，她已经起床了，但是我怎么没有听到呢？我不是没有睡着吗？我跑下楼梯，看到爸爸妈妈和姐姐都在厨房里，妈妈拿着锅铲站在灶台上，她的面前水汽蒙蒙的，爸爸坐在灶凳上烧火，正在将灶膛里烧红的栗炭往火盆里夹。而姐姐呢，拿着一把新的高粱秆儿扎的扫帚扫着地。

我笑嘻嘻地走过去："祝爸爸妈妈新年快乐。"

他们都从荷包里拿出早就准备好的红包递给我。

我走到爸爸火盆前面蹲下来，搓搓自己的小手。

姐姐放下扫帚走到我面前："弟儿快去洗口，包面就快好了，记得千万别把洗口水倒在地上了，外面的洗口池里面有一个白色的塑料桶，洗口水和洗脸水都要倒在那里面。"姐姐一口气说完，好像这一堆话是她准备了好久背下来的。

"晓得了，姐。"

爸爸妈妈都看着我姐在笑。

"这个细嘴巴姑儿。"妈妈说。

姐姐把厨房里的垃圾都扫进了一个大的白色塑料桶里，然后用盖子盖好。

"垃圾都丢在这个桶里面。"姐姐说。

"细姑儿长大了,晓得教她弟儿。"妈妈说。

我看着锅盖四周飘出来的水汽,一股肉和面的香味儿飘进我的鼻腔里面。我闻到了这味道,肚子咕咕地叫了起来。我走到外面的水池子前去洗口。哼,谁要她教,不就是把水倒进桶里吗?我又不是不知道。妈妈早就教给我了,大年初一的时候,家里所有的垃圾都不能拿出去扔,洗口的水,地上的垃圾,甚至连之前马桶里的便便,都要在桶里放一天,第二天再扔。因为大年初一是接财神的时候,只能往家里拿东西,绝不能往外拿东西,不然会把家里的财运给拿出去。

洗好口就可以吃饭了。大年初一第一顿是雷打不动的包面,其实也就是水饺,但是里面的肉馅儿必须是我们本地的一种野菜,叫作地菜,又香又嫩。配的汤是老母鸡汤,从昨天晚上妈妈就放在火盆里煨着的。守完夜就用草木灰薄薄地在火盆上盖一层,然后把盛着鸡肉的泥瓦罐煨在里面。炖了一夜的鸡汤颜色微黄中带着清亮,既不油腻,鸡肉也不会很松散。将包面泡在这样的鸡汤和鸡肉里吃,哎呀,真是好吃得不得了。

在以前,吃完饭就要准备出去拜年了,甚至在我们吃饭的时候都会有垸里起得早的亲戚过来拜年,但是因为今年我家贴的是绿色的对联,所以没人会敲我家的门,我们也不必出去拜年。但是"出天方"这一步还是要的。爸爸拿一挂鞭炮,让妈妈带着我和姐姐走出大门,在出门的一瞬间,爸爸点着了鞭炮。鲜红的鞭炮屑儿炸开,落在地上,就预示着这一年全家人都会红红火火的。这是每年大年初一都必不可少的一个小仪式。

我们一家四口围坐在堂屋的火盆旁边,听着门外连续不断的鞭炮声，你看看我，我看看你，一种奇怪的感觉弥漫在我的心里。不知道白莲浦现在是什么样儿了，要是在往年，我这个时候早就跑得没影儿了，跟着垸里的小朋友一起到处"混炮子"。在这一天，无论你认不认识那一家的人，只要跑进他家，说一声"恭喜发财"，他就得放鞭炮迎接，还要把摆在桌上的糖果、零食往你的荷包里装，你不要都不行。在垸里跑一圈儿下来，我得返回家好几趟，因为所有的荷包都装满了，需要回家倒出来。门前的那条石子路上，早就被昨夜和今早的鞭炮碎屑儿堆满了，像是结结实实地铺上了厚厚一层红地毯，很好看。石子路两边的水杉上，它们扁扁的叶子早就落光了，本来只剩下灰褐色的枝条，但是经过一夜的烟花，那些光秃秃的枝条上也挂满了红彤彤的碎屑儿，乍一眼看过去，像是一棵棵被打扮得漂漂亮亮的圣诞树，又像是为了迎接新年而披上的一件红披风。从近处闲置的水田里，到远处白莲浦的水坝上，放眼望去，整个白莲浦都笼罩在一片节日的气氛里面。而现在，我只能拿铁火钳放几条糍粑在炭火上烤着，想象着以往的热闹。

不停地有人从我家门前走过，向爸爸妈妈问好，爸爸妈妈需要不停地站起来。但是因为我们既不能出门，他们也不能进来，全都是点点头就走了。等了一晏昼，终于来了一个送财神的老头儿，他的手里拿着一摞财神，以及一捆红带子。财神是用来贴在堂屋里的，保佑家里今年发财，而红带子是拿来系在爸爸的"二八大杠"的车龙头上的，保佑出行平平安安。老头儿有一套自己的恭喜话儿，说得嘴很顺。于是爸爸递上一个红包。这样的财神，每年大年初一都会接到一摞。

快到中午吃饭的时候，我实在是坐不住了，想出去看看，因为我已经听到有摇花船儿的喇叭声了。爸爸说，去吧，跟姐姐一起去。于是我和姐姐一起兴奋地跑了出去。姐姐其实心里也想出去玩儿，只是她比我"能忍"，有时候不直接表现出来。

因为我们搬过来还没几天，只跟隔壁左右的几个小孩儿熟一点儿，他们都出去拜年了，我们几乎没有遇到一个熟人。但是今天这个日子，无论是谁，都会特别和蔼的。跑出去没多远，在靠近前街的地方我们就找到了一大群人围在那里，喇叭声就是从人群中间传出来的。

我赶紧挤了进去，果然是花船儿。一个穿着花衣服的女孩儿站在花船里面，她的脸都画上了，但是仔细看还是看得出来她年纪也很小，比我姐大不了两岁。花船不是真正的船，而是由木头或者竹篾组成的，在这种船形木架周围，围缀上绘有水纹的棉布裙或是海蓝色的棉布裙，在船的上面还装饰有红绸和纸花，以及一些彩灯和闪闪发光的小亮片儿。花船里的女孩儿不是坐着，而是站着的，双手握住齐腰的"船舷"，大家都称这位女子叫"新娘子"，新娘子身边的船外面还有一位大妈，脸也画上了，而且更加夸张。站在花船里的小女孩儿轻轻摇动花船儿，花船四周装扮着的五颜六色的须须就会轻轻摆动起来，配合着喇叭声、锣声、鼓声，她还会咿咿呀呀地唱起来，依儿呓丫呓儿花儿呓的。唱的究竟是什么词，我从来都没有听清楚过。但是其他人都会伴随着她的唱声而发笑，看来他们都是能听懂的。

因为没有了拜年，过年这件事第一次变得这么漫长。

一天下午，爸爸还是带着妈妈、姐姐和我回了一趟老屋，去了大伯家。大伯没有放鞭炮，所以不算是拜年。虽然只是间隔几天，再来大伯家，看到他家这栋熟悉的土砖房子，感觉这房子怎么这么破，还很矮，我有点儿担心房子随时会垮。我想起我家之前的房子，跟大伯家是一模一样的，怪不得爸爸一直想要做楼房。这么一对比，确实是楼房好。

大伯家的三个姐姐都从外面打工回来了。大姐给我和姐姐每人带了一套衣服，二姐带了铅笔盒，三姐新买了相机和胶片，给我们拍照。我最喜欢的是二姐送的蓝色铅笔盒，很大，有三层，在铅笔盒的底下还有四个小轮子，合上铅笔盒它就是一辆车了，真的是可以跑动的。我拿着铅笔盒，想到我还没有铅笔呢。妈妈说开年就送我去镇上的学前班试试，要是不行的话就等到今年9月。二姐肯定也知道了我要读书的事，所以才买的铅笔盒，我想。

我们在大伯家吃的晚饭，因为人多，饭桌上很热闹，他们每个人都给我和姐姐压岁钱了，小荷包都塞满了。吃完饭就开始放烟花、拍照，我有记忆以来的第一张照片就是在这天晚上拍下的，第一张是我和爸爸站在已经点燃的四处跳动的烟花前面，爸爸牵着我的手，然后是全家合照，最后是跟大伯一家的大合影。

很快就到了元宵节，每家每户都会说"三十的火，十五的灯"，这个"灯"，指的就是正月十五的龙灯。白莲浦的风俗是，组成龙灯的圆形带把儿的竹架子每家都有一个，到了正月十五这天下午，家家户户都在用红纸糊灯，糊好后全部集中在垸里最大的一块打谷场上，由专门的人连在一起，披上用布做成的龙身子。

等到吃完晚饭，月亮升起来的时候，打谷场中间已经点好了一块烧火的地方，每家都把自己不想要的或者没用的可以烧得着的东西拿过来，往火堆里面丢，代表"旧的不去新的不来"，和以前旧东西分别了。

火越烧越大，就是大人们开始舞龙灯的时候。龙头都是由玩得最熟练的人把着，随着龙头的转动、停止、奔跑，组成龙身子的所有人就都得跟着。因为龙灯很长，后面的人根本看不到前面的龙身子，所以他只能紧跟着自己身前的那个人，必须跟得紧紧的，舞起来的龙灯才会顺畅好看。一遇到生手，龙灯就会卡住，我们小孩子就会跑过去看那是谁。在这么多人面前，这是件很丢脸的事情。

爸爸今年当然也不能参与舞龙灯了。到了十五的下午，爸爸把龙灯交到我手上，让我送到大伯家，让别人去舞吧。我抱着还没有糊起来的龙灯，往白莲浦跑去，眼前出现了白莲浦的湖水、高高的杉树、翱翔在白莲浦上方大大的白色水鸟。

街道两边的房屋上挂了大大的迎接千禧龙年的红色条幅，街上的每个人都笑得很开心。我抱着龙灯，感觉自己的身子变得轻飘飘的，龙灯，加上龙年，好像它们会发生什么事情。我越跑越快，朝着大脑里那一条看不见的"龙"跑去。